GRöLS Verlage

„BÜCHER SIND WIE FALLSCHIRME. SIE NÜTZEN UNS NICHTS, WENN WIR SIE NICHT ÖFFNEN."

Gröls Verlag

Redaktionelle Hinweise und Impressum

Das vorliegende Werk wurde zugunsten der Authentizität sehr zurückhaltend bearbeitet. So wurden etwa ursprüngliche Rechtschreibfehler *nicht* systematisch behoben, denn kleine Unvollkommenheiten machen das Buch – wie im Übrigen den Menschen – erst authentisch. Mitunter wurden jedoch zum Beispiel Absätze behutsam neu getrennt, um den Lesefluss zu erleichtern.

Um die Texte zu rekonstruieren, werden antiquarische Bücher von Lesegeräten gescannt und dann durch eine Software lesbar gemacht. Der so entstandene Text wird von Menschen gegengelesen und korrigiert – hierbei treten auch Fehler auf. Wenn Sie ebenfalls antiquarische Texte einreichen möchten, finden Sie weitere Informationen auf www.groels.de

Viel Freude bei der Lektüre wünscht Ihnen das Team des Gröls-Verlags.

Adressen

Verleger: Sophia Gröls, Im Borngrund 26, 61440 Oberursel

Externer Dienstleister für Distribution & Herstellung: BoD, In de Tarpen 42, 22848 Norderstedt

Unsere „Edition | Werke der Weltliteratur“ hat den Anspruch, eine der größten und vollständigsten Sammlungen klassischer Literatur in deutscher Sprache zu sein. Nach und nach versammeln wir hier nicht nur die „üblichen Verdächtigen“ von Goethe bis Schiller, sondern auch Kleinode der vergangenen Jahrhunderte, die – zu Unrecht – drohen, in Vergessenheit zu geraten. Wir kultivieren und kuratieren damit einen der wertvollsten Bereiche der abendländischen Kultur. Kleine Auswahl:

Francis Bacon • Neues Organon • **Balzac** • Glanz und Elend der Kurtisanen • **Joachim H. Campe** • Robinson der Jüngere • **Dante Alighieri** • Die Göttliche Komödie • **Daniel Defoe** • Robinson Crusoe • **Charles Dickens** • Oliver Twist • **Denis Diderot** • Jacques der Fatalist • **Fjodor Dostojewski** • Schuld und Sühne • **Arthur Conan Doyle** • Der Hund von Baskerville • **Marie von Ebner-Eschenbach** • Das Gemeindekind • **Elisabeth von Österreich** • Das Poetische Tagebuch • **Friedrich Engels** • Die Lage der arbeitenden Klasse • **Ludwig Feuerbach** • Das Wesen des Christentums • **Johann G. Fichte** • Reden an die deutsche Nation • **Fitzgerald** • Zärtlich ist die Nacht • **Flaubert** • Madame Bovary • **Gorch Fock** • Seefahrt ist not! • **Theodor Fontane** • Effi Briest • **Robert Musil** • Über die Dummheit • **Edgar Wallace** • Der Frosch mit der Maske • **Jakob Wassermann** • Der Fall Maurizius • **Oscar Wilde** • Das Bildnis des Dorian Grey • **Émile Zola** • Germinal • **Stefan Zweig** • Schachnovelle • **Hugo von Hofmannsthal** • Der Tor und der Tod • **Anton Tschechow** • Ein Heiratsantrag • **Arthur Schnitzler** • Reigen • **Friedrich Schiller** • Kabale und Liebe • **Nicolo Machiavelli** • Der Fürst • **Gotthold E. Lessing** • Nathan der Weise • **Augustinus** • Die Bekenntnisse des heiligen Augustinus • **Marcus Aurelius** • Selbstbetrachtungen • **Charles Baudelaire** • Die Blumen des Bösen • **Harriett Stowe** • Onkel Toms Hütte • **Walter Benjamin** • Deutsche Menschen • **Hugo Bettauer** • Die Stadt ohne Juden • **Lewis Caroll** • *und viele mehr….*

Else Ury

Nesthäkchen im Kinderheim

Eine Erzählung für Mädchen

Inhalt

1. Kapitel. Klassenarbeit

Es war Frühstückspause. Ein ohrenbetäubendes Geschwirr von hellen durcheinanderrufenden Kinderstimmen schallte durch die achte Klasse.

„Annemarie, wieviel ist neun mal siebzehn“ – „ist sieben mal vierzehn achtundachtzig oder achtundneunzig“ – „ach Gott, ich habe ja so dolle Angst vor der Klassenarbeit“ – die zarte braunhaarige Margot Thielen seufzte schwer und machte furchtsame Augen wie ein Häschen.

„Ich habe gar keine Bange, nicht für'n Sechser! Mein Bruder Hans hat gesagt, ich kann jetzt das große Einmaleins vorwärts und rückwärts, sogar im Schlafe!“ Annemarie Braun, die Erste der achten Klasse, rief es und lachte dabei über das ganze runde Kindergesicht.

„Ja, du – du brauchst auch keine Angst zu haben, Annemie. Du schreibst sicher wieder null Fehler und bekommst „sehr gut“ im Rechnen,“ Margot sah voll Bewunderung auf ihre Freundin.

„Wenn's nur nicht grade die Probearbeit für die Osterzensur wäre!“ Ilse Hermann hob den Kopf mit den blonden Haarschnecken von dem Rechenbuch, aus dem sie ganz schnell noch sämtliche Zahlenweisheit in den letzten Minuten vor der gefürchteten Arbeit zu erhaschen suchte.

„Annemarie, könntest du nicht jetzt in der Pause flink noch ein bißchen mit uns üben – ach ja, bitte, bitte, tue es doch!“ so bettelte und rief es durcheinander.

Die Erste ließ sich nicht lange bitten. Das Rechenbuch unter den Arm geklemmt, den Kopf mit der lustigen Stubsnase und den abstehenden goldblonden Rattenschwänzchen steif in die Luft gebohrt, so schritt sie würdevoll zum Katheder.

Die Klasse jubelte. Denn Annemarie ahmte Fräulein Neudorf, die Rechenlehrerin, in Gang und Haltung treffend nach. Und als sie jetzt gar noch in der Hannoveraner Mundart der Lehrerin zu sprechen anhob:

„Aber Kinder, macht nicht solchen S–pektakel, Ihr s–tört die anderen Klassen,“ da stieg die Ausgelassenheit und der Jubel aufs höchste.

„Ruhe – seid s–till, Kinder, wieviel ist neun mal dreizehn. Marlene Ulrich,“ mit durchdringend heller Stimme übertönte Annemarie den Radau.

„Hundertsieben,“ die dunkelblauen Augen der schwarzzöpfigen Marlene, die noch eben vor Übermut gesprüht, sahen plötzlich ganz ernst drein. Die drohende Rechenstunde begann die Ausgelassenheit wieder zu dämpfen.

„Fünf mal neunzehn, Hilde Rabe – falsch, Marianne Davis – sieben mal sechzehn – acht mal vierzehn“ – Schlag auf Schlag, mit rasender Schnelligkeit fielen die Fragen aus dem Munde der gestrengen kleinen Lehrerin. In lachender Aufregung tönten die Antworten zurück, eine überschrie die andere.

Da war es kein Wunder, daß niemand in diesem Tumult auf die Glocke des Schuldieners Piefke achtete, welche die beginnende Stunde anzeigte. Annemarie Braun, die als Erste das Amt hatte, nach dem Leuten für Ruhe in der Klasse zu sorgen, machte den größten Lärm.

„Viermal siebzehn – sei s–till, Marianne – Hilde, s–pringe in der S–tunde nicht vom S–tuhl – Margot, s-teh' auf, wenn ich mit dir s–preche – –“

„Ruhe – was soll denn der S–pektakel eigentlich bedeuten – S–tille bitte ich mir sofort aus!“ mittenhinein in das Lachen und Rufen erklang es plötzlich streng von der Tür her.

Im Augenblick verwandelte sich das Jubeln und Schreien in atemlose herzbeklemmende Stille. Die Mädchen schnellten von ihren Sitzen in die Höhe, mit entsetzten Augen blickten sie auf die im Türrahmen stehende Lehrerin.

Die Entsetzteste von allen aber war Annemarie Braun. Ihre Blauaugen starrten Fräulein Neudorf gradezu entgeistert an – Himmel, hatte die Lehrerin etwa gehört, daß sie ihr nachgemacht hatte? Wie angewurzelt blieb Annemarie droben auf dem Katheder, sie dachte nicht daran, ihren Platz aufzusuchen.

Kopfschüttelnd trat die Lehrerin näher.

„Ja, möchtet ihr mir vielleicht erklären, was euer lautes Benehmen bedeuten soll? Wo ist die Erste?“

Annemarie trat, das Stupsnäschen gar nicht mehr lustig emporgehoben, sondern schuldbewußt zur Erde gesenkt, näher.

„Du sorgst ja recht nett für S–tille vor der S–tunde. Ans–tatt den andern mit gutem Beis–piel voranzugehen, s–tichst du noch alle anderen beim S–pektakelmachen aus. Du wirst schwerlich als Erste zur Osterversetzung bes–tehen können!“

Keinem der Kinder fiel es ein, die Sprache der Lehrerin, die man noch eben bei Annemarie bejubelt, noch lächerlich zu finden. Am wenigsten Annemarie selbst. Aus deren noch vor kurzem lachenden Augen begann es zu tropfen, währen sie sich langsam zu ihrem Platz zurückschob.

„Lieber Gott, mache doch bloß, daß Fräulein Neudorf nicht gehört hat, was ich gesagt habe – ich muß mich ja sonst zu Tode schämen!“ Während sich dieses stumme Gebet aus Annemaries Seele zum blauen Frühlingshimmel emporrang, klang das gefürchtete „Rechenhefte heraus zur Klassenarbeit!“ vom Katheder.

Poch – poch – schneller schlugen fünfzig Kinderherzen. Mit gezückter Feder saß eine jede vor ihrem Heft.

Und nun ging's los – Exempel auf Exempel. Die Wangen der Mädel begannen vor Eifer zu glühen, die Augen zu blitzen. Jede gab sich Mühe, ihr Bestes für das Osterzeugnis zu leisten.

Nur eine, sonst die eifrigste und begabteste im Rechnen, war heute nicht recht bei der Sache. Das war die Erste der Klasse. Annemarie vermochte ihre Gedanken nicht fest auf die Aufgaben zu richten. Immer wieder entwischten sie ihr zu den Begebenheiten vor der Stunde.

Grade bei Fräulein Neudorf, der strengsten Lehrerin der Schule! Wenn es noch bei Fräulein Hering, ihrer Lieblingslehrerin gewesen wäre, die hätte wohl eher ein Auge zugedrückt.

Sah Fräulein Neudorf sie nicht strafend an, oder kam ihr das bloß so vor? Nein, ganz bestimmt, die Lehrerin machte ein furchtbar ernstes Gesicht. Wenn man nur genau wüßte, woran man wäre! Dann könnte man sich doch wenigstens nach der Stunde entschuldigen – aber diese gräßliche Ungewißheit – Herrgott, da hatte Annemarie vor lauter Überlegen und Grübeln gar nicht gehört, wie die letzte Aufgabe hieß.

War es fünf mal dreizehn oder fünf mal siebzehn gewesen? Annemarie hatte nur noch den Klang im Ohr, ihr Bewußtsein hatte die Zahl nicht aufgefaßt. Hilflos blickte sie um sich.

„Du – Margot, siebzehn oder dreizehn?“ hinter dem vorgehaltenen Löschblatt ward es aufgeregt geflüstert.

Aber ehe die Freundin noch antworten konnte, stand schon Fräulein Neudorf neben der kleinen Unaufmerksamen.

„Annemarie Braun, schließe dein Heft. Wer bei der Probearbeit mit der Nachbarin in Verbindung s–teht, hat die Absicht zu täuschen. Ans–tatt dir Mühe zu geben, deinen Fehler von vorhin durch Eifer und Fleiß gut zu machen, muß ich dich jetzt noch unter Tadel schreiben. Die Erste der Klasse – ein beis–pielloser S–kandal!“ Jetzt irrte sich Annemarie nicht, die Lehrerin sah sie so strafend an wie noch nie.

„Fräulein Neudorf, ich wollte Sie wirklich nicht täuschen – ich – hatte bloß die Aufgabe vergessen – wirklich!“ Die blauen Kinderaugen, die sich vergeblich mühten, die Tränen zurückzuhalten, blickten voll überzeugungsvoller Ehrlichkeit zu der Zürnenden auf.

Es war etwas Merkwürdiges um Annemaries Augen. Wenn sie bettelten und flehten, dann konnte man ihr nicht mehr so richtig böse sein – diese Erfahrung hatten Mutti und Fräulein zu Hause oft gemacht.

Auch heute bewährte sich die Kraft der leuchtenden Sterne. Diese Kinderaugen vermochten nicht zu lügen, das fühlte Fräulein Neudorf. Ihre strenge Miene ward um ein weniges freundlicher.

„So magst du dich weiter an der Arbeit beteiligen. Die Aufgabe, die du durch Unaufmerksamkeit verfehlt hast, läßt du natürlich aus."

„Und der Tadel?" Annemaries Lippen war das entschlüpft, was ihre Hauptsorge bildete. Solange sie in die Schule ging, hatte sie noch nie einen Tadel bekommen. Der erste Tadel – nein, die Schmach war zu groß! Wie würde Bruder Klaus sie damit aufziehen und foppen, und Mutti würde traurige Augen machen – ganz bestimmt.

„Der hängt natürlich von deinem künftigen Benehmen ab" – Fräulein Neudorf fuhr weiter in der Klassenarbeit fort.

Annemarie hätte sich jetzt sicherlich die allergrößte Mühe gegeben, wenn nur nicht die eine Aufgabe in ihrer Arbeit gefehlt hätte. Nun konnte sie doch auf keinen Fall mehr „sehr gut" im Rechnen bekommen. Und dann der noch immer drohende Tadel. Huschte er nicht als kleines schwarzes Teufelchen da vorn auf dem Klassenbuch herum, und schnitt ihr eine Fratze zu? Ach wo, das war doch bloß der Schatten von Fräulein Neudorfs Hand.

Aber solche Gedanken gehören nun mal nicht zu einer Probearbeit. So kam es, daß Annemarie Braun, die das große Einmaleins vor- und rückwärts, ja selbst im Schlafe nach dem Urteil von Bruder Hans konnte, diesmal drei Fehler in der Klassenarbeit hatte.

Und das Schlimmste war, daß ihre Freundinnen Margot, Ilse, Marianne und Marlene sämtlichst null Fehler geschrieben hatten. Da ist der Schmerz umso größer.

Fräulein Neudorf, welche die Arbeiten gleich in der Stunde durchsah, blickte die Erste mißbilligend an, als sie ihr das Heft zurückgab. Kein Wort sagte sie dazu. Aber dieses stumme Urteil traf die ehrgeizige Annemarie mehr als viele Worte.

Als die Schulglocke Piefkes endlich die böse Stunde beendigt hatte, sah man ein kleines Mädchen mit goldenem Haargelock, das überall aus den kurzen Zöpfchen entsprang, vorn am Katheder stehen.

Annemarie Braun bat Fräulein Neudorf um Entschuldigung. Ja, das mußte sie. Annemarie konnte es nicht ertragen, wenn jemand auf sie böse war. Und heute ganz besonders, wo das Schuldbewußtsein ihr deutlich sagte, daß es sehr ungezogen von ihr gewesen war, ihrer Lehrerin nachzuahmen. Daran hatte aber bloß Klaus schuld. Der machte auch immer seinen Lehrer nach, und das Schwesterchen nahm sich nun mal im Guten wie im Bösen ein Beispiel an den größeren Brüdern.

Ach, Gott sei Dank – Fräulein Neudorf hatte bestimmt nichts gehört. Sie sprach nur von dem unerhörten Radau und von Annemaries Unaufmerksamkeit, die bei der Ersten der Klasse doppelt tadelnswert sei. Aber als die Kleine zerknirscht Besserung gelobte, war Fräulein Neudorf gar nicht mehr streng, sondern ganz freundlich. Um ein gutes Teil erleichtert, lief Annemarie hinter ihren Freundinnen her in den Hof. Nein, nie wieder wollte sie jemand nachmachen – ganz bestimmt nicht!

Unten im Hof sprangen die Frühlingssonnenstrahlen um die Wette mit den Schulkindern umher. Annemarie, stets eine der wildesten, ging heute merkwürdig gesittet, mit Margot und Ilse untergeärmelt, unter den blattknospenden Bäumen auf und nieder. Fräulein Neudorfs Strafpredigt wirkte noch nach.

„Glaubt ihr, daß sie mir das „lobenswert“ in Betragen verderben wird?“ Annemaries sonst so lustiges Kindergesicht sah höchst sorgenvoll in das goldene Lenzgeflimmer. „Au weh, dann ist Mutti aber böse, wer weiß, ob ich euch dann zu meinem Geburtstag am 9. April einladen darf. Und wir wollten diesmal mit Knallbonbonmützen tanzen, weil es doch mein zehnter Geburtstag ist. Hans sagt, alle Geburtstage, wo 'ne Null dranhängt, muß man besonders begehen – Großmama feiert nächstens schon ihren siebzigsten.“

„Du, das ist eklig, wenn man grade nach den Versetzungszensuren Geburtstag hat,“ ließ sich Freundin Ilse ebenfalls seufzend vernehmen.

Kindergesellschaft mit Knallbonbonmützen – nein, es war nicht auszudenken, wenn daraus nichts werden sollte!

„Ich finde es fein, daß Annemarie immer in den Ferien Geburtstag hat. Wir andern haben ja bloß einen halben Tag Geburtstag, weil wir vormittags in die Schule müssen." Margot war stets eine eifrige Bewunderin von Annemarie. Sie fand alles schön, was diese hatte oder tat.

Aber ob Fräulein Neudorf nach den heutigen Erfahrungen Annemaries Betragen noch als ein lobenswertes beurteilen würde, das erschien selbst Margot bei all ihrer Bewunderung für die Freundin recht zweifelhaft.

Die nächste Stunde war Handarbeitsunterricht bei Fräulein Hering. Die Häkeltücher, die man in der achten Klasse fabrizierte, wurden zum Schluß mit roten Rändchen versehen. Nun waren sie fertig, noch ehe das Klassenjahr um war. Eine jede hatte die Arbeit fein säuberlich vor sich ausgebreitet. Aber fein säuberlich war dieselbe nicht überall ausgefallen. Fräulein Hering, die von Bank zu Bank schritt, mußte oftmals den Kopf schütteln.

„Hilde, dein Tuch sieht ja wie ein Scheuerlappen aus – ei, Elli, hast du Kohlen darin eingewickelt, daß deine Arbeit so schwarze Flecke hat? Und hier Ilses sogar mit einem Tintenfleck garniert – da waren gewiß die Hände nicht vor der Stunde gewaschen." Ilschen Hermann wurde so rot wie die beiden Haarschleifen, die an jeder Seite über ihren Ohren baumelten. Sie war ein kleiner Schmierhammel und wurde auch zu Hause öfters deswegen gescholten.

Zuletzt kam Fräulein zu den beiden Ersten. Blütenweiß lag Margot Thielens Häkelei, in ein sauberes Tuch geschlagen, vor ihr auf dem Tisch. Margot war in allem ein peinlich ordentliches und gewissenhaftes Kind. Dies konnte man von ihrer Freundin Annemarie nun grade nicht sagen. Die ließ ihre Sachen öfters mal herumliegen. Das war auch die Ursache, daß ihre Arbeit in der Mitte ein großes Loch aufwies.

„Aber Annemarie, was hast du denn mit deinem Häkeltuch angestellt?" Fräulein Hering, die das hübsche, ausgelassene Dingelchen besonders gern hatte, machte ganz erschreckte Augen.

„Waren da etwa die Motten drin?"

„Nee – bloß Puck!"

„Puck?"

„Na ja, unser kleines weißes Hündchen. Sie haben ihn mal kennen gelernt, Fräulein Hering, damals, als er mir heimlich in die Klasse nachgelaufen ist, und die Kinder noch alle solche mächtige Angst vor ihm hatten."

Fräulein Hering mußte in Erinnerung an jenen tollen Vormittag, an dem ein Hund zu ihren Schülern gehört hatte, lachen. Und da hatte Annemarie mal wieder gewonnenes Spiel bei ihr.

„Euer Puck hat doch aber das Tuch nicht zu häkeln, sondern du," sagte das nette Fräulein schon wieder scherzhaft.

„Ich hatte es rumliegen lassen, und da hat er ein Loch reingebissen," gestand Annemarie errötend mit der ihr eigenen Ehrlichkeit zu.

War Fräulein Hering ärgerlich? Die Kleine blinzelte durch die langen Wimpern unsicher zu ihr hin. Nein, Fräulein Hering drohte ihr bloß lächelnd – da war es doch nicht solch arger Unglückstag heute, wie sie schon gefürchtet. Wenigstens ihre Lieblingslehrerin war ihr nicht allzu böse.

Als Fräulein Hering den Kindern nun noch eröffnete, daß jedes in der nächsten Handarbeitsstunde seine Puppe mitbringen dürfe, für die sie ein Kleidchen oder eine Schürze nähen wollten, da es nicht mehr lohne, vor den Ferien eine neue Arbeit zu beginnen, war wieder eitel Sonnenschein bei Annemarie.

Auf dem Heimweg von der Schule, den sie stets mit Freundin Margot, die in demselben Hause mit ihr wohnte, zurücklegte, wurde eifrig beraten, welche Puppe der Ehre teilhaftig werden sollte, mit in die Schule zu kommen.

„Ich bringe mein Baby mit, das muß neue Windelhöschen kriegen," überlegte Margot.

Annemarie war noch nicht ganz im reinen mit sich, welche von ihren sieben Puppen die Glückliche sein sollte. Ihr Liebling war Puppe Gerda. Aber der waren neulich die Schlafaugen in den Kopf hineingerutscht. Als zwei schwarze Löcher gähnten die Augenhöhlen sie an, Annemarie graulte sich heimlich davor. Unmöglich konnte sie die blinde Gerda Fräulein Hering vorführen. Und auch die anderen Puppen erfreuten sich nicht einer uneingeschränkten Gesundheit. Ja, sie waren sogar ziemlich verwahrlost, denn eigentlich beschäftigte sich Annemarie nur noch sehr wenig mit ihnen. Ihre Märchen- und Geschichtenbücher waren ihr viel wichtiger als die Puppen. Nur wenn Margot, die ein eifriges Puppenmütterchen war, zu Besuch herüberkam, wurden die armen Vernachlässigten aus ihrem Winkel hervorgeholt.

Die beiden kleinen Freundinnen überschritten, rechts und links nach Wagen und Automobilen Ausschau haltend, den großen Platz mit der schönen Kirche. Erst seit ganz kurzer Zeit holte Fräulein die Annemarie nicht mehr von der Schule ab. Denn die Kleine behauptete, kein „Baby“ mehr zu sein und genau so gut wie die andern Kinder den Schulweg allein zurücklegen zu können. Aber Frau Doktor Braun war sehr ängstlich, sie in dem großen Berlin ohne Begleitung gehen zu lassen. Denn sie kannte ihr Töchterchen, das immer andere Gedanken im Kopf hatte. Nur der steten Gesellschaft der zuverlässigen Margot war es zuzuschreiben, daß sich Mutti endlich damit einverstanden erklärt hatte.

Aber die Mutter atmete doch jedesmal auf, wenn mittags das doppelte Klingelzeichen ihres Nesthäkchens ertönte. Auch heute erstrahlte ihr Gesicht, als Annemaries helle Stimme schon draußen vom Treppenflur durch die Wohnung schallte.

„Mutti zu Haus?“ keins der Braunschen Kinder erschien des Mittags ohne diese Frage. Sie war ihnen wichtiger als das Gutentagsagen. Selbst der große Hans, der schon nach Untersekunda kam, mußte seine Schulerlebnisse gleich bei Mutti auskramen.

„Hanne, was gibt's denn heute zum Mittagbrot – ich muß noch 'ne große Stulle essen, sonst verhungere ich.“ Vorbei ging's an der Küche und wie ein Wirbelwind ins Wohnzimmer.

„Tag, Mutti, wir sollen das nächstemal eine Puppe in Handarbeit mitbringen, wir dürfen für sie nähen. Und Fräulein Hering war gar nicht doll böse auf Puck, daß er das Loch in meine Häkelarbeit gebissen und – – –“

„Langsam – langsam, Kind,“ unterbrach die Mutter das sich überstürzende Töchterchen. Ihr Blick umfaßte liebevoll ihr blühendes Nesthäkchen mit der schiefen Matrosenmütze und den verwehten Locken. „So, meine Lotte“ – „Lotte“ war von jeher der von den Eltern gebrauchte Kosename für die Kleine – „nun erzähle mal der Reihe nach. Was ist in der Schule vorgefallen. Also zuerst im Rechnen?“

Rechnen – eine höchst fatale Frage! Annemarie begann mit ihren Zöpfchen zu spielen, sie zuckte die Schultern und machte möglichst gleichmütig „Och“. Dann aber behielt die Aufrichtigkeit die Oberhand über die unangenehmen Empfindungen, welche Mutters Frage in Annemarie auslöste. Denn welches ehrliche Kind vermag etwas zu verschweigen, wenn das Mutterauge so klar in seiner Seele liest?

„Wir haben Klassenarbeit geschrieben – drei Fehler habe ich – aber Hilde Rabe hat neun, und Ruth sechs, und Erna Ruft hat nicht eine Aufgabe richtig,“ zählte sie ein wenig befangen auf.

„Und wer hat null Fehler?“

O weh, das waren eine ganze Menge, die Annemarie da nennen mußte.

„Da hast du doch bestimmt deine Gedanken wiedermal nicht beisammen gehabt, Annemie. Die Aufgaben kannst du, das weiß ich. Nun wirst du dich sicher zu Ostern von deinem ersten Platz trennen müssen.“

„Och, das schadet nichts,“ meinte Annemarie, obgleich es ihr sehr nahe ging, daß sie nicht mehr die Erste sein sollte. „Klaus sagt, Erster sein ist nicht schön, da kann man nicht mehr rauf kommen, bloß immer runter – – –“

„Ich wurde mir lieber an Hans ein Beispiel nehmen, anstatt an Klaus. Der hat doch sein Lebtag noch nicht Erster gesessen – und was ist sonst noch passiert?“

„Eigentlich gar nichts“ – Annemarie überlegte angestrengt. Nein, passiert war doch wirklich weiter nichts, denn den Tadel hatte sie doch noch nicht bekommen. Aber – ach was, wenn man so recht von Herzen vergnügt sein will, muß man alles von der Seele herunter haben – also!

„Fräulein Neudorf hätte mir beinah einen Tadel gegeben – aber nur beinah', Muttichen,“ bekräftigte Annemarie schnell noch einmal, da sie sah, daß Mutters stets so freundliches Gesicht sehr ernst wurde.

„Was soll denn das heißen, Annemarie?“

„Na ja, erst wollte sie, weil sie glaubte, ich hätte Margot gefragt, was bei der einen Aufgabe rauskommt. Und nachher hat sie sich zum Glück noch besonnen, und ganz nachher war sie überhaupt nicht mehr böse,“ sprudelte Annemarie ziemlich unklar heraus.

„Geh' in dein Zimmer und ziehe dich aus, Annemarie. Du hast mir heute wenig Freude gemacht.“ Mutti schaute traurig aus.

Das Töchterchen sah unbehaglich zu ihr hin.

„Wenn Fräulein Neudorf nicht mehr böse war, brauchst du es doch auch nicht zu sein, Mutti – und – und – das nächstemal passe ich gewiß wieder besser auf!“ Die Matrosenmütze rutschte noch schiefer, denn die Kleine hatte den Blondkopf in jäher Aufwallung an Muttis Wange gepreßt.

Konnte Frau Doktor Braun da ihrem Nesthäkchen noch zürnen? Sie machte sich aus der sie zerquetschenden Umarmung los, gab der kleinen Sünderin einen liebevollen Klaps und sagte: „Na lauf, Lotte, und bessere dich!“

Hurra – Mutti hatte wieder „Lotte“ gesagt! Mit einem Freudengeheul, dem sich sofort ein Jammergeheul des zu Muttis Füßen liegenden Puck anschloß, den sie in glückseliger Unachtsamkeit aufs Pfötchen getreten, verschwand Annemarie im Kinderzimmer.

Die Mütze flog aufs Bett, der Mantel auf den Tisch, die Mappe in den Puppenwagen und die Handschuhe auf die Erde.

„Tag, geliebtes Fräulein," mitten hinein in den großen Berg Ausbesserwäsche, in dem Fräulein wie zwischen weißen Wolken thronte, wirbelte Annemarie.

„Aber Annemarie, du kleiner Liederjahn – jeden Tag muß ich dich erst daran erinnern, daß man seine Sachen ordentlich forträumt –"

„Geliebtes, goldenes Fräulein, bloß keine Strafpredigt mehr, ich habe mein reichliches Teil heute schon weg." Ehe Fräulein noch des näheren auf den heiklen Punkt eingehen konnte, war das quecksilbrige Ding schon wieder davon. Draußen in der Küche biß es mit Riesenappetit in das leckere Brot, das Hanne inzwischen für „ihr Kind" bereitet. Denn Annemarie war, obgleich sie nun schon zehn Jahre alt wurde, als Nesthäkchen noch immer der Verzug vom ganzen Haus.

Nanu – und der, welcher sein Herzblatt am meisten vergötterte, der Vater, wollte heute gar nichts von ihr wissen?

„Drei Schritte vom Leibe, Lotte – potztausend, ich sage dir doch, du sollst nicht an mich herankommen!" so rief er ihr aufgebracht zu.

Annemarie, die dem aus der Praxis heimkehrenden Vater wie immer an den Hals geflogen war, machte ein höchst bestürztes Gesicht. Warum war denn Vater so ärgerlich auf sie? Hatte sie seinen Anzug mit ihren Butterbrothänden fettig gemacht? Das Töchterchen schob beleidigt die Unterlippe vor, das tat sie noch immer, trotzdem sie schon ein großes Mädchen war. Vater aber ging in sein Zimmer und kleidete sich um.

Bei Tisch war das Plappermäulchen so einsilbig, daß es den Brüdern auffiel.

„Was ausgefressen, Annemie?" fragte Hans, der ältere, mitleidig.

„Ih wo!" Annemarie sah unsicher zum Vater hin. Sie wußte wirklich nicht, was sie verbrochen.

„Du hast gewiß 'nen Tadel bekommen," rief Klaus, denn darin hatte er reiche Erfahrung.

„Ih wo!" machte die jüngere Schwester wieder, aber das klang nicht ganz so bestimmt wie vorher. Diesmal ging ihr Blick unsicher zur Mutter hin.

Nach der Mahlzeit packte Vater sein beleidigtes Nesthäkchen bei den winzigen Rattenschwänzchen.

„Du mußt dir das nicht so zu Herzen nehmen, meine Lotte, daß ich dich vorhin angefahren habe. Ich kam von Scharlachkindern, da hatte ich Angst, daß du dich anstecken könntest, wenn du so dicht an mich herankommst."

Seine Lotte lachte bereits wieder über das ganze Gesicht. Wenn Vater nicht ärgerlich auf sie war, ach, dann war ja alles gut! Dann ließ sie sich sogar gern ein bißchen von ihm anfahren.

„Und weißt du, Vatchen," beruhigte sie ihn zärtlich, „du brauchst gar keine Angst zu haben. Ich bekomme bestimmt nicht Scharlach, denn ich habe ja erst die Masern gehabt."

2. Kapitel. In Vaters Klinik

Eine Woche war es nur noch bis zu den Osterzensuren. Man sprach jetzt in der Schule eigentlich von nichts anderem mehr. Höchstens in der achten Klasse. Da war der bevorstehende Geburtstag von Annemarie Braun, und wen sie wohl zu ihrer Kindergesellschaft einladen würde, beinahe ebenso wichtig wie die Versetzung. Denn Annemarie war allgemein beliebt in der Klasse, und außerdem erschien es einer jeden als höchstes Ziel, bei der Ersten eingeladen zu werden. Wenn Annemarie auch meistens nur auf dem ersten Platz Gastrollen gab. Durch ihre guten Fähigkeiten überflügelte sie ihre Mitschülerinnen, doch ihr übermütiges und unachtsames Wesen ließ sie den Ehrenplatz nie lange behaupten.

Aber die Kindergesellschaft durfte nur stattfinden, wenn Annemarie „lobenswert" im Betragen bekam. Mutti hatte es ausdrücklich ihrem

Nesthäkchen eröffnet. Annemarie hoffte, daß Fräulein Neudorf den Radau neulich vor der Rechenstunde vergessen haben würde – und mit ihr hofften es all ihre Freundinnen.

Überhaupt irgendwelche Sorgen pflegte sich der lustige Wildfang nie lange zu machen. Wie kam es dann nur, daß Annemarie jetzt gar nicht so ausgelassen sein konnte wie sonst? Daß sie unlustig zur Arbeit wie zum Spielen war, daß sie sich sogar mit dem Lieblingsbruder Hans nicht vertrug und losheulte, wenn man sie bloß schief ansah? Grade ihr liebenswürdiges Wesen gewann ihr doch sonst alle Herzen. Auch mit Freundin Margot hätte es sicherlich Streit gegeben, wenn diese nicht solch ein sanftes Kind gewesen wäre.

Nicht einmal die Handarbeitsstunde, in der Puppenkleider genäht wurden, und auf die sie sich so gefreut hatte, machte ihr Spaß. Auf ihrem ersten Platz saß Annemarie und hatte vor sich den wunderschönen hellblauen Puppenlappen, den sie Mutti abgebettelt, ausgebreitet. Ihre Negerpuppe Lolo, die sie nach der Schule begleitet hatte, grinste vor Freude über das neue Sonntagskleidchen, das sie bekommen sollte.

Es war ein drolliges Bild, wie die kleinen Schulmädel voll Eifer ihren Puppenkindern nach Fräulein Herings Angaben Maß nahmen. Jeder Schülerin sah man die Freude an der hübschen Beschäftigung an.

Nur Annmaries Gesicht schaute unlustig drein. Anstatt die Schulterbreite von Lolo zu messen, stützte sie ihren Blondkopf in die Hand. Wie der brannte und schmerzte! Und die Augenlider waren ihr so schwer, daß sie dieselben am liebsten geschlossen hätte.

Aber nein, sie wollte doch ihre Lieblingslehrerin nicht ärgern. Mit Anstrengung riß die Kleine die drückenden Blauaugen wieder auf.

Nanu, was fiel denn Puppe Lolo ein? Die steckte ihr ja ganz weit die rote Zunge, die sonst hinter den weißen Porzellanzähnchen kaum sichtbar war, heraus. Ja, war das denn überhaupt noch die Lolo? War das denn nicht der große braune Affe, den sie neulich im Zoologischen Garten gesehen? Jetzt fletschte er sogar noch die Zähne und - ein lauter Aufschrei gellte von Annemaries Lippen durch die achte Klasse.

Die neben ihr sitzende Margot packte die Freundin erschreckt beim Arm - wie konnte die Annmarie nur so ungezogen sein und mitten in der Stunde losschreien!

Aller Augen wandten sich halb lachend, halb erstaunt der Ersten zu - was die Annemarie Braun doch immer für Ulk machte!

Fräulein Hering aber trat kopfschüttelnd zur ersten Bank. Bei all ihrer Zuneigung für das reizende Mädchen, das durfte sie doch nicht durchgehen lassen.

„Annemarie, ist dir was?“fragte sie.

„Nein - ich weiß nicht - mein Kopf tut so doll weh - und - und ich graule mich so vor der Puppe.“ Annemarie begann zu weinen, während die Klasse über das große dumme Mädel laut zu lachen begann.

Fräulein Hering gebot Ruhe und fühlte Annemaries Stirn.

„Genau wie Mutti“ dachte Annemarie und schloß beruhigt die Augen. Mutti war bei ihr – sicher – wer konnte denn sonst so zärtlich über ihre Locken streichen? Ach, wenn Mutti bei ihr war, dann war ja alles gut.

„Du hast Fieber, mein Kind,“ hörte sie jemand sagen. Doch das war nicht Muttis Stimme, nein, das war ja die von Fräulein Hering. Wie aus weiter Ferne klang sie an Annemaries Ohr. „Du mußt nach Haus gehen, mein Herzchen, aber ich wage nicht, dich allein zu schicken, da dir nicht gut zumute ist. Ich werde dich nach der Stunde selbst heimbringen.“

Es war zweifelhaft, ob das fiebernde Kind die freundlichen Worte begriffen hatte. Es hatte den Kopf auf den Schultisch gelegt, grade auf den hellblauen Puppenlappen. Die Mienen der anderen Kinder zeigten Bestürzung und Teilnahme; während die schwarze Lolo ein wütendes Gesicht machte, weil sie das schöne blaue Kleid nicht bekam.

Als die Schulglocke schrill durch alle Klassen gellte, fuhr Annemarie aus dem Halbschlaf, der sie umfangen, wieder weinend empor. Aber die gütigen Worte ihrer Lieblingslehrerin beruhigten sie. Fräulein Hering setzte Annemarie eigenhändig die Mütze auf die Locken und zog ihr den Mantel an. Vorsorglich schlug sie ihr den Kragen desselben hoch, damit sich das Kind, dessen Backen glühten, nicht noch draußen in der scharfen Märzluft erkälte. Margot schnallte ihr mit mitleidigen Augen die Mappe auf, und gab ihr Lolo in den Arm.

Da aber begann Annemarie wieder zu schreien. Das schwarze Negergesicht der Puppe flößte ihr Grauen ein. Fräulein Hering nahm die Puppe selbst. Mit dem anderen Arm umschlang sie die erkrankte Annemarie. Aber so liebevoll die Lehrerin sie auch stützte, die Kleine vermochte kaum zu gehen. Die Beine waren ihr so schwer, als ob tausend Gewichte daran hingen. Nur mit Mühe kamen sie die breiten Steintreppen hinab.

Der Schuldiener mußte ein Auto holen. Unter neidischen Kinderblicken nahm Annemarie mit der allgemein beliebten Lehrerin darin Platz.

Ach – Annemarie war nicht beneidenswert. In ihren Schläfen hämmerte und pochte es, der Kopf, den sie an Fräulein Herings Schulter lehnte, zersprang ihr fast vor Schmerzen. Das Töffen und Rattern des Autos, das ihr immer solchen Spaß gemacht, verursachte ihr geradezu eine körperliche Pein. Und die Fahrt, sonst für Annemarie der Gipfelpunkt aller Wünsche, ließ sie ganz gleichgültig. In wenigen Minuten hielt das Auto vor dem hohen Haus, in dem Doktor Braun wohnte.

Der Hausmeister stand im Vorgärtchen und beschnitt die Sträucher. Als er sah, daß die Dame sich vergeblich mühte, die Kleine von Doktors aus dem Wagen zu heben, sprang er herzu und trug Annemarie auf seinen Armen die Treppe hinauf. Denn selbst der Hausmeister hatte das freundliche Kind in sein Herz geschlossen.

O weh – was bekam Frau Doktor Braun für einen Schreck, als ihr Nesthäkchen ihr so nach Hause gebracht wurde. Nachdem sich Fräulein Hering mit den besten Wünschen für die kleine Patientin, die Fräulein inzwischen zu Bett gebracht hatte, empfohlen, legte die Mutter als tüchtige Doktorfrau sofort das Thermometer ein. Das schnellte fast bis vierzig Grad empor.

Um Himmelswillen – was war mit dem Kinde? So hoch hatte Annemarie noch nie gefiebert. Die geängstigte Mutter eilte ans Telephon, ihren Mann aus seiner Klinik herbeizurufen.

Bald stand Doktor Braun an dem Bett seines Kindes und untersuchte es eingehend. Zuerst erkannte es den Vater gar nicht, sondern hielt ihn für den Hausmeister. Aber als der Vater ihr seine kühle Hand auf die brennende Stirn legte und zärtlich sagte: „Meine dumme, kleine Lotte, das war nicht nötig gewesen!" da schlug Annemarie die Augen auf und sah den Vater mit unklarem Blick an.

„Mir tut mein Hals so doll weh!" wimmerte sie. Dann verschwommen Vaters blonder Bart mit dem Kornblumenmuster der Tapete – Annemarie tauchte wieder unter in die Welt der Fieberträume.

Sie hörte nicht die ernsten Worte, die der Vater zu der vor Aufregung blassen Mutter sprach: „Unsere Lotte ist sehr krank – sie hat Scharlach. Der Körper zeigt bereits die kennzeichnenden Flecke. Es ist unmöglich, daß wir das Kind im Hause behalten. Erstens der beiden Jungen wegen, und zweitens wegen der Ansteckungsgefahr für meine in die Sprechstunde kommenden Patienten. Ich muß das Kind, so schwer es mir wird, aus dem Hause geben und nach meiner Klinik bringen lassen."

Da aber begann Frau Doktor Braun zu jammern: „Was, mein Nesthäkchen, meine Lotte soll ich fortgeben, wenn sie so krank ist – nein, Edmund, das bringe ich nicht übers Herz. Ich trenne mich nicht von meinem Kinde, dann siedele ich mit ihr in die Klinik über."

„Daran habe ich auch gedacht, Elsbeth. Aber du bist dann für viele Wochen von unserm Hause und den Jungen vollständig getrennt. Annemarie bedarf deiner nicht, ich würde ihre Pflege Schwester Elfriede übergeben. Besser als bei der kann sie selbst bei der eigenen Mutter nicht aufgehoben sein. Und denke nur, wie Klaus in deiner Abwesenheit verwildern würde, vor Fräulein hat der Schlingel wenig Respekt. Und ich selbst bin doch nur während der Mahlzeiten und der Sprechstunden zu Hause. Ich komme ja täglich zweimal in die Klinik und sehe nach dem Kinde. Mit Gottes Hilfe bringe ich dir unsere Lotte ganz gesund wieder heim." So überzeugungsvoll klang es aus dem Munde des Arztes, daß seine Frau sich schweren Herzens in das Unvermeidliche fügte.

Annemarie ahnte nichts von dem, was über ihre nächste Zukunft bestimmt wurde. Sie hörte nicht, daß Vater telephonisch einen Krankenwagen bestellte. Unruhig wälzte sie sich in ihren Kissen umher, stöhnte und wimmerte von Zeit zu Zeit. Auch als Vater sie, in Decken und Kissen verpackt, aus ihrem Kinderzimmer trug, um sie in den unten bereitstehenden Krankenwagen zu bringen, schlug sie die Augen nicht auf.

Mit tränenverschleierten Blicken sah Mutti ihr Nesthäkchen, von dem sie sich kaum jemals im Leben getrennt hatte, an sich vorübertragen. Ihre Hände falteten sich in Herzensangst, und ein inbrünstiges Gebet stieg aus gepreßtem Mutterherzen zum Allvater empor: „Lieber Gott, erhalte sie mir, – gib mir meine Lotte gesund wieder!"

Fräulein, das gute Gesicht selbst von Tränen benetzt, stützte Frau Doktor Braun. Ihr war es nicht viel leichter ums Herz als der Mutter, hatte sie doch Annemarie von klein auf unter ihrer treuen Obhut gehabt. Wie gern wäre sie mit in die Klinik gegangen und hätte die kleine Kranke gepflegt. Aber Doktor Braun meinte, eine Berufspflegerin sei besser am Platz.

Durch die Türspalte lugten Hans und Klaus mit erregten, ängstlichen Gesichtern. Köchin Hanne aber, die schon seit Annemaries Geburt im Hause war, schluchzte zum Gotterbarmen, daß man ihnen ihr Kind fortnahm. Auch Puck, das kleine Zwerghündchen, Annemaries lustiger Gespiele, empfand die Schwere der Stunde. Er lief bis zum ersten Treppenabsatz hinter seinem Herrn her und kroch dann leise winselnd zurück zu Frau Doktor, der er tröstend die Hand leckte.

„Selbst das unvernünftige Vieh weint um unser Kind!" schluchzte Hanne und wischte sich das nasse breite Gesicht mit dem blauen Schürzenzipfel.

Gerade als Annemarie in den Wagen mit dem roten Kreuz gebettet wurde, kam Margot Thielen aus der Schule. Mit entsetzten Augen sah sie den Menschenauflauf, der sich neugierig vor dem Haus zusammengefunden. Brachte man da die Annemie nicht fort? O Gott – so schlimm stand es also mit ihr?

Tage vergingen, ohne daß die kleine Patientin das Bewußtsein wieder erlangte. Immer sorgenvoller wurden Doktor Brauns Mienen, wenn er aus dem großen Krankensaal in das Privatzimmer seiner Klinik schritt, in das er sein Töchterchen gelegt. Kaum vermochte er seiner armen Frau, die voll Bangen auf seine Berichte wartete, Trost und Zuversicht zu spenden. Sollte er mit all seiner ärztlichen Kunst und Sorgfalt, die schon so vielen geholfen, nicht auch seinen Liebling erhalten können?

Der Zensurentag, vor dem Annemarie heimlich gebangt, war inzwischen herangekommen. Margot, die sich täglich nach dem Befinden ihrer kranken Freundin erkundigte, hatte Annemaries Zeugnis mit nach Haus gebracht. Den ersten Platz hatte Annemarie allerdings räumen müssen. Marlene Ulrich hatte ihn errungen. Annemarie war die Dritte geworden, aber im Betragen stand „lobenswert". Nun hätte sie ihre Kindergesellschaft geben können, wenn – ja, wenn nicht eben alles ganz anders gekommen wäre.

Durch das unverhangene Fenster blinzelte die Aprilsonne in das Krankenzimmer. Seit acht Tagen gab sie sich redlich Mühe, die schönsten goldenen Kringel und Sterne an die weißgetünchte Wand zu malen, um das kranke kleine Mädchen zu erfreuen. Doch das hatte dessen nicht acht. Es machte seine Augen nicht auf.

Aber heute – die goldenen Strahlenbeinchen der Sonne vollführten einen Luftsprung vor Freude – heute hatte die Annemarie zum erstenmal ihre Blauaugen geöffnet. Verwundert sah sie sich in der fremden Umgebung um.

Nanu – was war denn mit ihrer Kinderstube vorgegangen? Die hatte doch früher schöne blaue Kornblumentapete gehabt? Und wo war denn ihr weißes Kindertischchen, ihr Pult, die Puppenecke und das Wandbrett mit all ihren Spielsachen hingekommen? Kahle weiße Wände, wohin sie auch blickte. Und der Baum, dessen Zweige der Wind gegen die Scheiben schlug, war doch früher auch nicht vor ihrem Kinderstubenfenster gewesen?

Annemarie versuchte nachzudenken. Doch der Kopf war ihr so wüst, als ob alle Gedanken darin durcheinandergewirbelt wären. Da tat sie das, was ein Kind immer tut, wenn es sich keinen Rat weiß, sie rief weinerlich „Mutti".

Aber keine Mutti kam. Schwester Elfriede, welche hinausgegangen war, um eine Tasse Milch für die kleine Patientin zu holen, eilte auf das laute Schreien: „Mutti – Fräulein – Mutti!" schnell an das Bett ihrer Pflegebefohlenen zurück.

„Still, Herzchen, weine nicht" – freundlich strich die Schwester über Annemaries Locken, die ebenso wirr waren wie ihre Gedanken.

Doktors Nesthäkchen hielt jäh im Weinen inne. Die großen blauen Augen, die in dem schmalgewordenen Kindergesicht noch größer erschienen, weiteten sich vor Staunen unnatürlich.

Wer war denn das? Die kannte sie doch gar nicht. Wo hatte sie bloß schon mal jemand gesehen, der solch blauweiß gestreiftes Kleid und solch ein weißes Häubchen getragen hatte? Die Kleine konnte sich nicht darauf besinnen, denn der Kopf schmerzte sie noch immer. Hatte sie irgendeine böse Fee verzaubert, wie das in ihren Märchenbüchern öfters vorkam?

Inzwischen führte Schwester Elfriede dem kleinen Mädchen die Tasse Milch zum Munde.

„Trink, Herzchen."

Aber Annemarie stieß die Hand mit der Milch fort: „Nein – nein, Mutti soll kommen oder Fräulein!" sie begann aufs neue zu weinen.

„Ei, Annemarie, wenn du schön brav bist und deine Milch trinkst, dann kommt bald der Papa, in einer halben Stunde ist er hier," tröstete die sanfte Schwester.

Papa – den hatte doch bloß Margot. Sie hatte keinen Papa, sondern einen Vater oder „Vatchen", wie sie ihn meistens nannte. Aber der freundliche Zuspruch verfehlte seine Wirkung nicht. Annemarie wurde ruhiger und trank ihre Milch.

Dann lag sie wieder ganz still in dem Gefühl lähmender Mattigkeit, die nach tagelangem hohen Fieber einzutreten pflegt. Durch die langen Wimpern blinzelnd, sah sie zu, wie die Fremde in dem blauweißgestreiften Kleid die gebrauchten Gegenstände säuberte.

Ach – es wurde plötzlich heller in Annemaries dämmernden Gedanken – das war sicher das neue Hausmädchen, das zu Ostern zuziehen sollte.

„Heißen Sie auch Frieda?“ fragte sie. Denn so hatte die frühere geheißen.

„Nein, aber Elfriede“, lautete die freundliche Antwort. Die Schwester sprach mit Willen möglichst wenig mit dem kranken Kinde, um das gesunkene Fieber nicht wieder zu steigern.

„Waren Sie früher auch bei Kindern?“ Annemaries Interesse an der Neuen war geweckt.

„Ja, ab und zu, wie es sich gerade machte.“

„Woher sind Sie denn?“

„Aus Berlin.“

Annemarie wunderte sich sehr. Die Mädchen, die sie sonst gehabt, waren aus Pommern, Schlesien oder Ostpreußen gewesen.

„Werden Sie sich auch mit Hanne vertragen? Unsere frühere Frieda hat sich oft mit ihr verkracht. Aber sie meint es nicht böse, die Hanne, wenn sie auch manchmal schimpft.“

Schwester Elfriede sah das Kind aufmerksam an. Fieberte es etwa schon wieder? Unter ihrem prüfenden Blick kam Annemarie wieder das Gefühl des Fremdseins, das sie während der Unterhaltung fast vergessen.

„Hanne soll kommen, wenn Mutti und Fräulein fortgegangen sind – ach bitte, bitte, rufen Sie wenigstens Hanne herein.“

„Hanne ist auch nicht hier, mein Herzchen – schlaf noch ein bißchen, und wenn du aufwachst, ist der Papa da“, redete ihr die Schwester zu.

Aber davon wollte die kleine Patientin nichts hören. Es begann wieder weinerlich um ihre Mundwinkel zu zucken. Denn Doktors Nesthäkchen war bei all seiner Liebenswürdigkeit ein etwas verwöhntes junges Fräulein. Und durch die Krankheit kam dies noch mehr zum Ausdruck.

Wieder begann ein lautes Rufen nach Mutti, Fräulein und Hanne – Schwester Elfriede stand ratlos. All ihre freundlichen Worte wollten nichts nützen.

Zum Glück war es gerade die Zeit für Doktor Brauns Nachmittagsbesuch in der Klinik. Sein erster Weg galt natürlich seinem Kinde.

Auf dem Flur schon vernahm der Arzt das Weinen und Rufen seines kranken Nesthäkchens. War es endlich bei Besinnung? War eine Besserung eingetreten?

Mit hastigem Schritt öffnete er die Tür.

„Vatchen –“ das weinende Gesichtchen verklärte sich förmlich – „Vatchen, liebes Vatchen!“ Annemarie klammerte sich fest an Vaters Hand.

Aber auch Doktor Brauns Gesicht sah verklärt drein. Ein Blick ließ den erfahrenen Arzt sofort die Wendung zum Guten erkennen.

„Lotte, dumme kleine Lotte, warum weinst du denn?“ zärtlich wischte er seinem Liebling die Tränen von den bleich gewordenen Wangen.

„Weil – weil Mutti und Fräulein fortgegangen sind, und weil die neue Elfriede nicht mal Hanne rufen will. Und denn – meine Kinderstube sieht ja so komisch aus – ganz anders – nein, wirklich, Vatchen, der Baum da vorm Fenster muß über Nacht gewachsen sein.“

Doktor Braun und Schwester Elfriede sahen sich lächelnd an. Dann begann der Arzt die Untersuchung.

„Bin ich denn krank?“ verwunderte sich Annemarie.

„Ja, mein Liebling, du warst sehr krank und hast uns große Sorgen gemacht. Aber nun wird meine Lotte mit Gottes Hilfe bald gesund werden, wenn sie brav folgt und nicht weint und nach Mutti ruft. Schwester Elfriede sorgt ja so lieb für dich – – –"

„Schwester Elfriede – ist denn das nicht unser neues Hausmädchen?" Annemarie fragte es flüsternd.

Da aber konnte der Vater ein Lachen nicht zurückhalten. Es war ja das erstemal seit Tagen, daß es ihm wieder leichter ums Herz war, daß er überhaupt zu lachen vermochte. Auch Schwester Elfriede stimmte mit ein.

„Nein, Lotte" – der Vater hielt es für das richtigste, der Kleinen die Wahrheit zu sagen. „Das ist Schwester Elfriede, die sehr lieb mit dir ist und dich gesund pflegen wird. Ich habe dich in meine Klinik nehmen müssen, damit die Jungen nicht auch noch Scharlach bekommen, und all meine Patienten dazu."

Hatte Schwester Elfriede gedacht, daß auf diese Eröffnung hin eine neues Weinen erfolgen würde, so hatte sie sich gründlich geirrt.

„In deiner Klinik bin ich?" Mit glückseligen Augen blickte sich Annemarie in dem fremden Raum um. Ach, das war ja schon von jeher ihr sehnlichster Wunsch gewesen, mal in Vaters Klinik krank zu sein – und nun noch gar an Scharlach, nicht nur an Masern oder Windpocken, die jedes Kind bekam. Das dumme kleine Mädel war unsagbar stolz darauf.

„Das ist fein, Vatchen, daß ich in deiner Klinik sein darf, das habe ich mir schon immer mal gewünscht. Kommt Mutti bald und besucht mich?"

Der Vater zögerte einen Augenblick.

„Vorläufig nicht, mein Herzchen, Mutti darf wegen der Ansteckung nicht zu dir. Aber sie wird dir einen langen Brief schreiben."

„Das ist ja noch viel feiner" – Annemarie hatte noch nie einen Brief von Mutti bekommen. „Und Fräulein und Hänschen und Kläuschen sollen mir auch schreiben, und – und Hanne auch." Immer leiser war die Stimme der kleinen Kranken geworden. Sie wollte gern noch Mutti grüßen lassen, doch sie kam nicht mehr dazu. Ihre Augenlider waren wieder zugeklappt, denn die Schwäche war noch recht groß.

Aber das war jetzt kein unruhiger Fieberschlummer mehr, das war Genesungsschlaf. Ein Weilchen verweilte Doktor Braun noch am Bett seines Nesthäkchens, dann ging er glücklichen Herzens, seiner Frau die frohe Botschaft von der eingetretenen Besserung zu melden.

3. Kapitel. Der zehnte Geburtstag

Ja, nun ging es vorwärts. Langsam zwar, so langsam, daß die ungeduldige Annemarie glaubte, sie würde überhaupt nicht mehr aus ihrem „Käfig" herausgelassen. Die Freude, in Vaters Klinik zu sein, legte sich bald. Denn mit den allmählich wiederkehrenden Kräften kam die alte Lebhaftigkeit zurück, und damit die Qual des Stilliegenmüssens für den Wildfang.

So lieb Schwester Elfriede auch zu ihr war, die Sehnsucht nach der Mutter machte sich doch bald bemerkbar. Gerade ein krankes Kind bangt sich nach einem zärtlichen Mutterwort. Zwar schrieb Mutti täglich ein Briefchen voll Sehnsucht und Liebe an ihre kranke Lotte. Aber diese war allmählich dahintergekommen, daß tausend Briefe eine persönliche Liebkosung von Mutti nicht zu ersetzen vermochten. Und daß Mutti sie überhaupt nicht besuchen durfte, war eine arge Enttäuschung. Schwester Elfriede hatte es nicht immer leicht mit ihrer kleinen Patientin. Dabei hatte Annemarie die sanfte, stets freundliche Schwester mit dem sauberen Häubchen auf dem braunen Scheitel, die so geräuschlos im Zimmer waltete, von Herzen lieb gewonnen. Aber ein krankes Kind wird leicht eigenwillig. Und Doktors Nesthäkchen hatte schon vorher davon ein ganzes Teil in seinem hübschen Köpfchen.

Mutti durfte sie nicht besuchen, aber ein anderer weniger erwünschter Gast stellte sich ein – die Langeweile. Mit den Kleinkinderspielen, die sich in der Klinik vorfanden, wußte Annemarie nichts anzufangen, dazu war sie schon zu groß. Lesen sollte sie noch nicht, und immer konnte Schwester Elfriede doch auch nicht Geschichten erzählen. Der Mund tat ihr ja schon weh davon.

Draußen schlug der Aprilregen klatschend gegen die Fensterscheiben. Aber in Annemaries Krankenstübchen war es gemütlich. Bei der grünverhangenen Lampe saß Schwester Elfriede mit ihrer Stickarbeit. Annemarie ruhte in ihren weißen Kissen und – langweilte sich.

„Ha – uh – ah – uh –“ sie gähnte aus Leibeskräften.

„Bist du schon müde, Herzchen, es ist noch nicht mal sechs Uhr. Vater war ja noch gar nicht zum Abendbesuch in der Klinik“, meinte die Schwester Elfriede verwundert.

„Nee, müde bin ich gar nicht, aber ich mopse mich so doll. Was soll ich denn bloß anfangen?“

„Wollen wir uns Rätsel aufgeben?“ schlug die Schwester vor.

„Ach nee – ach nee, die Rätsel kenne ich ja schon alle.“

„So wollen wir Städtenamen oder Sprichwörter raten“, die gute Schwester verlor die Geduld nicht.

Aber auch dazu hatte das junge Fräulein keine Lust. Eigentlich hatte sie zu nichts Lust, sie wollte bloß ein bißchen quälen.

„Was haben wir denn heute für einen Tag?“ begann es, nachdem es noch verschiedene Male gegähnt hatte, von neuem.

„Dienstag, Annemarie.“

„Ich meine, was für ein Datum.“

„Heute ist der fünfte April, Kind.“

„Was – schon der fünfte“ – das sich langweilende kleine Mädchen wurde plötzlich ganz lebhaft. „Dann ist es ja die höchste Zeit, daß ich die Einladungen für meine Kindergesellschaft schreibe.“

„Aber Annemarie,“ Schwester Elfriede lachte herzlich, „willst du etwa hier in der Klinik eine Kindergesellschaft geben?“

„Nee, hier natürlich nicht. Aber es sind ja noch vier ganze Tage bis zu meinem Geburtstag. Bis dahin bin ich bestimmt wieder gesund und zu Hause bei Mutti.“

„Nein, mein Herzchen, die Hoffnung muß ich dir leider nehmen. So schnell geht das doch nicht mit dem Gesundwerden. Sechs Wochen mußt du schon hier bei uns bleiben.“

„Wa–as?“ Annemarie vergaß vor Schreck den Mund zuzumachen.

Als Vater kam, fand er seine Lotte wieder in Tränen. Nicht einmal die Osterzensur, die er ihr mitbrachte, durch welche sie zur Schülerin der siebenten Klasse aufrückte, vermochte sie zu trösten. Ja, selbst das „Lobenswert“, um das sie so gebangt, machte ihr keine Freude. Was nützte ihr denn das, wenn sie doch keine Kindergesellschaft geben konnte!

„Und auf meinen Geburtstag freue ich mich jetzt kein bißchen mehr, wenn ich dann noch in der ollen Klinik im Bette liegen muß. Wer soll mir denn hier was schenken?“

Vater lächelte geheimnisvoll und gab Annemarie den Rat, für alle Fälle Schwester Elfriede einen Wunschzettel zu diktieren, da sie selbst nicht schreiben durfte. Nun hatte die Kleine mehr als genug zu überlegen – für heute war die Langeweile aus dem Krankenzimmer gescheucht.

Der zehnte Geburtstag von Doktors Nesthäkchen war herangenaht. Goldene Frühlingssonne lachte zum Fenster hinein und küßte die kleine Schläferin als erste Gratulantin wach.

Doch Annemarie wollte gar nicht aufwachen. Sonst rumorte sie an ihrem Geburtstag zu Fräuleins Ärger schon vor Tau und Tag und konnte die Zeit gar nicht erwarten. Aber heute – worauf sollte sie sich wohl heute freuen? Krank, fern von Mutter und Vater, ohne Geburtstagstisch und ohne Gratulanten, ohne Nachmittagsschokolade und ohne Kindergesellschaft – und noch dazu an ihrem zehnten Geburtstag, der eine Null hatte und darum besonders festlich begangen werden mußte! Nein, sie wollte heute überhaupt nicht aufwachen.

Aber die übermütige Frühlingssonne, die nichts von Annemaries trübseligen Gedanken ahnte, ließ nicht nach, sie mit ihren goldenen Lichtern zu blenden. Jetzt nahm sie gar einen ganz feinen, spitzen Strahl und fuhr dem faulen Geburtstagskinde damit unter dem Stupsnäschen herum – au, wie das krabbelte.

„Hatschi" – und nochmals „hatschi" machte Annemarie, und nun schlug sie doch die Blauaugen auf.

Erstaunt rieb sie sich dieselben. Ja, träumte sie noch oder wachte sie? Da stand ja ein richtiger weißgedeckter Geburtstagstisch vor ihrem Bette mit zehn brennenden bunten Lichtchen und einem langen Lebenslicht. Ganz wie zu Hause. Blumen über Blumen waren auf den Tisch gestreut, Blauveilchen, Schneeglöckchen und gelbe Mimosen. Und dazwischen lagen viele Geschenke – mit einem Jubellaut griff das Geburtstagskind danach.

Handfertigkeitskasten, Würfel- und Gesellschaftsspiele, eine Puppenschneiderei, bunte Bleie und Postkarten zum Austuschen dazu, Kopfzerbrecher und – hurra – auch ein neues Geschichtenbuch. Im Umsehen waren alle trüben Gedanken Annemaries wie fortgeblasen.

Aber wo steckte denn bloß Schwester Elfriede, die das alles so liebevoll für sie hergerichtet? Annemarie wandte suchend den Kopf, um ihr zu danken. Da war keine Schwester Elfriede, aber einer, bei dessen Anblick die Kleine aufs neue in Jubel ausbrach. Hinter ihr stand der Vater. Lächelnd schaute er das Glück seiner Lotte.

In aller Herrgottsfrühe war der gute Vater schon in die Klinik gekommen, um seinem kranken Töchterchen eigenhändig den Geburtstagstisch aufzubauen. Wie hätte er es seiner Frau gegönnt, die Freude ihres jetzt zehnjährigen Nesthäkchens mitanzusehen. Nur über eines jammerte Annemarie noch, daß sie dem Vater nicht mal heute an ihrem Geburtstage einen Kuß geben durfte.

Nun zog der Vater sämtliche Gratulationsbriefe hervor. In jeder Tasche hatte er einen. Alle, alle hatten sie an die Annemarie geschrieben. Zuerst kam natürlich Muttis Brief heran. Da rann allerdings ein blinkender Tropfen Annemaries Stupsnäschen herunter, als sie die zärtlichen Worte und Wünsche, welche die Mutter zum erstenmal im Leben ihrem Kinde schreiben mußte, las. Aber der übermütige Brief von Klaus, der ihr „mit einer Träne im Knopfloch und mit einem Veilchenstrauß im Auge“ Glück wünschte, stimmte sie gleich wieder heiter. Fräulein und Hans, ja selbst Hanne hatte an „ihr Kind“ geschrieben.

„Vatchen, die Hanne hat sicherlich statt einer Feder den Schrubber zum Schreiben genommen. Sieh bloß mal“, Annemarie konnte sich gar nicht vor Lachen über die ungelenken Schriftzüge beruhigen.

Schwester Elfriede brachte das Frühstück und beglückwünschte ihre kleine Pflegebefohlene mit einem neuen Rätselbuch, da Annemarie ja von ihren alten Rätseln nichts mehr wissen wollte. Sie mußte sogleich Hannes Brief mit anhören. Ausgelassen las ihn das Geburtstagskind vor:

> Mein lihbes Annemiehchen!
>
> Ich gradulihre Dich auch zu Deinen Zähnten Gebuhrzdag und Wünsche Dich Gottes Sägen und immer Hübsch Gesunt. Und der Kuhchen Backe Ich Dich nach, wenn Du Man ärst Wieder Nachhause derfst. Du fählst mich Sehr und Ich Grieße Dir vielmals von Deine alte Hanne.

Und immer neue Briefe und Blumen kamen. Bunte Ansichtskarten von Margot und allen anderen Schulfreundinnen. Nein, war das aber nett, selbst ihr liebes Fräulein Hering hatte ihr eine Glückwunschkarte geschrieben. Die gute Großmama, die sich fast noch mehr Sorgen um ihr krankes Enkelchen machte, als selbst Mutti, schenkte ihr einen Phonographen. Die drolligsten Walzen hatte sie dazu ausgesucht, um ihrem Herzblatt die Zeit zu vertreiben.

Tante Albertinchen aber mit den grauen Ringellöckchen, deren Liebling sie war, sandte ihr ein Glückskleetöpfchen. Süß war das, Annemarie nahm sich vor, es ganz besonders gut zu pflegen.

Noch eine Überraschung brachte der festliche Tag.

Am Abend, als Vater noch einmal nach seinem Töchterchen sah, sagte er geheimnisvoll: „Ach, beinahe hätte ich es vergessen, ich habe dir ja noch einen Geburtstagsgast mitgebracht, Lotte."

„Mutti?!" halb jauchzend, halb zaghaft fragend klang es, als ob Annemarie das große Glück gar nicht zu fassen vermochte.

„Nein, du Dummchen, Mutti darf doch nicht herkommen. Das weißt du ja. Es ist ein anderer – rate mal!"

Annemarie zerbrach sich den Kopf. Es gab keinen ihrer Verwandten und Bekannten, den sie nicht nannte. Aber jedesmal schüttelte der Vater den Kopf.

„Jemand, der sich nicht anstecken kann", kam ihr der Vater zu Hilfe.

„Am Ende Puck?" sehr erfreut klang das gerade nicht.

„Nein, der würde hier doch etwas zu lebhaft sein", lachte Doktor Braun. „Da, du schlechte Puppenmutter, diese junge Dame möchte dir gern gratulieren."

„Gerda" – jubelnd rief es Nesthäkchen. Wie lange war es her, daß sie nicht solche Freude mit ihrer Puppe gehabt hatte! Doch wenigstens eine, der sie heute einen Kuß geben durfte. Denn Gerdas Gesicht war aus Zelluloid und konnte mit Lysol abgewaschen werden. Ordentlich gerührt war Annemarie, daß ihre alte Puppe, die sie im letzten Jahr so arg vernachlässigt, jetzt zu ihr kam, wo sie krank und allein war. Das kleine Mädchen hatte das Gefühl, als ob sie nun ihre allerbeste Freundin bei sich habe.

Wie hübsch Puppe Gerda wieder aussah! Neue glänzend braune Augen hatte sie bekommen. Die blonden Zöpfchen, die sich Annemarie vor Jahren mal selbst abgeschnitten hatte, damit ihr Puppenkind nicht als Kahlkopf herumlaufen sollte, waren zu niedlichen Schnecken über jedem Ohr aufgesteckt. Genau wie Ilse Hermann in ihrer Klasse! Ein wunderhübsches weißes Matrosenkleid hatte Fräulein ihr genäht, und die grüne Sportjacke hatte sicherlich Mutti ihr gehäkelt. Und wieviel Kleider und Hüte konnte Annemarie ihrer Gerda aus der neuen

Puppenschneiderei noch selbst anfertigen. Schwester Elfriede versprach, ihr beim Zuschneiden behilflich zu sein. Annemarie wurde nicht müde, die Zusammenstellung der Farben zu überlegen und hübsche Macharten ausfindig zu machen.

Als Schwester Elfriede endlich Nacht machen konnte, da schlief die große, jetzt zehnjährige Annemarie ein wie früher das kleine Annemariechen – ihre Puppe Gerda fest im Arme. Noch im Einschlummern dachte sie dankbar: „Eigentlich war mein Geburtstag auch ohne Kindergesellschaft sehr schön – nur zu Hause bei Mutti möchte ich ihn im nächsten Jahr wieder feiern."

4. Kapitel. Genesung

Die Tage kamen und gingen. Die kahle Birke, deren violette bräunliche Zweige gegen das Fenster von Annemaries Krankenstübchen rauschten, bekam kleine Knospen. Und eines Tages waren sie alle nach einem linden Regen aufgesprungen, und winzige goldgelbe Blättchen wagten sich zaghaft an das Licht.

Von einem Tage zum andern beobachtete das kranke kleine Mädchen, wie die Birkenblättchen, die ihr Frühlingsgrüße brachten, größer und größer wurden. Mit lichten Schleiern überrieselt, wie eine Braut, stand die junge Birke jetzt schon da. Und immer noch mußte Doktors Nesthäkchen im Bett liegen.

Aber Langeweile hatte es nicht mehr. Dafür sorgte getreulich Puppe Gerda. Annemarie wurde während ihrer Krankheit wieder ein eifriges Puppenmütterchen. Nur wenn die Sonne gar zu lustig durch das Fenster hineinblinzelte und hinaus ins Freie lockte, kam sich Annemarie wie ein gefangenes Vögelchen vor. Ach, jetzt spielten Hans und Klaus wieder Fußball draußen auf den Wiesen in Treptow, und ihre Freundinnen konnten jeden Nachmittag in dem frühlingsgrünen Tiergarten umhertollen. Nur sie durfte nicht aus ihrem Käfig heraus. Täglich quälte sie den Vater: „Vatchen, liebes einziges Vatichen, darf ich denn noch immer nicht aufstehen?“

Aber Vater vertröstete seine Lotte von einer Woche zur andern.

So ging der April hin, und der Lenzmonat, der Mai, hielt seinen Einzug in die Welt. Da sagte Doktor Braun endlich eines Tages zu Schwester Elfriede: „Ich denke, Schwester, wir können unsern Wildfang morgen auf ein Stündchen aufstehen lassen.“

„Hurra!“ – selig jauchzte es aus dem Bett. Die ernsten weißen Wände blickten ganz erstaunt drein. Oft kam es nicht vor, daß hier im Hause der Krankheit solch ein Jubel erschallte.

War denn noch immer nicht morgen? Heute verging der kleinen Patientin die Zeit wieder schrecklich langsam.

Und als der nächste Tag endlich herangekommen war, da hieß es für Fräulein Ungeduld immer noch warten. Kaum hatte Annemarie die Augen aufgemacht, rief sie auch schon: „Schwester Elfriede, bitte meine Strümpfe, heute darf ich aufstehen!“

„Aber vorläufig doch noch nicht, mein Herz. Das erste und zweite Frühstück bekommst du noch im Bett. Gegen Mittag nehme ich dich dann ein Stündchen auf.“

„Ich bin doch kein Baby mehr, das aufgenommen werden muß, ich ziehe mich schon seit zwei Jahren allein an. Und Vater hat gesagt, ich darf heute aufstehen“, ungezogen rief es die enttäuschte Annemarie.

Aber bei Schwester Elfriede konnte man nie lange unartig sein. Die hatte dann eine so besondere Art, einen anzusehen, halb überlegen und halb erstaunt, daß solch ein großes Mädchen sich noch so ungehörig benehmen konnte. Obwohl Annemarie sich fest vorgenommen hatte, nun ihren Milchkaffee überhaupt nicht zu trinken, wenn sie ihn noch in dem „ollen Bett“ bekam, mochte sie Schwester Elfriede, die so gut für sie sorgte, schließlich dann doch nicht ärgern.

Dafür mußte die Schwester ihr versprechen, sie noch etwas länger als bloß ein Stündchen aufzulassen. Sie wollte doch nach dem langen Stilliegen wieder mal ordentlich herumspringen.

„Ach, Annemiechen," meinte die Schwester lächelnd, „mit dem Herumspringen wirst du dir wohl noch etwas Zeit lassen müssen. Wenn man so viele Wochen im Bette gelegen hat, ist das nicht so einfach."

Annemarie sah Schwester Elfriede verständnislos an.

Herumspringen – das war doch das Einfachste von der Welt. Nun war's endlich so weit. Die Schwester hatte Annemaries Sachen auf den Stuhl ans Bett gelegt und ging noch einmal hinaus, eine warme Decke für sie zu holen.

Hast du nicht gesehen, war der Wildfang aus dem Bett. Annemarie wollte Schwester Elfriede überraschen und ihr zeigen, daß ein zehnjähriges Mädchen kein Baby mehr war und sich ohne Hilfe ankleiden konnte.

Aber was war denn das? Die Beine knickten ja förmlich unter ihr zusammen. Und als Annemarie jetzt nur einen kleinen Schritt machen wollte, da lag sie auch schon auf der Nase.

Schwester Elfriede, die nach wenigen Sekunden wiederkehrte, fand ihre kleine Patientin weinend an der Erde. Erschreckt sprang sie herzu.

„Um Himmelswillen, Annemariechen, bist du aus dem Bett gefallen?" sie spedierte das so leicht gewordene Dingelchen schnell wieder hinein.

Annemarie weinte bitterlich. Sie konnte gar nicht sprechen vor Schluchzen.

„Herzchen, hast du dich gestoßen, tut es dir irgendwo weh?" forschte die Pflegerin ängstlich.

Da kam es endlich stoßweise heraus:

„Ich – ich kann nicht mehr laufen. Ganz – ganz lahm bin ich durch die Krankheit geworden wie der – wie der alte Bettler mit der Harmonika im Tiergarten."

„Aber Annemiechen, wenn das dein einziger Kummer ist, dann kannst du deine Tränen ruhig trocknen. Du wirst bald wieder laufen und herumspringen können wie früher. Nur wird's noch ein Weilchen dauern. Habe ich dir das nicht gleich gesagt?“

Ja, Schwester Elfriede hatte recht behalten. Auch damit, daß sie Annemarie wie ein Baby aufnehmen und anziehen mußte. Die Kleine war so schwach, daß sie nichts allein machen konnte. Das hatte sie im Bett gar nicht gemerkt. Zuguterletzt wickelte sie Schwester Elfriede in die warme Decke und trug sie in den großen Sessel am Fenster mitten in die lachende Maisonne.

Aber das sonst ebenfalls stets lachende Mädelchen schaute gar nicht vergnügt drein. Das hatte es sich eigentlich doch ganz anders vorgestellt, das Aufstehen. Es hatte geglaubt, daß es nun vollständig gesund wäre und gleich wieder herumlaufen könnte wie damals nach den Masern. Eigentlich – wenn Annemarie ehrlich war – hatte sie sich im Bett viel wohler gefühlt als im Lehnsessel.

Als Doktor Braun kam, machte er: „Puh, Lotte, wie siehst du aus! So darf ich dich der Mutti nicht nach Hause bringen. Dich müssen wir erst wieder tüchtig herausfüttern. Aber ich denke, für heute ist es nun genug.“

Und Annemarie, die sich vorgenommen hatte, den Vater recht sehr zu bitten, sie doch noch wenigstens über das Mittagbrot aufzulassen, machte gar keine Einwendungen. Ordentlich froh war sie, als sie wieder in ihrem Bette lag.

Aber das blieb nicht so. Junge Kräfte kehren schneller zurück als alte; jeden Tag fühlte sich die kleine Genesende ein wenig frischer. Freilich mit dem Laufen wollte es noch immer nicht recht gehen. Wie ein ganz kleines Kind mußte sie es erst wieder lernen, ein Schrittchen nach dem andern, auf Schwester Elfriedes Arm gestützt.

„Heute habe ich eine Überraschung für dich, meine Lotte,“ sagte Doktor Braun an einem besonders warmen, wonnigen Maitage. „Du darfst ein bißchen in den Garten hinunter.“

„Ja – wirklich?“ Aber das glückselige Leuchten in den strahlenden Kinderaugen erlosch gleich wieder. „Ach nee – lieber nicht – ich hab' keine Lust.“

„Nanu?“ verwunderte sich der Vater, der aus seinem Nesthäkchen nicht klug wurde.

„Ich kann ja doch nicht herumlaufen. Tragen lassen mag ich mich nicht von Schwester Elfriede, da schäme ich mich ja vor den andern, daß solch ein großes Mädchen noch auf den Arm genommen wird.“ Höchst trübselig klang es.

„Deshalb brauchst du dich nicht zu schämen, meine dumme Lotte. Den andern geht es nicht besser wie dir. Im Gegenteil, die möchten gewiß gern mit dir tauschen. Du hast allen Grund, dem lieben Gott dankbar zu sein, daß er dich wieder gesund gemacht hat,“ sagte der Vater ernst.

„Und dir, Vatichen,“ das Töchterchen küßte zärtlich seine Hand, denn einen richtigen Kuß durfte sie ihm noch immer nicht geben.

Annemarie wurde warm angezogen, „als ob es nach Sibirien geht,“ lachte sie.

Von Vater auf der einen Seite, und auf der anderen von Schwester Elfriede gestützt, schritt sie zum erstenmal aus ihrem Käfig. Draußen stand ein Stoßwagen, dort hinein wurde das kleine Fräulein gehoben und gut in Decken verpackt.

„Wie Margots kleines Schwesterchen,“ lachte Annemarie. Die Sache begann ihr Spaß zu machen.

Der Wagen mit der kleinen Patientin wurde mit dem Fahrstuhl hinuntergeschafft, und nun war man endlich unten.

Einen tiefen Atemzug tat Annemarie. Ach, war das schön auf der sonnigen Gotteswelt. Niemals war ihr das vorher je zum Bewußtsein gekommen. Wie einem gefangenen Vögelchen, dem man die Freiheit zurückgibt, war ihr zumute. Und dabei durfte sie doch ihre Schwingen noch immer nicht recht regen.

Es war ein nicht allzu großer Garten, der zu der Klinik gehörte, wie man sie noch vereinzelt im alten Westen Berlins findet. Aber die in lichtem Frühlingsgrün prangenden Bäume lugten schwarze Schornsteine und rußige Dächer. Aber was schadete das! Drunten blühte der Flieder in roten, blauen und lila schwerduftenden Dolden. Die hängenden Zweige des Goldregens streiften liebkosend die bleichen Wangen der kleinen Genesenden. Und als Schwester Elfriede den Wagen jetzt an das große Stiefmütterchenbeet mitten in die Prallsonne schob, da glaubte die so lange ins Krankenzimmer gesperrte Annemarie niemals in ihrem Leben einen schöneren Garten gesehen zu haben.

„So, Blaßschnabel, nun laß dir von der lieben Sonne deine bleichen Bäckchen rot anmalen," scherzte Doktor Braun und eilte weiter zu seinen anderen Patienten.

Annemarie dehnte sich wohlig in der milden Blütenluft. Sie lugte in das Lila der Fliederbüsche, lauschte auf die Frühlingslieder der gefiederten kleinen Gesellschaft und belustigte sich an einem Spatzenpärchen, das sich mit wütendem „Piep" herumzankte.

Dann begann sie im Garten Umschau zu halten. Hier und da standen Stoßwagen, gleich dem ihren, mit elend aussehenden Menschen darin. Alle hofften sie, in dem warmen Lenzsonnenschein zu gesunden. Auf der anderen Seite des Gartens waren Liegestühle aufgestellt. Annemaries scharfe Augen entdeckten auf einem derselben einen Knaben mit wachsbleichem Gesicht. Seine großen Augen sahen ebenfalls zu ihr herüber.

Ach, daß sie hätte aufspringen und zu ihm hinlaufen können! Annemarie stieß wütend mit ihren Beinen gegen den unschuldigen Wagen. Es gefiel ihr plötzlich gar nicht mehr in dem Garten, den sie noch eben so bewundert. Was hatte sie denn von all den hübschen Kieswegen, wenn sie dieselben nicht entlang laufen konnte, sondern hier still liegen mußte! Und an den Blumen hatte sie auch keine Freude mehr – sie konnte sie ja doch nicht pflücken.

Schwester Elfriede war in die Küche gegangen, um eine Erfrischung für ihre Patientin zu holen. Wie erstaunt war sie, als sie bei ihrer Rückkehr Annemaries verdrießliche Miene gewahrte.

„Nanu, ist dir nicht gut, Kind – ist es nicht schön hier draußen?“

„Nee – gar nicht,“ brummte Annemarie.

„Aber du warst doch vorhin so vergnügt, daß du in den Garten durftest, sieh doch mal, wie alles grünt und blüht–“

„Ja, aber wenn man so still liegen muß, ist es grade so mopsig wie oben. Ich will herumlaufen!“ weinerlich tönte es in das Lenzjauchzen der Vöglein.

„Du bist ein recht undankbares Kind, Annemarie,“ sagte Schwester Elfriede ernst. „Anstatt froh zu sein, nun endlich den schönen Gottesfrühling genießen zu können, bringst du dich selbst um die Freude. Sieh mal den kleinen Jungen da drüben“ – die Schwester wies über das Stiefmütterchenbeet zu dem Kleinen, der eigentlich schuld an Annemaries schlechter Stimmung war. „Das arme Kerlchen ist seit seiner Geburt lahm, er wird vielleicht niemals gehen und springen können wie andere Kinder. Und nun hat er noch obendrein eine schwere Operation durchmachen müssen.“

Annemarie blickte voll Interesse und Mitleid zu dem Kleinen hinüber. Wie undankbar von ihr, zu murren, daß sie sich noch nicht selbst fortbewegen konnte. Dabei handelte es sich bei ihr doch nur um Tage, während der arme Knabe – Annemaries weiches Herz war ganz erfüllt von innigem Mitgefühl.

„Liebe Schwester Elfriede, ach bitte, bitte, fahren Sie mich doch zu dem kleinen Jungen hinüber. Ich möchte mich so gern mit ihm unterhalten.“

„Kindchen, das darf ich nicht, so gern ich's auch täte. Du bist noch nicht ganz aus den Ansteckungswochen heraus, ich habe dich deshalb in den abgelegensten Teil des Gartens gefahren.“

Annemarie wollte schon wieder das Gesicht unwillig verziehen. Aber auch rein gar nichts wurde ihr doch erlaubt! Da aber wanderte ihr Blick wieder zu dem kleinen Jungen hinüber und – sie schämte sich.

„Bitte, Schwester Elfriede, würden Sie nicht einen Strauß Flieder abschneiden – Vater hat erlaubt, daß wir uns einen Busch mitnehmen – und ihn dem armen Jungen mit einem schönen Gruß von mir bringen?" bat sie.

Das tat die gute Schwester gern.

Annemarie konnte erkennen, wie die Augen des kranken Knaben vor Freude aufleuchteten. Und jetzt nickte er ihr einen Dank hinüber.

Von nun an war Annemarie mit dem gelähmten Jungen gut Freund. Zwar sprachen sie sich nie, aber sie grüßten sich und winkten sich zu. Der Kleine schrieb ihr Briefchen, und Annemarie antwortete mündlich durch Schwester Elfriede. Denn auch Briefe können anstecken.

Auf diese Weise erfuhr das kleine Mädchen, daß der Junge Kurt hieß, und ebenfalls zehn Jahre alt war. Daß er noch niemals in eine Schule gegangen, sondern immer daheim unterrichtet worden sei, und daß er gar nicht weit von ihnen wohnte.

Annemarie konnte die Stunde, wo es in den Garten hinausging, jetzt nie erwarten. Den ganzen Morgen überlegte sie schon, was sie ihrem Freund alles wollte bestellen lassen. Zum Glück war der Mai herrlich, nur selten enttäuschte ein Regentag die sich aufeinander freuenden Kinder.

So kam das Pfingstfest heran und damit der Zeitpunkt, wo Annemarie gesund erklärt und wieder heimkehren durfte.

Das kleine Mädchen war selig. Halbtot freute sie sich aus jeden Einzelnen, vor allem natürlich auf Mutti. Und dann auf ihre Kinderstube, auf Puck und Mätzchen, auf die Schule und alle ihre Freundinnen – Schwester Elfriede konnte gar nicht behalten, was Annemarie in ihrer Heimkehrfreude dem kleinen Kurt alles sagen ließ.

Der sah noch bleicher aus als sonst, als er hörte, daß das blonde kleine Mädchen nicht mehr in den Garten kommen würde. Aber er war ein solch guter, selbstloser Junge, daß er seiner Freundin die Freude durch kein trauriges Wort trüben mochte.

Annemarie hatte inzwischen wieder laufen gelernt. Zwar mit dem Umherspringen haperte es immer noch, gar zu leicht ermüdete das kaum genesene Kind. Aber sie konnte doch, ehe sie die Klinik verließ, selbst zu Kurt in den Garten gehen und sich von ihm verabschieden. Denn jetzt war sie nicht mehr „gefährlich", wie Schwester Elfriede lachend sagte.

Ach, von der guten, sanften Schwester ward ihr das Scheiden doch recht schwer. Gar so lieb und treu hatte sie für sie gesorgt. Aber als Annemarie, ihre Gerda auf dem Arm, erst neben Vater in der Droschke saß, da dachte sie nur vorwärts und nicht mehr zurück.

Es war ein lachender Pfingstsonntag, als Doktors Nesthäkchen wieder daheim ihren Einzug hielt. Die Sonne strahlte so golden, die Glocken klangen und brausten von allen Kirchen Berlins. Es war, als habe die ganze Welt sich zum Empfang des blonden Doktorkindes geschmückt. Auf dem Balkon hatte die ganze Braunsche Familie, Puck eingerechnet, Aufstellung genommen. Die Jungen ließen ihre Taschentücher flattern und schrien „Hurra", als die Droschke unten hielt.

Die Mutter aber faltete beim Klang der Pfingstglocken ihre Hände und dankte Gott aus tiefem Herzensgrund, daß er ihren Liebling behütet hatte.

5. Kapitel. Ein schwerer Entschluß

Ach – war das schön wieder daheim! Alles erschien Annemarie ganz neu. Ihr Kinderzimmer, das die Brüder mit Pfingstmaien in eine grüne Laube verwandelt hatten, all ihre Bücher und Spiele. Und ihre Lieben selbst, die sie so lange entbehrt hatte. Mutti ging sie in den ersten drei Tagen nicht von der Seite. Es war rührend, das Glück des kleinen Mädchens zu beobachten, wieder von der Mutter geliebkost und gestreichelt zu werden. Fräulein und Hanne lasen ihr jeden Wunsch von den Augen. Hans schenkte ihr Federn und Löschblätter vor Freude, sein kleines Schwesterchen wieder daheim zu haben. Und selbst der wilde Klaus ärgerte sie nicht, wenigstens nicht gleich, weil sie am Ende doch noch zu schwach dazu sein konnte.

Ja, schwach war die Annemarie freilich noch. Mutti war entsetzt als sie ihr Nesthäkchen so verändert wieder sah. Was war aus ihrer blühenden Lotte geworden! Die runden rosigen Grübchenwangen schmal und durchsichtig blaß, die strahlenden Augen matt, und der Körper abgemagert und elend.

Aber „Kinderfleisch wandert nicht weit“, tröstete Großmama, die natürlich bei dem Empfang nicht fehlte. Großmama war eine kluge Frau, aber diesmal irrte sie sich. Annemarie erholte sich schwer. Ihre einst so drallen Beinchen sahen wie Zahnstocher aus. Ob Hanne auch die kräftigsten Happen für „ihr Kind“ kochte, ob Mutti sie auch wie einen Säugling mit Milch, die Annemarie nicht mal mochte, päppelte. Die alte Frische wollte nicht wiederkehren.

Die Brüder fanden, daß Annemarie „quarrig“ geworden sei. Hans war schon groß genug, um dies auf die überstandene Krankheit zu schieben. Klaus aber, dessen zarte Rücksichtnahme sich bald legte, nannte sie eine „olle Transuse“. Und als sie gar eines Tages verschmähte, mit ihm in die herrliche große Gasröhre, welche Arbeiter vor ihrem Hause liegen gelassen, zu kriechen, da hatte seine einst so getreue Genossin bei allen Streichen ein für allemal bei ihm verspielt. Sie war auch nicht besser wie die anderen zimperlichen Mädel!

In der Schule zeigte es sich ebenfalls, daß Annemarie ihr frisches, lebhaftes Wesen durch die Krankheit eingebüßt hatte. Soweit es sich nur auf ein ruhigeres Verhalten in den Stunden erstreckte, war ja das kein Fehler. Leider war Annemarie aber auch beim Unterricht oft abgespannt und teilnahmslos.

Sie war nun in die neue Klasse gekommen und hatte gleich im Anfang viel versäumt. Fräulein Drehmann, die fremde Klassenlehrerin, kannte sie und ihre früheren Leistungen noch nicht und glaubte, es mit einem unbegabten, unaufmerksamen Kinde zu tun zu haben. Bei der ersten

Rangordnung wanderte Annemarie Braun, die einstige Erste, auf die vierte Bank herunter. All ihre Freundinnen, ja, selbst Ruth und Erna Rust saßen jetzt über ihr. Das war eine böse Erfahrung für Annemaries Ehrgeiz.

Margot Thielen, die glücklich war, ihre Annemarie endlich wieder zu haben, tröstete sie, daß sie bald wieder heraufkommen würde. All ihre Hefte lieh sie ihr, daß die Freundin das Versäumte nachholen konnte. Aber das erlaubte Doktor Braun nicht, das geschwächte Kind sollte so viel Zeit wie möglich im Freien zubringen, im Tiergarten oder im Grunewald. Nur die schriftlichen Aufgaben durfte sie zu Haus anfertigen. Alles Mündliche mußte Fräulein beim Spazierengehen mit ihr durchnehmen.

Die Mutter war dafür, ihrer blassen Lotte von Fräulein Hering, die so lieb zu dem Kinde gewesen, einige Nachhilfestunden erteilen zu lassen. Dadurch würde Annemarie leichter in der siebenten Klasse mitkommen und sich weniger anzustrengen brauchen.

Aber auch davon wollte der Arzt nichts wissen.

„Nein, Elsbeth, wir müssen vor allen Dingen dafür Sorge tragen, daß unsere Lotte ihre alten Kräfte zurückerlangt. Wenn sie erst körperlich wieder frisch ist, wird sie die Schulweisheit leicht bewältigen. Wir haben nun schon alles mögliche angewandt: Hämatogen und Sanatogen, Malzextrakt und Kiefernadelbäder, aber ich sehe noch keinen rechten Erfolg. Das richtigste ist, wir schicken die Krabbe an die Nordsee. Grade bei solchen durch überstandene Krankheit erholungsbedürftigen Kindern wirkt sie oft Wunder.“

„Mir soll's recht sein, Edmund. Obwohl ich persönlich lieber ins Gebirge gefahren wäre. Aber wenn du es für notwendig hältst, reisen wir während der großen Ferien mit den Kindern an die Nordsee.“

„Das genügt nicht, mein Herz“, der Arzt zögerte, seiner Frau den Vorschlag zu machen, der ihr, wie er wohl wußte, weh tun würde. „Fünf bis sechs Ferienwochen sind gar nichts für ein Kind, das derart heruntergekommen ist. Das muß mal ein ganzes Jahr lang Nordseeluft schnappen.“ Er machte eine Pause und sah seine Frau erwartungsvoll an.

Frau Doktor Braun lachte hell auf.

„Na, da können wir ja alle auf ein Jahr nach Helgoland oder Sylt übersiedeln. Du hängst deine Praxis an den Nagel und gehst auf den Hummerfang, und ich stricke Netze.“ Wieder lachte sie.

Annemarie, die im anliegenden Kinderzimmer ihren vierblättrigen Kleetopf von Tante Albertinchen begoß, steckte neugierig den Blondkopf zur Tür herein, was es denn da drin gar so Lustiges gäbe. Aber „wir können dich hier nicht brauchen, Lotte, gehe nur wieder in deine Kinderstube“, rief ihr der Vater zu. Da zog sich das kleine Fräulein beleidigt zurück.

Drinnen im Wohnzimmer jedoch wurde weiter über sein Geschick verhandelt.

„Ich machte keinen Scherz, Elsbeth, es ist mein völliger Ernst. Grade Winterkuren am Meer bewähren sich glänzend. Ich habe verschiedene Kinder in meiner Praxis, die danach erst aufgeblüht sind.“

Die Mutter lachte nicht mehr.

„Ja, aber Edchen, wie denkst du dir das denn eigentlich? Soll ich ein ganzes Jahr lang mit dem Kinde von Hause fort? Wer sollte hier wohl für dich sorgen? Und Klaus möchte ich dann auch nicht sehen, den Banditen, wenn der ein Jahr lang Mutters strenge Zügel entbehren müßte!“ Frau Doktor Braun wurde nicht klug aus ihrem Mann.

Aber das sollte schneller geschehen, als ihr lieb war.

„Es gibt genügend Kinderheime in den Nordseebädern, wo erholungsbedürftige Kinder vorzüglich aufgehoben sind. Für Aufsicht, Pflege und guten Schulunterricht wird Sorge getragen und – – –“

„Was! – ein ganzes Jahr lang soll ich mich von meinem Nesthäkchen trennen, das ich kaum erst wieder habe – nein, das ertrage ich nicht! Und du selbst, Edmund, wie würde dir unsere Lotte erst fehlen – sie ist doch unser Sonnenschein!“ Frau Doktor Braun rief es in größter Aufregung.

Ihr Mann hatte diese Einwendungen alle vorausgesehen.

„Je mehr uns das Kind ans Herz gewachsen ist, umso weniger dürfen wir an uns selbst denken, sondern nur an sein Heil. Gewiß, Annemarie kann sich auch hier allmählich erholen. Aber sie wird niemals ein so kräftiges Mädchen werden, wie wir vor ihrer Krankheit allen Grund hatten zu hoffen. Sie wird immer ein zartes, anfälliges Pflänzchen bleiben. Überleg' dir's in Ruhe, mein Herz," fügte Doktor Braun noch liebevoll hinzu, als er sah, wie blaß seine Frau geworden. „Wir müssen ja die Entscheidung nicht gleich fällen."

Aber gibt es für Mutterliebe noch eine Überlegung, wenn es sich um das Wohl des Kindes handelt? Mutterliebe denkt niemals an sich selbst.

„Dann schon lieber gleich, wenn es sein muß, Edmund. Ich bin eine Doktorfrau und mag eine schmerzhafte Operation nicht lange hinausschieben. Nur eins mußt du mir versprechen: Wenn sich Annemarie dort nicht behagt oder sich gar heim bangt, das bring' ich nicht übers Herz, sie dann trotzdem in der Fremde zu lassen."

„Sollst du auch nicht, Elsbeth. Aber es wäre das erstemal, daß sich ein Kind in solchem Nordseeheim unter fröhlichen Altersgenossen nicht wohl fühlt. Meistens wollen sie überhaupt nicht wieder nach Haus. Übrigens fährst du natürlich mit ihr und bleibst ein paar Wochen dort, bis sie sich eingelebt hat. Erst wenn du ganz beruhigt sein kannst, läßt du sie allein im Kinderheim."

Der schwere Entschluß war gefaßt.

„Warum sieht mich Mutti denn bloß so komisch an?" dachte etwa ein Stündchen später Annemarie verwundert.

„Würdest du gern an die Nordsee reisen, Lotte?" fragte da Mutti ganz unvermittelt.

„Au fein!" Annemarie wurde fast so lebhaft wie früher. Auch ihre Augen bekamen den alten Glanz. „Oder lieber noch nach der Ostsee. Margot fährt auch wieder nach Ahlbeck – ach bitte, bitte, liebste, beste Mutti, laß uns doch auch nach Ahlbeck reisen!"

„Nein, Kind, Vater wünscht, daß du Nordseeluft atmest. Da gibt es viele Kinderheime, in denen es höchst lustig zugehen soll – möchtest du wohl auch mal in solcher hübschen Kinderpension sein, Lotte?“

„Nee!“ machte Annemarie mit Seelenruhe, und damit war für sie die Sache erledigt.

Ach, wie unsagbar schwer war es doch, das Kind auf die lange Trennung vorzubereiten!

„Es würde dir sicher dort gefallen“, begann die Mutter von neuem. „Denk' nur, mit vielen Kindern zusammen schlafen, essen, lernen, spielen, baden und spazierengehen – findest du das nicht wunderschön?“

„Och ja,“ meinte Annemarie etwas zögernd, „aber – aber in unserer Schule ist es auch sehr hübsch.“

„Hier in Berlin hast du doch keine Nordseeluft, Lotte –“

„So können wir ja in den großen Ferien hinreisen,“ räumte die Kleine bereitwilligst ein.

„Vater wünscht, daß du ein ganzes Jahr lang an der Nordsee bist – natürlich würde ich die erste Zeit auch dort bleiben, bis du ganz bekannt bist –“

„Und dann?“ Nesthäkchens Augen hingen in banger Ahnung an den Lippen der Mutter.

Nein, so schwer hatte sich Frau Doktor Braun das doch nicht gedacht.

„Dann bleibst du dort unter den lustigen Kindern – und wir schreiben uns viele Briefe, und vielleicht besuchen wir dich auch mal.“

„Nee!“ Annemarie schüttelte ablehnend ihren Blondkopf. „Nee, ich will nicht! Meine Schulfreundinnen hier sind sicher viel netter als die dort, und Kläuschen ist mir lustig genug. Und wenn ich sechs ganze Wochen lang Nordseeluft atme, das ist reichlich. Mehr kann ich gar nicht atmen!“ So entschied das kleine Fräulein, das durch die Krankheit gewöhnt war, daß alles nach seinem Köpfchen ging, höchst energisch.

Aber diesmal kam es damit nicht durch.

„Wir werden uns doch wohl nach Vaters Wünschen richten müssen, Lotte, wenn es uns auch nicht leicht wird. Vater hält es nun mal für nötig“

„Bin ich denn wieder krank?“ erkundigte sich die Kleine, ganz erstaunt, während es um ihre Mundwinkel bereits zu zucken begann.

„Bewahre – aber du bist doch noch immer matt, lange nicht so frisch wie vorher. Und damit du wieder unser lustiger rotbackiger Wildfang wirst, wollen Vater und ich das Opfer bringen und dich an die Nordsee schicken, meine kleine Lotte.“ Zärtlich strichen Muttis Finger über Annemaries Locken. Wenn das Kind wüßte, wie weh ihr selbst dabei zumute war, es würde ihr das Schwere nicht noch schwerer machen.

Aber Nesthäkchen ahnte nichts von Mutters Empfindungen. Das war ganz und gar Empörung.

„Dann kann mich Vater ja lieber gleich wieder in die olle Klinik stecken, wenn ihr mich durchaus los sein wollt“, rief es ungezogen. „Vater hat ja auch vorhin erst gesagt, daß er mich nicht gebrauchen kann.“ Die Kleine brach in bitterliches Schluchzen aus.

„Du bist ein ganz dummes Mädel!“ Vergeblich versuchte Frau Doktor Braun, ihr Nesthäkchen zu beruhigen. Wenn das Kind sich so aufregte, was nützten da alle Kräftigungsmittel und alle Pflege, was nützte selbst die Nordseeluft dann?

Als die Brüder aus der Turnstunde heimkamen, ging Annemarie noch immer mit dick verschwollenen Augen umher.

„Warum haste denn geheult, Annemariechen?“ erkundigte sich der gute Bruder Hans mitleidig.

Klaus dagegen führte einen wilden Indianertanz um das Schwesterchen auf, indem er von einem Bein auf das andere sprang, und dabei höchst unmelodisch sang: „Au, du hast Kloppe gekriegt, au, du hast Kloppe gekriegt!“

„Nee, gar nicht, du dummer Junge!“ machte Annemarie wütend. Aber sie war so von Schmerz erfüllt, daß sie nicht mal auf ihn los ging, was sie sonst wohl sicher getan hätte.

„Laß unser Kleinchen in Frieden: komm, Annemarie, erzähle mir, warum du so traurig bist.“ Hans machte dem Indianertanz des Jüngeren durch seine kräftigen Muskeln ein rasches Ende.

Solch einer liebevollen Anteilnahme konnte sich Annemaries verdüstertes Gemüt nicht verschließen. Doch wenigstens einer, der es noch gut mit ihr meinte!

Sie kletterte auf die Fußbank und flüsterte Bruder Hans ihren schweren Kummer ins Ohr. Etsch – Klaus durfte es zur Strafe nicht hören.

„Vater und Mutti wollen mich los sein – und – und“ – Annemarie konnte vor Mitleid mit sich selbst nicht weiter sprechen. Sie begann wieder zu schluchzen.

„Und da schicken sie dich in einen dunklen Wald wie Hänsel und Grete!,“ unterbrach sie der große Bruder lachend.

„Nee, aber an die Nordsee, das ist genau ebenso schlimm!“ stieß die Kleine empört heraus. Sie dachte nicht mehr daran, daß Klaus es ja nicht hören sollte.

„An die Nordsee sollst du – ach, muß das fein da sein! Und dann weinste noch, du Affenschwanz?“ Hans schüttelte verständnislos seinen blonden Schädel.

„Kommen wir auch mit?“ Das war für Klaus unbedingt das wichtigste an der ganzen Geschichte.

„Nee,“ Annemarie war enttäuscht, bei ihrem Lieblingsbruder so wenig Teilnahme zu finden. „Es ist ja nicht bloß für die Sommerferien – den ganzen langen Winter soll ich da bleiben, weil ich noch immer matt bin – ganz allein – da graule ich mich ja tot!“

Hans machte nun doch ein betroffenes Gesicht. Solange sollte Annemarie diesmal von Hause fort? Trotzdem er über vier Jahre älter war, hatte ihm das muntere Schwesterchen während der Krankheit unglaublich gefehlt.

Und schön konnte er sich das im Winter, wenn die Stürme heulten, auch nicht gerade am Meer denken – nee. ganz und gar nicht!

Klaus war entgegengesetzter Ansicht.

„Annemarie, du bist ein Glücksknopp! Da kannste fein auf der Nordsee Schlittschuh laufen und –"

„Schafsnase – das Meer friert doch niemals zu," unterbrach der Größere seine schönen Pläne.

„Schadet nichts, famos muß es doch sein! So ähnlich wie auf dem Nordpol. Du, Annemiechen," Klaus begann plötzlich zärtlich zu werden, ein Zeichen dafür, daß er irgendwas von ihr wollte. „Bitte doch Vater, daß er mich mitschickt. Dann bist du nicht allein dort, und eigentlich sehe ich doch auch ein bißchen angegriffen aus, und in Latein bin ich auch matt, hat unser Ordinarius erst heute gesagt," setzte er noch überzeugungsvoll hinzu, sich in den Spiegel sehend.

Aber da blickte ihm ein so gesundheitssprühendes, rotwangiges Jungengesicht unter dem braunen Kraushaar entgegen, daß es Klaus doch zweifelhaft erschien, ob Vater es seiner angegriffenen Gesundheit wegen für nötig halten würde, ihn an die Nordsee zu schicken.

Annemarie aber schien der Gedanke durchaus einleuchtend. Mußte sie wirklich fort – und Muttis Bestimmtheit ließ eigentlich keinen Zweifel darüber – dann war es doch immerhin noch besser, mit Klaus zusammen, als allein. Wenn er sie auch oft foppte und reizte.

Beim Nachmittagskaffee, der auf dem Balkon getrunken wurde, erschien der Vater nur auf fünf Minuten aus der Sprechstunde heraus.

„Nanu, Lotte?" Er warf einen erstaunten Blick zu seinem verheulten Nesthäkchen und einen zweiten zu seiner Gattin hinüber. Aha – die Krabbe wußte schon Bescheid.

„Ich habe jetzt keine Zeit für dich, es warten noch eine Menge Leute drin. Aber heute abend haben wir miteinander zu reden, Lotte." Doktor Braun klopfte seinem Töchterchen aufmunternd die blasse Wange und eilte wieder in sein Untersuchungszimmer.

Eigentlich war es keinem der Braunschen Kinder angenehm, wenn Vater mit einem „reden“ wollte. Besonders Klaus, der immer irgend etwas auf dem Gewissen hatte, liebte solche Gespräche unter vier Augen gar nicht. Das Töchterchen, das von jeher vom Vater ein wenig verzogen worden, war eigentlich selten in die Lage gekommen, eine väterliche „Standpauke“, wie die Brüder diese Unterredung nannten, zu erhalten. Trotzdem sie ahnte, um was es sich handelte, war es ihr doch unbehaglich zumute, als sie mit Fräulein ihren Nachmittagsspaziergang im Tiergarten machte.

„Du, Fräulein“, Annemarie hatte das „Du“ noch aus ihrer Kleinkinderzeit her beibehalten. „Ich habe ein schreckliches Geheimnis.“ Fräulein hatte nach Tisch Besorgungen gemacht und ahnte noch nichts von Annemaries Schicksalswendung.

„Du hast gewiß ein schlechtes Diktat geschrieben?“ riet Fräulein.

„Ach nee, wenn es das bloß wäre!“ Annemarie blickte mit so trostlosen Augen in das lichte Grün der Platanen und Buchen, daß Fräulein wirklich erschrak.

„Noch was Schlimmeres?“

„Viel – viel Schlimmeres!“ mit Grabesstimme sprach es der Kindermund. „Ich soll fort von Hause – auf ein ganzes Jahr wollen mich Vati und Mutti an die Nordsee schicken. Und denn sagen sie noch, sie hätten mich lieb!“ Es fehlte nicht viel, dann hätte das große zehnjährige Mädchen mitten im Tiergarten angefangen zu weinen. Voll Neid blickte es auf die anderen vorübergehenden Knaben und Mädchen. Die hatten es gut, die durften sicher zu Hause bleiben!

„Meine dumme, kleine Annemarie“, Fräulein zog den dünnen Arm des Kindes fest an sich. „Wenn dich deine Eltern nicht so lieb hätten, würden sie wohl kaum das viele Geld für dich ausgeben. Solch langer Aufenthalt an der Nordsee ist teuer. Und meinst du nicht, daß deiner Mutti und deinem Vater die Trennung noch schwerer wird als dir – ich weiß doch, wie Mutti sich nach dir gebangt hat, als du Scharlach hattest.“

Annemarie antwortete nicht. Fräuleins Worte hatten sie tief beschämt. War sie nicht wirklich ein dummes Mädel, daß sie an der Liebe ihrer guten Eltern zweifelte?

„Mir wäre auch geholfen, wenn du in Pension kämst, Annemiechen," begann Fräulein von neuem. „Meine Mutter schreibt in jedem Brief, sie wäre leidend und möchte mich nach Haus haben."

Was – Fräulein wollte von ihnen fort? Ihr liebes, goldenes Fräulein, an dem sie fast so hing wie an den Eltern? Ja, war denn heute die ganze Welt verhext?

„Aber wenn das eklige Jahr um ist, mußt du bestimmt wieder zu uns zurückkommen, ja, das versprichst du mir, Fräulein?" so bettelte das kleine Mädchen zärtlich.

Wie gern versprach Fräulein dies, war ihr doch ihre kleine Annemie wie ein eigenes Kind ans Herz gewachsen.

Es dämmerte schon, als Doktor Braun sein Nesthäkchen an den beiden Rattenschwänzchen in sein Sprechzimmer zog, um mit ihr zu „reden". Da stand nun die Annemarie neben seinem Schreibtisch und begann aus Verlegenheit mit dem Hörrohr und sonstigen Instrumenten zu spielen. Sanft nahm er ihr die Dinge aus der Hand und zog das große Mädchen auf sein Knie.

„Lotte, glaubst du, daß ich dich gern fortgebe?" fragte er bloß.

Ach, wo blieben da all die dummen Gedanken, die das törichte Mädel den ganzen Nachmittag gequält? Es schüttelte den Blondkopf und schmiegte ihn fest an Vaters Brust.

„Na also! Soll ich mich nun auch vielleicht hinsetzen und heulen wie ein gewisses Fräulein heute nachmittag?"

Bei dieser Vorstellung mußte Annemarie lachen – all das, was sie bedrückt, lachte sie sich vom Herzen.

„So ist's recht, Lotte! Wer solche feine Reise machen soll wie du, der kann auch lachen. Der Klaus möchte für sein Leben gern mit. Aber der darf nicht, der Schlingel."

Wie merkwürdig – Annemarie kam mit einemmal ihre Verbannung gar nicht mehr so fürchterlich vor. Lag das daran, daß sie jetzt einsah, daß Vater und Mutter nur aus Liebe zu ihr in die lange Trennung willigten?

„Du bist doch mein großes, verständiges Mädel," der Vater hob ihr Gesicht zu sich empor. „Versprich mir, Mutti nicht mehr durch unvernünftige Tränen zu quälen, du tust ihr damit weh."

Annemarie machte ein bestürztes Gesicht. Wie häßlich von ihr, daß sie nur an ihren eigenen Jammer gedacht hatte!

Sie reichte dem Vater ihr mageres Händchen. So dunkel es auch schon war, er las in den blauen Kinderaugen das feste Versprechen, der Mutter den Abschied nicht mehr zu erschweren.

Noch an demselben Abend schrieb der Vater an ein ihm besonders empfohlenes Kinderheim in Wittdün auf der Nordseeinsel Amrum. Das Schicksal von Doktors Nesthäkchen war damit besiegelt.

Das Versprechen, das Annemarie ihrem Vater gegeben, hielt sie. Es wurde ihr nicht mal schwer, denn allmählich – begann sie sich auf die Reise zu freuen.

In der Schule war sie jetzt wieder der Mittelpunkt der Klasse. Nein, hatte die Annemarie Braun ein Glück! In eine Kinderpension kam sie, und noch dazu an der Nordsee – eine jede hätte sofort mit ihr getauscht.

Nun geht es einem im Leben oft sonderbar. Man findet eine Sache oft erst schön, wenn man von anderen darum beneidet wird. Diese Erfahrung machte auch unsere Annemarie.

Da all ihre Schulfreundinnen sich an ihre Stelle wünschten, war sie sicherlich nicht bemitleidenswürdig. Ja, es machte ihr sogar Spaß, sich mit ihrer Reise ein wenig hervorzutun.

„Auf einem großen Schiff fahren wir von Hamburg aus, hat mir Mutti erzählt. Und ein süßes Reiseköfferchen habe ich bekommen – ganz für mich allein. Und neue Sandalen und einen schwarzen Lackhut und graue Spielhosen. Und Vater sagt, ich darf barfuß laufen. Aber der hellblaue Badeanzug mit dem weißen Anker ist das Allerschönste, den mußt du dir ansehen, Margot."

Nur zwei gab es, die ganz und gar nicht mit dem langen Aufenthalt des kleinen Mädchens an der Nordsee einverstanden waren. Die eine war Annemaries Großmama und die andere war Köchin Hanne.

Großmama kam aus dem Kopfschütteln nicht heraus. Sie fand sich in der neumodischen Welt nicht mehr zurecht. Ihre Kinder hatten auch Krankheiten durchgemacht, aber deshalb hatte doch kein Mensch daran gedacht, sie auf ein ganzes Jahr von Hause fortzugeben. Denn ein Kind gehört unter die Obhut der Eltern, das war nun mal Großmamas Ansicht. Und noch dazu den ganzen Winter durch an der Nordsee – wie leicht konnte sich ihr Liebling dort erkälten. Und was konnte der Annemarie nicht sonst noch alles am Meer passieren! Großmama durfte gar nicht daran denken. Zum erstenmal war sie mit ihrem Schwiegersohn nicht zufrieden. Aber schließlich, er mußte es als Arzt ja am besten wissen.

Hanne war noch viel entrüsteter über das Anrecht, das die eigenen Eltern „ihrem Kinde" zufügten. Konnte wohl einer noch so für die Annemarie kochen und sie mit lauter Leckerbissen füttern wie ihre alte Hanne? Mußte sie da erst zu fremden Leuten?

Trotzdem das Gesicht der treuen Köchin von Tag zu Tag grimmiger dreinschaute, gingen die Reisevorbereitungen ihren Gang. Denn Frau Doktor Braun wollte schon vierzehn Tage vor Beginn der Ferien mit Annemarie fahren. Der Vater unternahm später mit seinen beiden Jungen eine Gebirgswanderung. So waren auch diese für die Ferien versorgt.

Der Tag vor der Abreise war herangekommen.

Der „süße" Reisekoffer Annemaries stand fix und fertig gepackt. All die schönen neuen Sachen waren darin untergebracht. Das Putzliesschen strahlte, es war ganz und gar mit ihrem Geschick ausgesöhnt. Auch die

Schul- und ein Teil ihrer Geschichtsbücher waren mitgewandert, sogar einige Spiele für Regentage.

Nun ging Annemarie noch einmal, Umschau haltend, ob sie auch bloß nichts vergessen hatte, durch ihr Reich. Da fiel ihr Blick auf ihre Puppe Gerda, die steif und stumm in dem kleinen Korbsessel lehnte. All die Kinderzärtlichkeit, die Nesthäkchen einst für seine Puppe empfunden, erwachte durch den bevorstehenden Abschied wieder in seiner Brust.

Sollte sie Gerda mitnehmen? Dann hatte sie doch wenigstens einen von zu Hause bei sich. Aber würden sie die anderen Kinder dort nicht auslachen und für ein Baby halten? Es gab bei ihnen in der siebenten Klasse schon einige Mädchen, welche sich zu groß zur Puppenmutter dünkten.

Annemarie blickte unschlüssig auf ihre Puppe. Irrte sie sich oder sah Gerda sie mit ihren hübschen braunen Glasaugen vorwurfsvoll an, als wollte sie sagen: „Habe ich dir nicht auch getreulich Gesellschaft geleistet, als du krank und allein warst?“

Da war der Kampf in Nesthäkchens Brust entschieden, die falsche Scham besiegt.

„Ja, du sollst mit ins Kinderheim, Gerdachen“, flüsterte sie und begann eifrig den Puppenkoffer zu packen.

Mutti hatte nichts gegen die neue Reisegenossin einzuwenden. Im Gegenteil, sie freute sich, wenn Annemarie recht viel mit Puppen spielte. Und vielleicht half die alte Lieblingspuppe ihrem Herzblatt ein wenig über die Trennung von Haus hinweg.

Großmama, die gekommen war, um ihrem Liebling Lebewohl zu sagen, wollte Nesthäkchen überhaupt nicht wieder aus den Armen lassen. Bis zum letzten Tage hatte sie gehofft, daß sich die „verdrehte Idee“ mit dem Winteraufenthalt an der Nordsee nicht verwirklichen würde. Das arme, arme Kind – gewiß war es tiefbetrübt!

Nein, ganz und gar nicht! Mit freudigem Stolz zeigte Annemarie der Großmama ihr Reisegepäck. Und als die gute Großmama ihr gar noch einen Kasten Briefpapier mit Märchenbildern überreichte, damit sie ihr doch wenigstens ab und zu mal ein Briefchen schreiben konnte, war Doktors Nesthäkchen auf dem Gipfel aller Seligkeit. Annemarie fand es höchst angenehm, noch unvermutete Geschenke einzuheimsen. Fräulein hakte ihr in aller Eile noch einen blauen Badeanzug mit weißem Anker für Puppe Gerda genäht, genau solchen, wie Annemarie bekommen. Dazu einen Bademantel mit Kapuze. Hans verehrte ihr seinen alten Tuschkasten, der noch gar nicht sehr abgenutzt war. Und Klaus, der wollte natürlich auch nicht zurückstehen. Von seinen Spielen konnte er nichts verschenken. Die waren alle kurz und klein. Geld, irgend etwas zu kaufen, besaß er nicht. Aber hatte Vater unter all den Probemitteln, die ihm zugesandt wurden, nicht auch ein Schächtelchen mit Pralinés stehen? Klaus, der überall herumschnüffelte, hatte sie vor einigen Tagen entdeckt. Leider war er durch Muttis Eintritt nicht mehr dazu gekommen, eins zu probieren. Denn naschen war seine Lieblingsbeschäftigung.

Jetzt aber erinnerte er sich der Pralinés. Vater dachte sicher gar nicht mehr an das Schächtelchen, und Annemarie würde sich gewiß freuen. Zehn Stücke waren drin, der Schlingel teilte sie redlich zwischen dem Schwesterchen und sich.

„Da, Annemie,“ ein Praline nach dem anderen schob er ihr und sich abwechselnd in den Mund, „da, das schenke ich dir zum Abschied.“

Eigentlich mundeten sie Annemarie nicht besonders. Die Schokolade war ja ganz schön, aber die Füllung schmeckte greulich. Doch sie mochte Klaus, der sie ihr verehrt, nicht durch eine Ablehnung beleidigen. So zwang sie sich die fünf Schokoladendinger hinein.

Am nächsten Tage aber befanden sich die beiden Sprößlinge von Doktor Braun in einem bejammernswerten Zustand, denn die Pralinés waren mit – Rizinusöl gefüllt gewesen.

Annemaries Reise mußte um einige Tage verschoben werden und auch die Keile, die Klaus vom Vater für sein Heldenstück versprochen wurde.

Schließlich aber kam doch der Tag, wo Nesthäkchen, mit dem Weinen kämpfend, immer wieder sein Händchen aus dem Eisenbahnfenster heraus dem untenstehenden Vater zum Abschied entgegenstreckte. Wo Doktor Braun, selbst bewegt, seinem Töchterchen liebevoll drohte: „Tapfer sein – ganz tapfer, denke an dein Versprechen, meine Lotte!" Wo der Eisenbahnzug sich so plötzlich und unvermutet in Bewegung setzte, daß Doktors Nesthäkchen nun doch, trotz aller Tapferkeit, in Tränen ausbrach und das Gesicht rasch hinter seiner Puppe verstecken mußte. Nur Gerdas Zelluloidhand winkte dem zurückbleibenden Vater einen Abschiedsgruß zu.

6. Kapitel. Nesthäkchens Seereise

Kindertränen trocknen schnell. Besonders, wenn Mutti neben einem sitzt und einen tröstend in die Arme nimmt. Dann empfindet kein Kind, daß es in die Fremde hinausgeht, seine Heimat, die Mutter, ist ja bei ihm.

Und kann man denn überhaupt noch traurig sein, wenn man an einem schönen Sommernachmittag im lustig ratternden Eisenbahnzuge durch die Welt saust? Die grünen Wiesen, mit goldgelben Dotterblumen und tiefblauen Vergißmeinnicht bestickt, die weiten Felder, auf denen Gottes Segen der Ernte entgegenreift, die wie Spielzeug dazwischen gestreuten Häuslein, Landleute und Kühe, das alles lachte die kleine Reisende so heiter an, daß sie selbst auch bald wieder mitlachte. Das umfangreiche Futterpäckchen, das Hanne „ihrem Kind" vorsorglich mitgegeben, wohl in der Annahme, daß es die nächsten acht Tage nichts zu essen bekäme, wirkte ebenfalls höchst aufmunternd. So war Doktors Nesthäkchen, als der Zug gegen Abend in die Bahnhofshalle der Stadt Hamburg brauste, so vergnügt, wie nur ein Kind sein kann, dem die ungebundene Ferienfreiheit winkt.

Sollte sie doch heute nacht zum erstenmal in einem richtigen Hotel schlafen, da das Schiff schon früh am anderen Morgen abfuhr. Mit scheuer Ehrfurcht hatte Doktors Nesthäkchen in Berlin stets die stolzen Portiers mit den goldbetreßten Röcken, die den Hoteleingang bewachen, bewundert. Und nun nahm solch vornehm aussehender Mann tief die

Mütze vor ihnen ab und ließ sie durch die sich drehende Glastür eintreten. Diese wie ein Karussell kreisende Glastür mit ihren abgeteilten Nischen hatte schon längst Annemaries Begeisterung erweckt. Nie hatte sie zu hoffen gewagt, jemals so glücklich zu sein, selbst durch eine solche Tür gehen zu dürfen. Konnte man es ihr daher verdenken, daß sie nicht sofort wieder aus ihrer Türnische heraus wollte? Daß sie, nachdem Mutti schon die Vorhalle des Hotels betreten, immer noch wie ein Pferd in der Mühle mit ihrer Tür im Kreise herumlief? Himmlisch war es, Annemarie wäre gern die ganzen Ferien über in der Türnische geblieben. Der stolze Portier machte gar kein ärgerliches Gesicht; im Gegenteil, er lachte. Oft mochte es ja wohl auch nicht vorkommen, daß ein Gast sich dieses besondere Vergnügen leistete.

Da jedoch erinnerte sich die zum Fahrstuhl schreitende Mutter, daß sie ja noch ihr Töchterchen bei sich gehabt.

„Aber Lotte, wo steckst du denn?“ suchend sah sie sich um. Nun entdeckte sie den im Kreise herumwirbelnden schwarzen Lackhut ihrer Lotte, und damit hatte das Vergnügen für Annemarie ein Ende.

Aber das junge Fräulein leistete sich alsbald ein neues, wenn auch etwas aufregenderes.

Durch den mit Blumen und Palmen geschmückten Vorraum schritten sie zum Fahrstuhl. Der war ganz anders als die, welche Annemarie von Berlin her kannte. Es war ein doppelter, sogenannter amerikanischer Fahrstuhl, ohne Tür, der in ständiger, selbsttätiger Bewegung war. Der eine, auf der rechten Seite, ging in die Höhe, der links zur Tiefe. Während der ganz langsamen Fahrt mußte man ein- und aussteigen, da der Fahrstuhl nie anhielt. Das kleine Mädchen vergaß ihre Drehtür über diese neue herrliche Fahrgelegenheit.

„Ach, wenn Hänschen und Kläuschen doch auch mitfahren könnten,“ rief sie begeistert.

Das Einsteigen ging ohne Schwierigkeiten vonstatten. Ein Stockwerk ging es hinauf, noch eins – „paß auf, Lotte, jetzt müssen wir gleich heraus,“ rief die Mutter und stieg zuerst aus.

Aber Annemarie war noch so vertieft in die Schönheit dieses unbekannten Genusses, daß sie nicht daran dachte, daß der Fahrstuhl ja nicht anhielt, und sich voll Gemütsruhe Zeit mit dem Aussteigen ließ.

„Mutti – Mama – Mutti" – angstvoll gellend klang es plötzlich zu Frau Doktor Braun von ihrem weiter in die Höhe reisenden Nesthäkchen herab.

Vorbei war es mit Annemaries Entzücken, sie schrie und heulte.

Immer weiter, immer höher stieg der Fahrstuhl, mitleidslos gegen Annemaries Angst, mit der brüllenden Kleinen und der sich nicht weniger ängstigenden, aber stummen Puppe auf ihrem Arm.

Sollte denn das bis in alle Ewigkeit so fortgehen? Das dumme Mädel dachte in seiner Aufregung nicht daran, einfach auf irgendeinem anderen Stockwerk auszusteigen. Jetzt war es oben in den obersten Bodenräumen. Hier ging der Fahrstuhl auf die linke Seite hinüber und fuhr nun abwärts, während der andere vom Kellergeschoß jetzt rechts aufwärts stieg.

Gott sei Dank – es ging wieder hinunter. Annemarie atmete auf und hielt mit Schreien inne. Jetzt – da war ihre Mutti – „komm, Lotte, schnell, schnell"– – – Frau Doktor Braun wollte ihr Nesthäkchen herausziehen, aber da – hatte sie nur Puppe Gerda im Arm. Annemarie hatte in ihrer Aufregung den richtigen Moment verpaßt.

Wieder ging die Reise weiter, noch viel mehr begann Annemarie jetzt zu schreien, denn nun war sie ja ganz allein. Diesmal ging es zur Abwechselung in die Tiefe.

Auf den verschiedenen Stockwerken sammelten sich neugierig Hotelgäste und Bediente. Aber ehe sie noch daran dachten, den reizenden kleinen Schreihals aus seiner Gefangenschaft zu befreien, war der Fahrstuhl mit Annemarie schon davon. Bis in den Keller ging es jetzt – hu – war es hier dunkel. Annemarie graulte sich tot. Wie am Spieß schrie sie, während der Fahrstuhl zur rechten Seite hinüberging und nun wieder aufwärtsstieg.

Diesmal aber wollte sie sofort herausspringen, sobald sie Mutti nur sah, das nahm sich Annemarie fest vor.

Aber es kam gar nicht so weit. Als sie die blumengeschmückte Vorhalle erreichte, stand da der feine Portier – ein Griff, und er hatte das schreiende kleine Mädchen im Arm.

„Na, weine man nicht mehr, Mausechen, ich bring' dich auch nach deine Mama," tröstete er freundlich.

Hotelgäste, Kellner und Zimmermädchen wollten sich vor Lachen ausschütten über den kleinen Blondkopf, der solche unfreiwillige Reise gemacht. Annemarie aber stieg an der Hand des Portiers die breiten Marmortreppen hinauf. Frau Doktor Braun befand sich selbst in heller Angst, da ihre Lotte nicht wieder mit dem Fahrstuhl zum Vorschein gekommen. War das Kind herausgestürzt?

Doch da klang es von der Treppe her: „Mutti – Muttichen" – ein seliger Aufschrei – Nesthäkchen flog in Mutters Arm und küßte und streichelte sie unter Tränen, als ob sie aus Amerika zurückkehrte.

Aber in solchen ollen, ekligen Fahrstuhl ging Doktors Nesthäkchen nie wieder hinein – nee, in ihrem ganzen Leben nicht!

Am nächsten Morgen war Annemarie noch recht müde, denn man mußte zeitig heraus, um das Schiff zu erreichen.

War das ein Gewühl auf St. Pauli Landungsbrücken, Annemarie hielt sich fest an Muttis Arm.

Lieber Gott – ihr süßes neues Reiseköfferchen! Den lud ein fremder Mann mit vielem anderen Gepäck auf die Schulter und verschwand damit in der Menge. Wie sollte sie ihren Koffer, auf den sie so stolz war, jemals wiederkriegen!

Mutti schien das gar keine Sorge zu machen. Die blickte voll Interesse auf die fremdländisch aussehenden Menschen und machte Annemarie auf mehrere Chinesen mit steifen, schwarzen Zöpfen in blau und gelbseidenen Röcken aufmerksam.

Aber als sie nun an den Hafen herunter kamen und das kleine Mädchen zum erstenmal in ihrem Leben die gewaltigen Riesenschiffe mit ihren hohen Masten und großen Schornsteinen erblickte, die in die fremden Erdteile segelten, da vergaß sie alles andere, selbst ihren Reisekoffer. Mutter zog ihre ganz versunkene Lotte mit sich fort über eine unter dem Tritt der vielen Füße auf und niederschwankende Schiffsbrücke.

Das war ja eine herrliche Wippe! Nesthäkchen hätte für ihr Leben gern darauf noch ein bißchen auf und nieder geschaukelt, aber die hinter ihr Kommenden hatten leider gar kein Verständnis für solche Wünsche. Die drängten und hasteten, um einen guten Platz zu erwischen.

Sie stiegen die eiserne Treppe, die zum Deck führte, empor.

„So, meine Lotte, nun bist du zum erstenmal auf einem Schiff," sagte Mutti, sie neben sich auf einen Sitz ziehend.

„Och, ich bin doch schon oft mit dem Spreedampfer nach Treptow gefahren" – ein durchdringendes, durch Mark und Bein gehendes Tuten durchschrillte da plötzlich die Luft. Entsetzt griff Nesthäkchen nach Mutters Arm. Puppe Gerda aber, die sie in ihrem Schreck losließ, fiel vor Schreck auf den Rücken.

Mutti lachte von Herzen über die beiden, und auch die übrigen Herrschaften, die in der Nähe saßen, amüsierten sich.

„Dat is man bloß die Sirene, dat Schiffssignal, dat es nu losgeihen tut, lütt Fräulein," meinte ein in der Nähe stehender Matrose freundlich zu dem hübschen kleinen Mädchen und hob ihm die Puppe auf.

Annemarie flüsterte ihrer Mutter kichernd zu: „Sieh bloß mal, Muttichen, das ist doch schon ein richtiger Mann und dabei trägt er noch einen Jungsanzug wie Klaus."

Aber von diesem Augenblick an war Doktors Nesthäkchen mit dem Matrosen aufs innigste befreundet. Er erzählte ihr, daß er Willem hieß, und daß er dreimal jede Woche mit der „Königin Luise", dies war der Name des Schiffes, auf dem sie die Reise machten, von Hamburg nach Amrum fuhr.

„Wird Ihnen denn das gar nicht langweilig, das olle Hin- und Herfahren, immer wieder denselben Weg?“ erkundigte sich die Kleine teilnehmend.

„Ih, man jo nich – jedesmal sieht das Meer wieder anners ut, dat wirst du ok noch merken, wenn du man erst am Strand buddeln tun wirst. Wo geiht denn die Reise hin, lütt Fräulein?“ es machte dem Mann Spaß, sich mit dem zutraulichen Mädelchen zu unterhalten.

„Nach Wittdün auf der Insel Amrum, da soll ich ein ganzes Jahr lang bleiben, weil ich so blaß bin. Ist es da schön?“

„Na woll! Kiek eins, lütt Fräulein, da wirst du bald so rote Backen hewen (haben) als wie ick“, lachte er.

Annemarie sah andächtig zu dem indianerrot von der Sonne Gebrannten auf. „Ja, Sie haben sich schon mächtig erholt“, meinte sie dann als richtiges Doktortöchterchen.

Mutti aber, die ihr Nesthäkchen beobachtete, dachte erleichtert: „Wenn meine Lotte sich hier schon so schnell anschließt und sich kaum nach mir umguckt, wird sie mich in Wittdün unter andern Kindern gewiß nicht entbehren.“

Da gerade kam Annemarie zur Mutter zurück. „Du Muttichen, der Herr Willem ist so schrecklich nett. Er will mir unser Schiff zeigen, das ganze Schiff, weil ich noch nie eins gesehen habe! Und weil die „Königin Luise“ doch ganz neu ist. Ich darf doch, nicht, Muttichen?“ bettelte sie.

Frau Doktor Braun freute sich, daß ihrem Töchterchen von sachverständiger Seite die Einrichtungen eines Schiffes erklärt werden sollten. Sie beteiligte sich ebenfalls voll Interesse an dem Rundgange.

Annemarie sperrte Mund und Nase auf. Das war doch kein Schiff, das war ja ein richtiges Haus mit vielen Stockwerken, in dem sie jetzt eine mit roten Teppichen belegte Treppe hinabstiegen.

In den großen Eßsaal führte der Matrose seine Begleiterinnen, da standen viele festlich mit Blumen gedeckte Tischchen mit fest in den Boden geschraubten Drehsesseln. Rote Plüschsofas zogen sich längs den Wänden hin.

War das fein hier! Nein, so sah es auf den Berliner Spreedampfern doch nicht aus. Und hier sollte sie heute Mittagbrot essen? Famos. Dann betraten sie das Rauchzimmer und den großen Leseraum mit den braunen Ledersesseln.

„Nu geiht's in die Küch',„ bemerkte der Matrose und stieg noch eine Treppe tiefer hinab.

Himmel – solche große Küche hatte das kleine Mädchen noch nie gesehen. Die Mitte nahm ein Riesenherd mit Hunderten von Kupferkasserollen ein, an dem viele Köche und Küchenmädchen schafften.

„Au, wenn unsere Hanne das ganze Kupfer hier jeden Sonnabend putzen müßte – au – würde die schimpfen!“ ganz laut sagte es Doktors Nesthäkchen zum Entzücken sämtlicher Köche und Küchenmädchen.

„So, dat is hier der Gepäckraum“, der Matrose wies auf ein Durcheinander von aufgestapelten Koffern und Körben.

„Mein süßes neues Reiseköfferchen, ob das wohl auch dabei ist?“ vergeblich spähte das kleine Mädel danach. Aber die Mutter sowohl wie Willem beruhigten sie.

„Nu kummen wir zu die Maschinens“, ihr Führer beschritt mit ihnen eine schmale mit einem Gitter versehene Galerie, von der man in den gewaltigen Maschinenraum hinabsehen konnte.

Herrjeh – war das hier ein Radau! Mutter nahm ihre Lotte vorsorglich an die Hand. Ein Höllenlärm ratternder, fauchender, surrender, brausender und schnaufender schwarzer Eisenungetüme erfüllte den Raum. Ein Gewirr von Rädern und Schrauben bewegte sich, gewaltige Eisenhebel gingen hin und her. Dazwischen erblickte man, der furchtbaren Hitze wegen, halb entkleidete Maschinisten, welche die Maschinen ölten, und schwarzrußige Heizer, die Kohlen feuerten.

„Das sind die großen Dampfmaschinen, die unser Schiff treiben“, erklärte die Mutter ihrem Töchterchen.

„Dat sull woll so sünd!“ bekräftigte Annemaries Freund.

„Puh – ist das hier eine abscheuliche Luft!“ Das junge Fräulein hielt sich das Näschen zu.

„Dat makt (macht) all dat Öl und die verfluchtigte Hitz – aberst nu will ick dat lütt Fräulein noch dat Overdeck zeigen.“ Wieder ging es – trapp – trapp – eine Stiege nach der andern hinauf.

Frau Doktor Braun hatte genug gesehen. Sie begab sich wieder auf ihren Platz. Annemarie dagegen lief wie ein Hündchen neben dem vierschrötigen Willem her, unaufhörlich schwatzend.

„So – dat da vorn dat ist uns' Steuermann, und dat Sprachrohr, wo er hat, bat geiht (geht) zum Herrn Kaptän ruf (rauf).“

Ein wenig neidisch sah Annemarie aus den Steuermann oder vielmehr auf das große Steuerrad, an dem er hin und wieder hantierte. Für ihr Leben gern hätte sie auch ein bißchen daran gedreht.

„Und denn ganz tau overst (oberst) uns' Herr Kaptän, dat ist der Höchste von all.“ Willem wies auf die schmale Schiffstreppe, die zum Kapitänsdeck hinaufführte.

Hast du nicht gesehen, war Doktors Nesthäkchen von seiner Seite und die Treppe zum Kapitänsdeck hinauf. Es sah nicht das unten angebrachte Schild: Betreten streng verboten.

„Dat geiht nich – dat is nich erlaubt, lütt Fräulein!“ rief Willem erschreckt hinter ihr her.

Aber Annemarie ließ sich nicht stören. Oben angelangt, machte sie einen höflichen Knicks und sagte freundlich: „Guten Tag, Herr Kapitän.“

„Dunnerkiel“ – der Kapitän wollte losfahren, da sah er, was für ein allerliebster Blondkopf sein unerbetener Besuch war. Seine Miene wurde freundlicher.

„Du, Kleine, das Betreten dieses Decks ist nicht erlaubt“, er drohte ihr lächelnd.

„Och, das schadet nichts, wenn Sie mich nur nicht rausschmeißen, Herr Kapitän! Willem sagt doch, Sie sind der Höchste hier auf dem Schiff." Treuherzig sahen ihn die strahlenden Blauaugen an.

„Ja, was willst du denn hier oben eigentlich, Kleine?"

„Bloß mal ein bißchen runtergucken, die Aussicht ist hier so schön", teilte Annemarie ihm freimütig mit.

„Na, denn guck nur!" Der Kapitän lachte belustigt.

Aber der quecksilbrigen Annemarie wurde das Stillstehen da oben bald langweilig. Darum machte sie ihren Abschiedsknicks, sagte: „Ich danke auch vielmals. Herr Kapitän", und unten war sie wieder.

„Je, gut, dat du kummen tust, lütt Fräulein, ick will dich man schnell noch bei dein Mutting abliefern. Ick möt (muß) nu all an min Arbeit – gleich sünd wir in Cuxhaven", damit brachte der Matrose seine kleine Gefährtin zu Frau Doktor Braun zurück.

„Sag mal, Lotte, warum starrst du denn bloß immerzu ins Wasser, sieh dir doch lieber die Stadt Cuxhaven an", meinte die Mutter nach einem Weilchen. „Dort drüben, das ist der Leuchtturm, der den Schiffen den richtigen Weg in der Dunkelheit weist."

„Ach, ich wollte bloß so schrecklich gern sehen, wo die Elbe eigentlich in die Nordsee fließt", Annemarie starrte immer noch tiefsinnig in das schaumige Wasser. „Es ist bestimmt hier bei Cuxhaven, wir haben's in der Schule gehabt. Aber man kann's nicht recht erkennen. Ja, wenn ich Vaters Fernglas hätte!"

„Ich glaube, daß dir das auch nicht viel nützen würde, Lotte –"

„Vielleicht kann ich aushelfen", ein alter weißbärtiger Herr gegenüber, der schmunzelnd Annemaries Auseinandersetzung mitangehört, reichte ihr sein Fernglas.

„Na, siehst du nun, bei welchem Wassertropfen die Elbe ins Meer fließt?" scherzte der Herr.

Annemarie schüttelte den Kopf. Nein, sehen konnte sie es nicht, aber sie sollte es bald spüren, daß sie jetzt nicht mehr auf der Elbe fuhr, sondern draußen auf offener See.

Die kleinen niedlichen Wellen, die bisher das Schiff begleitet, wurden größer und stärker, das Schaukeln auf dem Schiff nahm zu. Der Wind begann Annemaries Locken zu zausen, kaum konnte sie ihren neuen schwarzen Lackhut festhalten.

„Ih, dat is noch gar nix, lütt Fräulein", sagte der Matrose Willem, der sich wieder getreulich eingefunden hatte. „Wat so'n richtiger dülliger (doller) Storm is, der dut anners um die Näs pfeifen. Ick will man nich wünschen, dat wir den hüt (heut) kriegen, sonst wirst du am End' noch seekrank, lütt Fräulein."

„Ih bewahre, ich kann doll schaukeln", behauptete Annemarie.

Wunderbar war es hier draußen auf dem weiten, weiten Meer. Nichts als Wasser, wohin Annemarie auch blickte. Tiefblau war es, noch blauer wie der Sommerhimmel, der sich wie eine durchsichtige Glasglocke darüber stülpte. Aus den silbern flirrenden, unermeßlich weiten Wassern tauchte jetzt ein winziger roter Punkt auf – die Insel Helgoland. Alle Augen bewaffneten sich mit Ferngläsern, auch Annemarie durfte wieder durch das Glas des netten Herrn schauen. Immer größer, immer deutlicher wurde der rote Punkt, schon konnte man das Ober- und Unterland der Insel unterscheiden.

„Helgoland ist eine starke Seefestung mit Kanonen, falls es mal mit England Krieg geben sollte", erzählte Frau Doktor Braun ihrem Nesthäkchen.

Inzwischen waren sie ziemlich dicht an Helgoland herangekommen. Deutlich sah man das merkwürdig rote Gestein, das diese Felseninsel auszeichnet.

„Grün ist das Land,
Rot ist die Kant',

Weiß ist der Sand –
Das sind die Farben von Helgoland."

Mit diesem Vers verabschiedete sich der alte Herr von der Kleinen, denn sein Reiseziel war erreicht.

Die „Königin Luise" hatte hier fast zwei Stunden Aufenthalt, der von den meisten Gästen zur Mittagspause benutzt wurde, weil das Schiff im Stehen weit weniger schaukelte.

Auch Frau Doktor Braun und ihr Töchterchen begaben sich in den schönen Speisesaal. Allerdings war Annemarie vorher in arger Verlegenheit. Sie wußte nicht, was sie mit Gerda beginnen sollte. In den Speisesaal mochte sie die Puppe nicht mitnehmen, sie konnte sie doch nicht die ganze Zeit während des Essens auf dem Schoß behalten. Da erbarmte sich ihr Freund Willem der Puppe. Er steckte sie in die Tasche seines Tranmantels und meinte schmunzelnd: „Ick will schon up sei passen, wenn sei man bloß nich seekrank wird!"

„Wie ist denn das, wenn man seekrank wird?" erkundigte sich die Kleine.

„Da geiht allens mit einem im Kreis rümmer", war Willems Antwort.

„Nun habe ich meine Gerda auch in Pension gegeben, wie du mich, Mutti", beruhigt folgte Nesthäkchen jetzt der Mutter die Treppe hinab. Aber wenn es Annemarie in ihrer neuen Pension nicht besser gefiel als ihrer Puppe in der nach Pfeifentabak und Öl riechenden Tranmanteltasche des Matrosen, dann wäre es schlimm gewesen. Während Annemarie es sich nach Herzenslust schmecken ließ, schimpfte Puppe Gerda wie ein Rohrspecht aus Willems Tasche heraus. Aber der Matrose verstand zum Glück die Puppensprache nicht.

Ein wenig beklommen hatte Doktors Nesthäkchen trotz all ihrer freimütigen Unbefangenheit doch an der schönen Tafel unter den vielen fremden Menschen Platz genommen. Nur bei Kindergesellschaften hatte sie bisher an solcher festlichen Tafel gesessen. Und das war hier doch noch ganz was anderes. Schon, daß die Schüsseln herumgereicht wurden und sie sich selbst etwas nehmen durfte, war aufregend. Denn zu Hause legte Mutti ihren Kindern vor. Fragend blickte Annemarie zur Mutter hin, als der Kellner im Matrosenanzug, auf dem Schiff „Steward“ genannt, ihr die Schüssel präsentierte.

„Nimm dir nur, Lotte“, nickte Mutti lächelnd.

Nachdem Annemarie das Kunststück herzklopfend fertig gebracht, und das Stück Heilbud glücklich auf ihrem Teller lag, schielte sie wieder fragend zu Mutti hin: Hatte sie sich auch nicht zuviel genommen?

Die Tischnachbarn beobachteten diesen bei jedem Gang sich wiederholenden Vorgang belustigt. Einige begannen euch eine Unterhaltung mit dem reizenden blonden Mädelchen. Da fand Annemarie ihre Unbefangenheit wieder und gab frisch und frei Antwort.

Natürlich mußte das neugierige Fräulein auch sehen, was neben und hinter ihm vorging. Ihr Kopf drehte sich bald rechts, bald links.

Himmel, was war denn das? Der Sessel, auf dem sie saß, begann sich ja mit zu drehen – bald links, bald rechts, gerade wie das kleine Mädelchen. Annemarie machte ein entsetztes Gesicht, denn sie wußte nicht, daß sie aus einem Drehsessel saß.

„Mutti,“ flüsterte sie aufgeregt, „du, Mutti, ich glaube, ich habe die Seekrankheit, es geht alles mit mir herum.“

Die Tischgenossen, welche die ängstlichen Worte gehört, brachen in ein lautes Gelächter aus. Auch Mutti sagte unter herzlichem Lachen: „Du hast nicht die Seekrankheit, sondern eher die Drehkrankheit, Lotte.“

Das Essen war zu Ende. Die meisten begaben sich wieder auf das Deck. Die „Königin Luise“ setzte ihre Fahrt fort.

Inzwischen hatte der Wind die Zeit benutzt, um alle Wolken und Wölkchen, deren er nur habhaft werden konnte, an ihren weißen Flauschohren herbeizuziehen. Die Sonne war verschwunden. Schweres Gewölk hing jetzt drohend über dem schwarzgrau gewordenen Meer.

Prüfend und ein wenig sorgenvoll schauten die Reisenden in die so rasch veränderte Wasserlandschaft. Es würde doch keinen Sturm geben?

Die Blaujacken, die als Eingeweihte befragt wurden, beruhigten die Herrschaften.

Ih, das war manchmal so. Bald würde die Sonne wieder scheinen. Das änderte sich oft von Minute zu Minute.

Ja, es änderte sich, aber – es wurde schlimmer, statt besser. Der Wind wuchs zum gewaltigen Sturm. Hui – wirbelte er die Hüte und Mützen der Reisenden über das Deck.

Das war lustig! Für so was war Doktors Nesthäkchen zu haben. Jauchzend beteiligte es sich an der wilden Jagd. Aber nicht lange dauerte die Freude. Denn auch die niedlichen Wellen hatten sich inzwischen in gewaltige brandende Riesenwogen verwandelt. Wie einen Fangball warfen sie das große Schiff hin und her.

Hin und her – jetzt flog man in die Höhe, nun stürzte man wieder zur Tiefe. Starke Männer mußten sich an dem Schiffsgitter halten, um nicht über Bord geworfen zu werden. Wie Betrunkene taumelten die Menschen der Treppe zu, um windgeschützte Räume aufzusuchen. Hier und da wurden seekrank gewordene Damen von hilfsbereitem Schiffspersonal herabgeführt.

Frau Doktor Braun, deren frisches Gesicht plötzlich bleich und elend aussah, wollte ihr Töchterchen ebenfalls mit nach unten ziehen.

„Wenn ick Ihn' raten sull, dann laten se dat bliwen, gnädige Frau“, mischte sich der Matrose Willem ein, der bei seiner kleinen Freundin geblieben war, um für alle Fälle zur Hand zu sein. „Sie machen dat viel better (besser) hier oben in de frische Luft dorch. Unten wird Ihn' höllschen hundsmiserablig zumut.“

„Ach ja, Muttichen, es ist so fein hier“, bat auch Annemaries Stimmchen, von Sturmesbrausen übertönt. Mit glänzenden Augen und wild zerzausten Haaren klammerte sie sich an das Geländer. Noch machte ihr die Sache Spaß.

Aber nicht mehr lange. Einer nach dem andern der Reisenden wurde von der Seekrankheit ergriffen. Mit grünlichgrauer Gesichtsfarbe ruhten sie fröstelnd und sterbenselend in ihren Liegestühlen. Bald ward auch Doktors Nesthäkchen, von ihrem Freund Willem sorglich mit warmen Decken zugedeckt, in solch einen Stuhl gebettet. Es merkte gar nicht, daß auch die Mutter ein Opfer der scheußlichen Seekrankheit geworden. Es war der armen Annemarie ganz jammervoll zumute, viel schlimmer als damals, als sie Scharlach hatte. Grün und gelb war es ihr vor den Augen. Sie sah nichts als tanzende Wellen, taumelnde Dinge. Frau Doktor Braun aber fühlte sich so kreuzelend, daß sie sich nicht einmal um ihr Kind kümmern konnte.

Das hatte sie aber auch gar nicht nötig, denn der Matrose Willem war wie eine Mutter um seine kleine Freundin bemüht. Sorgsam band er das leichte Dingelchen an den Liegestuhl fest, daß der Sturm es nicht fortwehen konnte. Mit seinem roten Taschentuch wischte er ihr den kalten Schweiß von der Stirn, streichelte ihr wellenbespritztes blasses Gesichtchen mit seinen schwieligen Händen und tröstete: „Lat man, lat man sinning, lütt Fräulein, dat geiht allens wieder über, wenn wir man erst an Land sünd."

„Land – Land" – sehnsuchtsvoll wie einst Kolumbus, so stöhnte es ein jeder aus tiefstem Herzen.

Aber man mußte sich noch lange gedulden.

Als die „Königin Luise" gegen Abend endlich an der Insel Amrum anlief, war nur eine einzige von all ihren Passagieren von der Seekrankheit verschont geblieben.

Das war Puppe Gerda in der Tranmanteltasche des Matrosen.

7. Kapitel. In der neuen Heimat

Sobald Frau Doktor Braun und ihr Töchterchen den Fuß wieder an Land gesetzt hatten, war ihnen besser zumute. Allerdings mochten sie heute abend nichts mehr sehen und hören. Nicht einmal für ihren süßen, kleinen Reisekoffer, der wohlbehalten ausgeladen wurde, hatte Annemarie Interesse. Sie hatten nur den einen Wunsch, sich möglichst schnell ins Bett zu legen und zu schlafen – schlafen ...

In dem erstbesten Hotel nahm die Mutter ein Zimmer. Und bald schliefen sie alle beide den Schrecken des überstandenen Sturmes und der abscheulichen Seekrankheit aus.

Am andern Morgen erwachte Annemarie von einem merkwürdigen Geräusch. Lautes Rauschen und Brausen erfüllte die Luft. Aber das Schlauköpfchen wußte Bescheid.

„Ein Zeppelin – sicher ein Zeppelin, Mutti" – rief sie der ebenfalls schon erwachten Mutter jauchzend zu und sprang aus dem Bett ans Fenster.

Aber da war kein Luftschiff zu sehen, soviel Annemarie auch ausschaute. Wohin sie auch blickte, Meer – grünlich blaues, mit weißen Wellenköpfchen an den Strand flutendes Meer.

Sollte das etwa den Radau machen?

„Lotte, zieh dir Schuhe und Strümpfe an, du erkältest dich", rief die Mutter vorsorglich.

„Ach Muttichen, Vater hat gesagt, in Wittdün darf ich barfuß laufen." Aber als gehorsames Töchterchen begann sie doch, sich anzukleiden.

„Mutti, das Meer macht einen Mordsskandal – und heute bin ich kein bißchen seekrank mehr – und der Matrose Willem war gestern so furchtbar nett zu mir und – ach Muttichen, um Himmelswillen, es ist etwas ganz Schreckliches passiert!" mitten im Waschen hielt Annemarie entsetzt inne.

„Was denn, Lotte – fehlt dir irgendwas?"

„Ja, Mutti –" die Kleine begann zu weinen.

„Aber so sag doch, Lotte – tut dir was weh – was fehlt dir denn?" Die Mutter verging schon wieder vor Angst.

„Meine Gerda, die steckt ja noch in der Manteltasche von Willem – lieber Gott, die habe ich gestern abend ganz vergessen“, lauter wurde das Schluchzen.

„Gottlob, daß es nichts weiter ist“, die Mutter atmete auf.

„Weine nicht, Lotte, die Gerda werden wir schon wiederkriegen. Wir gehen gleich nach dem Frühstück ans Schiff.“ Es war ja kein Wunder, daß Annemarie gestern in ihrem jämmerlichen Zustand nicht an ihr Puppenkind gedacht hatte. War es doch Frau Doktor Braun selbst nicht möglich gewesen, sich um ihr Nesthäkchen zu kümmern.

Das kleine Mädchen war heute wieder ganz munter, während die Mutter sich noch etwas angegriffen fühlte.

Nichts ging Annemarie jetzt schnell genug. Das Entwirren der sturmzerzausten Locken und das Flechten der blonden Rattenschwänzchen über jedem Ohr dünkte ihr eine Ewigkeit.

„Mutti – Mutti – das Schiff geht ab –“ drängte sie.

Kaum bekam die Mutter sie dazu, in Ruhe erst ihren Kakao unten auf der Hotelveranda zu trinken. Dabei hätte Annemarie das schöne Frühstück in den silbernen Kännchen mit dem knusperigen Backwerk und dem goldgelben Honig zu anderer Zeit sicherlich viel Spaß gemacht.

Nun eilte sie endlich der Mutter voran, die weißhügeligen Dünen hinab zur Landungsbrücke.

Kein Schiff weit und breit zu sehen. Nur ganz in der Ferne konnte man auf hohem Meer Fahrzeuge erkennen. Aber die sahen so winzig aus wie Boote.

Enttäuscht blickte Annemarie sich um, dann trat sie kurz entschlossen an einen alten Fischer heran, der mitten in der Sonne in dem leuchtend weißen Sande saß und Netze strickte.

„Ach, können Sie mir vielleicht sagen, wo die „Königin Luise“ hingekommen ist?“ fragte Annemarie, höflich grüßend.

Der Fischer sah nicht von seiner Arbeit auf. Nur mit dem breiten Daumen machte er eine überwendliche Bewegung nach dem Meer zu.

Daraus konnte die Kleine nicht klug werden. Sie wiederholte ihre Frage noch einmal mit erhobener Stimme, denn am Ende war er schwerhörig. Außerdem rauschte das Meer auch so laut, besonders für ungewohnte Ohren, daß man kaum sein eigenes Wort verstand. Wieder drehte sich der breite Daumen nach dem Meer zu. Stumm strickte der Alte seine Netze weiter.

Zum Glück kam Mutti jetzt heran.

„Ist die „Königin Luise“ schon wieder abgegangen?“ fragte sie.

„Woll“, der Alte sah nicht hoch.

Da aber traf ein so schmerzliches Weinen sein Ohr, daß er mitten in der Arbeit innehielt und ganz verwundert aufschaute.

„Meine Gerda – meine süße Gerda –“ beide Arme streckte das kleine Mädchen nach dem mitleidslos seine eintönige Melodie weitersingenden Meer aus.

„Is was passiert – is sei ertrunken?“ Jetzt kam Leben in das vom Alter stumpf gewordene Gesicht des Alten.

„Nee – aber sie steckt noch in dem Tranmantel von dem Matrosen Willem – – –“ weinte es weiter.

„Ih – da bringt er dat Kinding dat nächste Mal retour, da brukst (brauchst) du nich tau weinen. Und tau eten (zu essen) un tau trinken, dat gewen sei ehr up dat Schiff –“

Der alte Fischer brach ganz verdutzt mitten in seiner Trostrede ab. Helles Lachen erschallte plötzlich aus dem Kindermund, der sich noch soeben zum Weinen verzogen. Der Alte schüttelte seinen kahlen Kopf. Er hatte es in den vielen, vielen Jahren vergessen, daß junge Kinder Lachen und Weinen in einem Sack haben. Die Fischerleute hier an der Nordsee, die er kannte, lachten und weinten überhaupt kaum. Die waren wortkarg, ernst und schwer wie das Meer, das ihnen die Wiegenlieder gesungen.

Und kamen ihnen doch mal die Tränen, dann flossen sie langsam und stet, immer wieder sich erneuernd, wie das Meer.

„Gerda ist doch kein Kind, die kann ja nicht essen und trinken, die ist ja meine Puppe“, Annemarie mußte noch immer lachen.

„Ih, denn is dat jo nich so slimm“, der alte Fischer wandte sich in aller Gemütsruhe wieder seiner Strickarbeit zu.

„Wann legt die „Königin Luise“ hier wieder an?“ mischte sich jetzt Frau Doktor Braun, die bisher ganz in die wundersame Schönheit des Meeres und der hohen, sich meilenweit hinziehenden Dünen vertieft gewesen, in das Gespräch.

„Jo – dat wird woll nich vor drei Dagen sünd.“

„Und um wieviel Uhr kommt das Schiff immer an, damit wir uns zur Zeit hier wieder einfinden?“

Der Alte kratzte sich bedenklich seinen kahlen Schädel.

„Je, dat is mal so un mal so – – –“

„Aber lieber Mann, das Schiff muß doch fahrplanmäßig eintreffen“, wandte Frau Doktor Braun ein.

„Nee, dat ännert sich alle Dag mit de Flut.“

„Ach so“, daran hatte die Dame nicht gedacht. „Würden Sie dann vielleicht so freundlich sein und sich die Puppe meines Töchterchens von dem Matrosen Willem einhändigen lassen, wenn das Schiff wieder anlegt – Sie kennen ihn doch?“

„Woll – woll – is 'n fixer Jung. Jo – jo, dat will ick girn dun, ick lat mi de Popp gewen (ich lasse mir die Puppe geben) –“ ein leises Schmunzeln flog über das wetterharte Gesicht des alten Fischers.

„Ach, wenn Sie das tun wollten!“ rief Nesthäkchen getröstet. „Und grüßen Sie doch bitte Willem vielmals von mir, und ich laß ihm auch schön dafür danken, daß er neulich so nett zu mir war“ – Annemarie reichte dem Fischer dankbar ihre Hand hin.

Der nahm das zarte, dünne Händchen behutsam zwischen seine verschrumpelten Finger. Einen Augenblick sah er Annemarie mit feinen tiefliegenden Augen in das schmale Gesicht und murmelte wie zu sich selbst: „Dat möt annere Backen hier kregen!“ Dann wandte er sich wieder seinen Netzen zu, als ob niemand mehr neben ihm stände.

Auch der freundliche Abschiedsgruß der Dame und ihrer kleinen Tochter fand keine Erwiderung mehr.

„Glaubst du, Mutti, daß der daran denken wird, meine Gerda abzuholen? Er ist schon mächtig alt, bestimmt schon hundert Jahre, da hat er am Ende ein schlechtes Gedächtnis“, meinte Annemarie zweifelhaft, während sie neben ihrer Mutter durch den weichen Sand landeinwärts stampfte.

Auch Frau Doktor Braun war die Sache nicht ganz einleuchtend. Aber sie mochte ihr Nesthäkchen nicht aufs neue beunruhigen.

„Das beste ist, wir gehen selbst wieder an den Steg hinunter, wenn das Schiff ankommt“, überlegte die Kleine weiter.

„Das wird schlecht gehen, Lotte. Das Schiff kommt hier in Norddorf an, das im Norden der Insel Amrum liegt. Wittdün dagegen ist auf der Südspitze der Insel gelegen. Dorthin fahren wir jetzt erst“, erklärte ihr die Mutter.

Nesthäkchen machte ein erstauntes Gesicht, es hatte geglaubt, sich bereits in Wittdün zu befinden.

Während Puppe Gerda einsam und verlassen wieder Hamburg zusegelte, fuhr Annemarie und ihre Mutter mit der elektrischen Inselbahn ihrer neuen Heimat zu.

Vorbei an niedrigen Bauernhäuschen mit merkwürdigen Giebeln und leuchtend weißen Fensterkreuzen ging die Fahrt.

„Das sind alte Friesenhäuser“, erzählte die Mutter ihrer aufhorchenden Lotte.

„Friesen – was ist denn das? Ist das sowas wie Frieseln? Das hat mal eine in unserer Klasse gehabt, aber es ist nicht so schlimm wie Scharlach“, das Doktortöchterchen wußte mit Krankheiten gut Bescheid.

„Nein, Lotte“, Mutter lachte. „Friesen ist ein altes Germanenvolk, dessen Überreste hier auf den Nordseeinseln leben. Schau, Kind, überall diese bezaubernden Durchblicke zum Meere hin – und eine Luft, so rein und staubfrei hier mußt du dich erholen, meine Lotte. Atme mal ganz tief!“

Nesthäkchen steckte den Blondkopf aus dem offenen Bahnfenster und schnüffelte gehorsam wie Puck hinaus.

„Liefere ich dich nun erst im Kinderheim ab, Lotte, oder suche ich mir erst Wohnung?“ überlegte die Mutter.

„Wa–as? Du willst mich abliefern – ja, wohnen wir denn nicht zusammen, Mutti? Solange du hier bist, kann ich doch noch bei dir sein!“ Krampfhaft umklammerte Nesthäkchen, ungeachtet der Mitfahrenden, den Arm der Mutter. Schon begann es um den Kindermund verräterisch zu zucken.

„Lotte – Lotte, du wirst doch nicht weinen, du großes Mädel, du hast doch Vater versprochen, es mir nicht schwer zu machen. Du sollst dich in der Kinderpension einleben, solange ich noch hier bin. Sonst weiß ich ja gar nicht, ob es dir dort gefällt, oder ob du dich heimbangst.“

„Aber wenn ich mich heimbange, Mutti, ganz schrecklich bange – wenn ich vielleicht wieder krank werde vor lauter Sehnsucht, dann läßt du mich doch nicht hier, nicht wahr? Dann nimmst du mich doch wieder mit nach Haus?“ in grenzenloser Aufregung hingen die Kinderaugen an dem Gesicht der Mutter.

„Wenn es dir ganz und gar nicht im Kinderheim gefällt, Lotte,“ meinte diese zögernd, „müßte ich es in Erwägung ziehen. Denn man erholt sich nur dort, wo man sich wohlfühlt. Ich hoffe aber, daß meine große Tochter sich alle Mühe geben wird, sich gut einzuleben“, setzte sie noch ernst hinzu.

Diese Mahnung war durchaus angebracht. Denn ihr Nesthäkchen wurde rot und sah ein bißchen unsicher an der Mutter vorbei. Das schlaue kleine Fräulein hatte sich soeben fest vorgenommen, daß es sich auf keinen Fall im Kinderheim wohlfühlen wollte. Nein – und wenn es noch so hübsch dort war. Dann würde Mutti sie wieder mit nach Berlin nehmen. Nur dumm, daß eine Mutter auch die geheimsten Gedanken ihres Kindes errät.

Die Bahn hatte nun ihr Endziel erreicht. Annemarie hatte sich inzwischen dafür entschieden, wenigstens noch mit auf die Wohnungssuche zu gehen, bevor sie in ihrem „Gefängnis“ abgeliefert wurde. Wohnungmieten macht Spaß, und es war doch immer noch ein Aufschub.

Auch Frau Doktor Braun behielt ihr Nesthäkchen nur zu gern noch bei sich, wurde ihr selbst die Trennung doch noch tausendmal schwerer als dem Kinde. Durch die hübsche Villenstraße schlenderten sie und schlugen dann den Weg zu den oberhalb des Strandes gelegenen Wohnhäusern ein. Bald hatte die Mutter ein nettes Zimmer mit dem Blick auf das Meer hinaus gefunden. Denn noch war Wittdün nicht allzu besucht. Erst zu Beginn der großen Ferien kam der große Schwarm der Sommergäste.

„Für das kleine Fräulein können wir noch gut ein zweites Bett hereinstellen, wir rücken den Schrank etwas zur Tür hin“, schlug die freundliche Wirtin gefällig vor.

Annemarie sah die Mutter bettelnd an, aber diese blieb fest.

„Nein, ich danke Ihnen schön, Frau Dietrich, aber meine Kleine kommt ins Kinderheim zu Frau Kapitän Clarsen. Sie soll mal ein ganzes Jahr lang Ihre herrliche Luft hier schnappen.“

„Das ist recht – das ist recht“, nickte die Wirtin, während Annemarie durchaus entgegengesetzter Meinung war. „Kann's auch brauchen, das kleine Fräulein,“ damit empfahl sie sich.

Die Mutter packte ihre Handtasche aus. Das große Gepäck kam erst später.

„Weißt du, Mutti", begann Annemarie ein wenig zögernd, „wenn die Frau Dietrich doch so schrecklich gern das zweite Bett hereinstellen möchte, ist es doch eigentlich unfreundlich von uns, wenn wir ihr nicht den Gefallen tun. Ich könnte ja vielleicht erst mal acht Tage hier bei dir wohnen – dann kann ich ja immer noch lange genug ins Kinderheim," setzte sie schnell hinzu, als sie sah, daß die Mutter den Kopf schüttelte.

„Nein, Lotte, es ist in acht Tagen genau dasselbe wie heute. Grade was einem schwer wird, soll man gleich tun. Wasch' dir noch mal die Hände, Kind, und laß dir die Haare überbürsten." Annemarie wußte, daß gegen diesen bestimmten Ton Muttis alles Schmeicheln und Bitten nichts fruchtete. Schmollend begab sie sich an den Waschtisch.

Die erfahrene Mutter aber dachte: „In acht Tagen ist es noch zehnmal schlimmer. Dann hat sich das Kind gemeinsam mit mir hier eingelebt. Heute ist ihr sowieso noch alles neu und fremd."

Die Hände waren gewaschen, das Blondhaar gebürstet, und der schwarze Lackhut wieder aufgestülpt. Noch einen wehmütigen Abschiedsblick warf Annemarie in die Ecke, wo so gut noch ein zweites Bett hätte stehen können. Dann ging es zum Kinderheim.

Dasselbe lag nur drei Minuten entfernt, ebenfalls am Strande. Doch wenigstens ein Trost. Wenn es ihr nicht in der Kinderpension gefiel, dann rückte sie einfach aus zu Mutti – dazu war Doktors Nesthäkchen ganz fest entschlossen.

„Hoffentlich springen wir ihnen nicht in die Mittagssuppe", scherzte die Mutter, denn von der Kapelle schlug es grade zwölf Uhr.

Annemarie verzog den Mund zu einem schmerzlichen Lächeln, sie war zu betrübt für Scherze.

Nun standen sie vor dem zwischen malerischen Dünen gelegenen Hause mit dem lustigen roten Ziegeldach. Es hatte viele blanke Fenster, Balkone und Erker. Vor jedem Fenster war ein grüner Kasten mit bunten rankenden Winden angebracht, das gab dem Hause etwas ungemein Freundliches und Anheimelndes. Über dem Eingang blitzte in der Mittagssonne wie lauter Gold „Villa Daheim“.

Das kleine Mädchen, das mit großen Augen seine neue Heimat in Augenschein nahm, ward eigentümlich durch diesen Namen berührt. Villa Daheim – es wollte sich ja hier gar nicht daheim fühlen. Nein, es wollte nicht!

„Ist es nicht hübsch hier, Lotte?“ die Mutter sah mit frohen Augen um sich. Der große sich in Terrassen die Sanddünen heraufziehende Garten mit seiner leuchtenden Rosenpracht war so recht ein Tummelplatz für fröhliche Kinder. Eine ausgedehnte Wiese mit Turngeräten, die ein Schild „Luftbad“ trug. Ein großer Krokettplatz, auf dem Annemarie am liebsten sogleich eine Kugel durch den Reifen geschlagen hätte. Ein Ringspiel zum Werfen und – Hurra – auch eine Schaukel!

Mit einem Satz war der Wildfang drin und flog jauchzend durch die Luft. Annemarie hatte ganz vergessen, daß es ihr ja hier nicht gefallen durfte.

Mutter hielt die Schaukel an. „Laß das lieber heute, Lotte, du bist gestern auf dem Schiff genug geschaukelt. Am Ende könntest du wieder seekrank werden.“

An der sonnigen Südterrasse vorbei mit den Liegestühlen betraten sie das Haus. Vergeblich schaute Annemarie nach Kindern aus. Es war keins zu erblicken.

Die Mutter klingelte, während Doktors sonst so keckes Nesthäkchen plötzlich sein Herz bis in den Hals hinein Klopfen fühlte. Das kam sicher bloß von dem dummen Schaukeln. Denn Angst hatte sie doch kein bißchen – ih, woher denn!

8. Kapitel. Das Kinderheim am Nordseestrand

Ein nettes Hausmädchen mit weißem Hamburger Häubchen und blütensauberem Latzschürzchen öffnete. Mit freundlichem Gruß führte sie durch eine blumengeschmückte Diele in den Empfangsraum. Dieser war ein gemütliches Wohnzimmer, in dem ein großes Ölgemälde, einen blonden Schiffskapitän darstellend, den Platz über dem Sofa einnahm. Darunter hing das Bild eines entzückenden Knaben. See- und Schiffsbilder schmückten die gegenüberliegende Wand. Merkwürdige Dinge aus fremden Ländern standen auf Tischchen und Paneelbrettern umher. Auch hier ein Blumentisch in der Fensterecke mit blühenden Gewächsen. Alles blitzte vor Sauberkeit.

Ehe Annemarie ihre neugierigen Augen noch allenthalben hatte herumspazieren lassen können, wurde die zu einem andern Zimmer führende Tür geöffnet, und eine noch jugendliche Dame in Schwarz trat herein. Es war Frau Kapitän Clarsen, Annemaries Pensionsmutter. Mit herzgewinnender Freundlichkeit ging sie auf ihre Gäste zu.

„Das freut mich, gnädige Frau, daß Sie mir selbst Ihr Töchterchen bringen. Also dies ist unsere neue kleine Annemarie – guten Tag, mein Herzchen. Sei herzlich willkommen bei uns auf Wittdün, wir wollen dich hier sehr lieb haben.“ Damit küßte sie das fremde kleine Mädchen auf die Stirn.

Die tief knicksende Annemarie machte ein ganz verdutztes Gesicht. Auf solch einen herzlichen Empfang war sie nicht vorbereitet gewesen. Sie hatte sich die Frau Kapitän wie eine strenge Lehrerin vorgestellt, und nun war die so liebevoll zu ihr wie die Großmama oder wie eine Tante. Aber sie wollte sich hier ja gar nicht lieb haben lassen – sie wollte doch wieder mit zurück nach Berlin.

Indessen besprachen die beiden Damen alles Notwendige. Annemarie hatte Zeit, ihre neue Pensionsmutter eingehender zu betrachten.

Was war denn eigentlich nur so merkwürdig an der Dame? Immer wieder mußte die Kleine das lieblich zarte Gesicht der Frau Kapitän, das so jung wie das von Mutti erschien, studieren.

„Ich hab's" – laut entfuhr es plötzlich dem kleinen Mädchen, das gewöhnt war, alles herauszusprudeln, was es auf dem Herzen hatte. Dann aber biß sich Annemarie erschreckt auf die Lippen.

„Was hast du, Herzchen?" freundlich wandte sich Frau Kapitän ihr zu. „Na, magst du es mir nicht sagen? Wir wollen doch beide gute Freunde werden, da mußt du auch Vertrauen zu mir haben."

Hilflos stand Doktors Nesthäkchen da. Es zupfte an seinem weißgepunkteten Musselinkleid herum und steckte schließlich in grenzenloser Verlegenheit den Finger in den Mund.

„Ei, da will ich nicht drängen, vielleicht erzählst du's mir mal später von selbst", Frau Kapitän hatte Mitleid mit der Schüchternheit der kleinen Fremden. Sie setzte das Gespräch mit der Mutter fort.

Frau Doktor Braun jedoch war ärgerlich auf ihre Lotte. Tat das dumme Mädel nicht, als ob es nicht bis drei zählen konnte? Und war doch sonst solch Plappermäulchen, das gar keine Schüchternheit kannte. Warum antwortete sie denn nicht, wie sich's gehörte, auf Frau Clarsens freundliche Frage?

Hätte Frau Doktor Braun jedoch gewußt, was Annemarie mit ihrem „ich hab's" gemeint hatte, dann hätte sie wohl ihre Befangenheit verstanden. Die Kleine hatte nämlich gerade in dem Augenblick herausgefunden, daß ihre neue Pensionsmutter ja schneeweißes Haar hatte, genau wie die Großmama. Das war es, was ihr so merkwürdig zu dem noch jungen Gesicht erschienen war. Und dies konnte sie doch unmöglich sagen.

Die beiden Damen hatten indessen alles miteinander verabredet. Annemarie sollte sich so viel wie möglich in der frischen Luft aufhalten. Mit den Seebädern wollte man noch etwas warten, bis das Wasser sich mehr erwärmt hatte. Inzwischen sollte sie Sonnenbäder nehmen und auch eine Liegestuhlkur durchmachen. Im übrigen viel frische Milch – Annemarie schüttelte sich heimlich – Milch trank sie höchst ungern. Der Unterricht sollte bis zum Ablauf der großen Ferien ausgesetzt werden, um dem Kind erst Zeit zur Erholung zu lassen.

„Ja Kuchen“ – dachte Annemarie nicht sehr respektvoll – „nach den großen Ferien bin ich bestimmt wieder in Berlin und gehe mit Margot Thielen zusammen in die Schule.“

Die Mutter erhob sich mit warmen Dankesworten. Die Dame, der sie ihr Kind anvertrauen wollte, hatte den denkbar günstigsten Eindruck auf sie gemacht.

„Ich darf Ihnen vielleicht noch das Haus mit all seinen Einrichtungen zeigen, gnädige Frau,“ schlug Frau Kapitän liebenswürdig vor.

Gern nahm die Mutter dies Anerbieten an. Fräulein Neugier schob sich hinter den Damen her – konnte man es ihr denn verdenken, daß sie sehen wollte, wo sie hinkam?

„Mein Haus ist nicht groß, denn ich nehme nie mehr als höchstens fünfzehn Kinder auf. Bei einem größeren Betrieb fühlen sie sich nicht daheim,“ hörte Annemarie Frau Clarsen sagen.

„Bei einem kleineren auch nicht“, es waren ziemlich unartige Gedanken, mit denen Doktors Nesthäkchen ihre neue Heimat in Augenschein nahm.

„Hier unten liegt gleich das Eßzimmer,“ damit öffnete die Dame eine Tür.

Von dem langen die Mitte des Zimmers einnehmenden Tisch hoben sich blonde und braune Kinderköpfe mit ebensolchen neugierigen Augen, wie die hineinspähende Annemarie sie hatte. Hier und da erhob sich ein höfliches kleines Mädchen und knickste.

„Bleibt sitzen, Kinder“, rief Frau Clarsen. „Fangt nur heute an, mal ohne mich die Suppe zu essen. Dafür bringe ich euch nachher auch eine neue kleine Freundin mit.“

„Die neue kleine Freundin“ hatte inzwischen mit Verwunderung wahrgenommen, daß auch Jungen an dem Eßtisch saßen. Annemarie, die selbst ein halber Junge war, wie Vater immer sagte, empfand das durchaus nicht unangenehm. Im Gegenteil – das laute Herumtoben von Jungen sagte dem Wildfang mehr zu als die artigen Spiele kleiner Mädchen.

Eine Dame, die Frau Clarsen sehr ähnlich sah, nur daß sie blonde Haare hatte, teilte die Suppe aus.

„Meine Schwester – Frau Doktor Braun“, stellte Frau Kapitän vor. „Lenchen ist unser guter Hausgeist, der für das körperliche Wohl der kleinen Gesellschaft Sorge trägt – Annemarie wird die Tante Lenchen auch bald so lieb haben wie alle übrigen Kinder.“

Die grauen Augen der jungen Dame begegneten sich mit den strahlendblauen des fremden kleinen Mädchens – nur eine Sekunde. Da wußte Annemarie es sofort, daß sie Tante Lenchen lieb haben mußte, ob sie nun wollte oder nicht.

„Dies ist unsere Erzieherin, Fräulein Mahldorf, die einen Teil des Unterrichts gibt, den übrigen erteilt ein hiesiger Lehrer“, stellte Frau Kapitän weiter vor. „Und hier noch Miß John, unsere Engländerin.“

Man verließ den Speiseraum und trat in das nebenliegende Spielzimmer. Das war ein luftiges helles Gemach mit hübschen Kinderbildern an den Wänden. Eine weitgeöffnete Tür führte zur Terrasse und in den Garten hinaus. Die eine Ecke des Zimmers gehörte den Puppen, die zweite dem Militär. Bleiregimenter aller Gattungen waren dort aufmarschiert. In der dritten Ecke sah man in einem Regal Gesellschaftsspiele aufgestapelt, in der vierten aber stand der Bücherschrank mit Märchen und Geschichtenbücher. Konnte es wohl ein Kinderherz geben, das solchem Zauber widerstanden hätte? Immermehr fühlte Annemarie ihre Abneigung gegen das Kinderheim schwinden. Ob Gerda, wenn sie erst wieder da war, wohl auch hier einquartiert wurde?

Nun ging es in die Schulstube. Nein, wie eine Klasse sah es hier ganz und gar nicht aus. Zwar standen Tische und Bänke nebeneinander aufgereiht, aber die weißen Mullgardinen an den Fenstern, die Gruppenbilder ehemaliger Zöglinge, welche die Wände schmückten, machten auch diesen Raum der Arbeit anheimelnd und nahmen ihm das schulmäßig Nüchterne. Nur die große Landkarte an der Hauptwand verriet das Klassenzimmer.

Frau Kapitäns Wohnräume und die der Lehrerinnen waren besichtigt, nun ging es über eine blankgebohnerte Treppe in das obere Stockwerk. Dort lagen die Schlafzimmer der Kinder. Alles helle freundliche Zimmer mit graublau oder rosa getünchten Wänden und weißen Möbeln. Zwei oder auch drei Betten in jedem Raum, die meisten mit einem kleinen Balkon, der einen herrlichen Blick über Strand und Meer erschloß.

„Ach, die wundervollen Blumen überall“, Frau Doktor Braun war entzückt von dem, was sie sah. Hier ließ sie ihre Lotte ganz beruhigt.

„Ja die haben sich unsere Kinder im Frühling selbst gesät. Jedes Kind hat seinen Blumenkasten und auch ein Fleckchen Erdreich unten im Garten. Ich halte soviel von dieser gärtnerischen Tätigkeit. Sie erhält Körper und Seele gesund. Du bekommst auch deinen Blumenkasten, Annemarie“, versprach Frau Kapitän. In den blauen Augen des kleinen Mädchens leuchtete es auf. Es gefiel ihr hier genau so gut wie ihrer Mutter, aber – es durfte ihr ja gar nicht gefallen.

Die Damen stiegen die Treppe wieder hinab. Da rutschte etwas an ihnen vorüber, etwas Rotes mit weißen Punkten.

„Aber Lotte – – –“ rief Mutti entsetzt.

„Au, hier rutscht es sich fein das Geländer herab, hier müßte Klaus sein!“ mit strahlenden Augen stand Annemarie unten.

„Sieh mal an, das habe ich gar nicht gedacht, daß du solch kleiner Wildfang sein kannst – ich habe dich für ein ganz schüchternes kleines Mädchen gehalten“, lächelte Frau Kapitän.

Der Mutter war die Einführung ihres Töchterchens sichtbar peinlich.

„Nun will ich mich aber verabschieden, ich habe Ihre Mittagszeit schon allzu lange in Anspruch genommen, Frau Kapitän,“ damit reichte die Mutter der Dame die Hand.

Auch Annemarie streckte mit tiefem Knicks ihr Händchen hin.

„Ei, Herzchen, bleibst du denn nicht gleich bei uns?“ verwunderte sich die Pensionsmutter. „Ich wollte dich jetzt mit deinen kleinen Kameradinnen bekannt machen.“

„Ach nee – nee, das geht nicht.“ die dumme Annemarie verkroch sich hinter ihrer Mutter.

„Aber Lotte, sei doch nicht so töricht, warum sollte das denn nicht gehen?“ Frau Doktor Braun schob ihr Nesthäkchen wieder nach vorn.

„Ich – ich – ich hab' ja überhaupt noch gar kein Mittagbrot gegessen –“ wie gut, daß ihr das noch einfiel.

„Das schadet nichts, mein Herzchen,“ lachte Frau Kapitän. „Wir beide tafeln nach, sie werden uns schon noch etwas übrig gelassen haben.“

„Und – und mein kleines neues Köfferchen ist ja auch noch nicht da, das muß ich bestimmt erst noch holen“ – wie der Wind war Annemarie an der Tür.

Frau Kapitän Clarsen war eine erfahrene Frau. Sie hatte schon so manche Heulszene mit kleinen Neuankömmlingen erlebt, die sich nicht von den Eltern trennen wollten. Sie wußte, daß man nur mit Güte die jungen, ängstlichen Herzen gewinnen konnte.

„Schön, Annemarie, dann gehst du jetzt mit deiner Mutti Mittag essen. Am Nachmittag treffen wir uns am Strande, da kannst du gleich mit deinen neuen Freundinnen spielen. Und heute abend schläfst du dann das erstemal bei uns. Ja, wollen wir es so machen?“ schlug Frau Kapitän freundlich vor.

„Ja – ja“ – Annemaries ganzes Herz flog der netten Dame zum Dank für diese Worte entgegen. Sie durfte noch ein bißchen bei Mutti bleiben, weiter wollte sie ja fürs erste gar nichts. Bis heute abend war ja noch schrecklich lange, und – sie hatte ja überhaupt gar kein Bett in Muttis Zimmer.

Frau Doktor Braun war weniger einverstanden mit dem Vorschlag der Frau Kapitän. Sie fürchtete, daß sich am Nachmittage genau dasselbe Manöver abspielen würde. Und wenn man dem Kinde erst einmal nachgegeben hatte, würde es am Ende das zweitemal auch sein Köpfchen durchsetzen wollen. Aber Frau Doktor Braun irrte sich diesmal.

Nachdem sie in dem schönen Kurhaus gespeist hatten, ging die Mutter mit ihrem Töchterchen an den Strand hinunter.

„Ach, die niedlichen, rotweißgestreiften Häuschen, sind die für Puppen?“ für große Menschen waren sie doch viel zu klein.

„Das sind ja Strandkörbe, Lotte. Dort hinein setzt man sich mit einem Buch oder einer Handarbeit, wenn die Sonne zu sehr brennt, oder wenn es regnet.“

„In einen Korb – wie unser Puck!“ amüsierte sich die Kleine.

Herrliche Muscheln lagen auf dem feuchten Sand, die das Meer herangeschwemmt. Weiße, gelbe, bläuliche und rosa, große und kleine. Jubelnd machte sich Annemarie ans Sammeln. Muschelsuchen – das war ein bisher unbekanntes Vergnügen für die kleine Berlinerin.

„Ich hätte dir eine Sandschaufel kaufen sollen, Lotte“, meinte die Mutter, „aber das kann ich ja noch morgen nachholen.“

„Was, eine Schippe für mich, großes Mädel? Mit zehn Jahren spielt man doch nicht mehr mit Sand, was sollten da wohl die anderen Kinder von mir denken!“ lachte Nesthäkchen los.

„Sieh mal dorthin, Lotte,“ die Mutter wies auf den belebten Teil des Strandes, dem sie sich jetzt näherten.

Nanu – Annemarie traute ihren Augen nicht. Da schaufelten ja erwachsene Damen und Herren im Schweiße ihres Angesichts große Gruben in den weißen weichen Sand. Und Kinder jeden Alters waren eifrig bemüht, hohe Sandwälle gegen die näher kommende Flut aufzuwerfen.

„Mutti – ach, ist das ulkig! Sich bloß mal, ein Herr wie Vater buddelt noch Sand,“ Annemarie wollte sich vor Lachen ausschütten.

„Hier an der Nordsee bauen auch die großen Leute Burgen, so nennt man die Sandgruben mit den hohen Wällen, Lotte. Jeder gräbt sich eine

Burg und schmückt sie, so schön er kann. Sieh nur all die bunten Fähnchen, die sie dort aufgepflanzt haben, und hier sogar ein Anker aus Muscheln, ist das nicht hübsch?“

Ja, wundervoll war das. Nesthäkchen bedauerte lebhaft, noch keine Sandschaufel zu haben. Sie hätte sich am liebsten sofort eine Burg gebaut.

„Und für dich baue ich auch eine, und eine für Gerda – ach, wo mag meine Gerda jetzt bloß sein?“ Aber Annemarie kam nicht dazu, sich weiter mit der auf eigene Faust in der Welt herumgondelnden Puppe zu befassen.

Eine Kinderschar, paarweise geordnet, wurde auf der breiten, von der Wandelhalle zur Uferpromenade herabführenden Steintreppe sichtbar – es waren die Clarsenschen Kinder. So wurden sie allgemein in Wittdün genannt, da es dort noch mehrere andere Kinderheime gab.

Sie waren in Begleitung von Tante Lenchen und der Engländerin. Erstere sah sich suchend um und trat dann auf Annemarie und ihre Mutter zu, die durch das weithin leuchtende rote Kleid des kleinen Mädchens kenntlich waren.

„Na, Annemarie, willst du nun mit unsern Kindern spielen?“

Ja, das wollte die Kleine sehr gern, denn spielen verpflichtete ja zu nichts. Sie ließ sich von Tante Lenchen zu den der „Neuen“ voll Erwartung entgegenblickenden Zöglingen führen.

„Also das ist hier Annemarie Braun aus Berlin, eure neue Freundin. Nun spielt recht schön zusammen, die Namen der Kinder wirst du schon allmählich kennen lernen. Ellen, vielleicht nimmst du dich der Annemarie ein wenig an,“ wandte sie sich an ein langaufgeschossenes, etwa dreizehnjähriges Mädchen mit braunen Zöpfen. Es sah ein wenig wie Margot Thielen aus, dies machte sie Annemarie gleich vertrauter.

„Komm, willst du an unserer Burg bauen helfen?“ freundlich nahm die große Ellen die kleine Fremde bei der Hand.

„Au ja – aber ich habe bloß noch keine Schippe, die kauft mir meine Mutti erst morgen.“

„Das schadet nichts, du kannst mit meiner s-pielen, ich suche mir ein S-tück Holz zum Graben," sagte die Hamburger Ellen freundlich. Annemarie aber lachte hellauf.

„Du sprichst ja genau wie unsere Rechenlehrerin Fräulein Neudorf, die immer sagt: „Macht nicht solchen S-pektakel, Kinder, Ihr s-tört die anderen Klassen. Ist das ulkig, daß ein Kind auch so s-pricht," die kleine dreiste Krabbe hatte gar keine Scheu mehr vor der Großen. Auch Ellen und die anderen Kinder, die neugierig zuhörten, mußten lachen.

„Deine Lehrerin war gewiß auch aus Hamburg?"

„Nee, aus Hannover – aber nun wollen wir spielen," unternehmungslustig hopste Annemarie in die ziemlich geräumige Sandgrube. Dort saß bereits ein kleines Mädchen in ihrem Alter mit rotgoldenen Haaren, die in lauter Locken und Löckchen das Kindergesicht umrahmten. „Wie das Engelsköpfchen auf Fräuleins Brosche zu Hause", dachte Annemarie.

„Gerda, zeig' mal der Annemarie eben, wie hoch unser Wall s-tehen soll, ich baue inzwischen die Burg nach der anderen Seite aus," rief Ellen.

„Gerda heißt du – ach, ist das drollig, so heißt meine Puppe nämlich auch," Annemarie ließ sich neben dem kleinen Lockenkopf nieder und begann eifrig den weißen, schönen Sand zu schaufeln. Dabei ruhten aber auch die Plappermäulchen nicht.

„Hast du deine Puppe mitgebracht?" erkundigte sich die fremde Gerda.

„Ja – nee – das heißt, sie kommt bald nach. Sie ist bloß noch mal allein nach Hamburg zurückgereist," berichtete Annemarie.

„Was – allein?" das rotblonde Kind sah Sie Neue zweifelnd an. Schwindelte die am Ende?

„Es ist wirklich wahr," beteuerte Annemarie, „ich habe sie nämlich in der Manteltasche meines Freundes, des Matrosen Willem, vergessen – aber der ist so nett, der bringt sie mir bestimmt wieder". Nun lachten sie alle beide über die reiselustige Puppe, und damit war die Freundschaft zwischen den kleinen Mädchen besiegelt.

9. Kapitel. Wo ist Mutti?

Frau Doktor Braun, die sich zu Tante Lenchen und Miß John gesetzt hatte, sah voll Freude, wie leicht sich Annemarie an die Kinder anschloß. Sie war so in ihr Spiel vertieft, daß sie sich gar nicht mehr nach der Mutter umschaute.

„Das beste, gnädige Frau, ist wohl, wenn Sie heimlich ohne Lebewohl von der Kleinen fortgehen. Sie wird dann leichter mit uns mitkommen, sonst macht sie uns am Ende hier noch eine kleine Abschiedsszene", schlug Tante Lenchen, oder vielmehr Fräulein Petersen, wie sie eigentlich hieß, vor. Auch Miß John war derselben Meinung.

Das war ein schwieriger Entschluß für das Mutterherz. Heimlich, ohne Abschiedskuß sollte sie von ihrem Nesthäkchen gehen – das Kind würde sicher weinen und schreien – sie kannte doch ihre ungezügelte Lotte. Aber Fräulein Petersen hatte recht; wenn sie blieb, würde Annemarie kaum dazu zu überreden sein, sich von ihr zu trennen. So schwer es Frau Doktor Braun auch wurde, es war sicher am besten so.

Während ihr Nesthäkchen ahnungslos mit Gerda, Ellen und einer kleinen Annekathrein, die sich auch noch in ihrer Burg eingefunden hatte, eifrig überlegte, wie man wohl die Burg, wenn sie mal erst fertig war, am schönsten schmücken könnte, ob mit Blumen, mit Muscheln oder mit Fähnchen und bunten Papierschnitzeln, schlich sich Frau Doktor Braun verstohlen davon. Aber nicht weit, nur die Treppe hinauf bis zur Wandelbahn. Dort stand ein kleines Friesenhäuschen, in dem die Badekarten verkauft wurden. Da machte Frau Doktor Braun halt. Von hier aus konnte sie ihre Lotte gut im Auge behalten, ohne selbst von ihr gesehen zu werden. Nicht einmal die wunderbaren Farben der in purpurner Glut dem Meer zustrebenden Sonne vermochten den Blick der Mutter heute zu fesseln. Immer wieder kehrte derselbe zu dem roten Punkt unter den im weißen Sande herumkrabbelnden andern Kindern zurück. Das war ihre Lotte – wie würde sie sich bloß anstellen?

Es wurde kühl, obwohl es erst sechs Uhr war. Sobald die Sonne sich dem Niedergange neigt, erfolgt selbst an den heißesten Tagen eine starke Abkühlung an der Nordsee.

„Kinder, zieht eure Mäntel an und packt euer Spielzeug zusammen, es wird kalt, wir brechen auf", erklang Tante Lenchens Stimme.

„Ach, es ist doch noch so schön – ich will bloß noch den einen Wall fertig bauen – nur einmal möchte ich mein Schiffchen noch schwimmen lassen, bitte, bitte, Tante Lenchen", so bettelten die Kinderstimmchen durcheinander.

Aber so lieb Tante Lenchen auch war, sie blieb bei dem, was sie einmal gesagt hatte. Alles Bitten nützte nichts. Die Mäntel wurden übergezogen, die Südwester aufgesetzt, das Spielzeug zusammengeräumt.

Annemarie gab, sich bedankend, der großen Ellen ihre Sandschaufel zurück. Da fiel ihr Blick auf das Meer, das in glühendem Abendsonnenschein flammte.

„Mutti – die Nordsee brennt – die ganze Nordsee brennt!" aufgeregt rief es Doktors Nesthäkchen über den Strand.

Allgemeines Lachen erfolgte. Annemarie aber lachte nicht. Die sah mit großen, suchenden Augen an dem noch immer belebten Strand, umher.

Wo war denn ihre Mutti hingekommen?

Tante Lenchen, die diesen Augenblick vorausgesehen, trat voll herzgewinnender Güte zu dem kleinen angstvoll forschenden Mädchen.

„Deine Mutti hatte noch eine Besorgung zu machen, Annemie, sie läßt dich schön grüßen und du sollst inzwischen mit uns mitgehen", sagte sie möglichst harmlos.

„Wa–as – Mutti ist weg?" Annemarie traute ihren Ohren nicht. Schreckensweit waren die großen Kinderaugen geworden.

„Du gehst doch gern mit Ellen und Gerda, oder magst du lieber die kleine Annekathrein anfassen?" fragte Tante Lenchen, um das Kind auf andere Gedanken zu bringen.

„Gar keine – ich will zu meiner Mutti – Mutti – Mutti – – –“ gellend klang es über den weißen Strand, die Dünen hinauf, bis zu dem Friesenhäuschen, hinter dem Frau Doktor Braun herzklopfend die Entwicklung der Dinge mit ansah. Ach, daß sie nicht zu ihrem Nesthäkchen hinunter durfte und es tröstend in ihre Arme nehmen!

Aber da waren schon andere Arme, die sich liebevoll um das weinende kleine Mädchen legten. Zärtlich zog Tante Lenchen das fremde Kind an ihr Herz.

„Weine nicht, mein Herzchen, du sollst mal sehen, wie hübsch es bei uns ist. Die andern Kinder sind doch alle gern in Villa Daheim. Heute abend nach dem Essen spielen wir noch im Garten, dann schläfst du ganz schnell, und morgen früh treffen wir dann Mutti wieder am Strande – ja, wollen wir es so machen, Annemie?“

Die weiche Stimme machte Eindruck auf das weinende Kind. Es hörte auf „Mutti“ zu schreien und schluchzte nur noch leise.

„Ich – ich hab' ja gar kein Nachthemd und auch keine Zahnbürste da – und mein süßes neues Köfferchen auch nicht – ich muß bestimmt noch mal zu Mutti – und – und einen Gutenachtkuß muß ich ihr auch erst noch geben – so kann ich gar nicht einschlafen!“ Aufs neue ging das Jammern los. Halb mitleidig, halb spöttisch umstanden die andern Kinder das große Mädel, das nach seiner Mutter weinte. Ihre Mutter war doch nicht mal hier in Wittdün, sondern weit, weit fort, und sie weinten nicht. Freilich, daß sie es seinerzeit nicht anders gemacht hatten als die Annemarie, das hatten die kleinen Herrschaften vergessen.

Inzwischen versuchte auch Miß John, die Engländerin, ihre Überredungskunst.

„Du geben morgen früh dein Mutter zwei Kusse, ein zu Guter Nacht und ein zu Guter Morgen“, schlug sie in ihrem unvollkommenen Deutsch vor.

Da mußte Annemarie über die zwei „Kusse“ lachen, unter Tränen lachte sie, und wenn ein Kind erst einmal lacht, dann hören auch die Tränen bald auf zu fließen.

„Dein neues Köfferchen ist schon in Villa Daheim abgegeben worden, das packen wir heute abend noch aus. Nein, was werden nur die andern Kinder sagen, wenn sie dein neues Köfferchen sehen!“ so redete Tante Lenchen Annemarie zu.

„Und was da aber erst alles drin ist!“ die verweinten Blauaugen begannen, in Erinnerung an all die neuen Herrlichkeiten, wieder aufzustrahlen. Ja, was würden bloß Ellen und Gerda zu den neuen Sandalen und zu dem hellblauen Badeanzug sagen.

„Na, denn will ich die Gerda anfassen“, erklärte Doktors Nesthäkchen ganz plötzlich zu Tante Lenchens und Miß Johns freudigstem Staunen. Die kleine, eitle Evastochter war bereit, mit ins Kinderheim zu gehen, nur um ihr süßes neues Köfferchen vor den neuen Freundinnen auspacken zu können.

Sie faßte nach Gerdas Hand, während die übrigen Zöglinge ebenfalls zu zweien antraten.

Der Zug setzte sich in Bewegung. Oben an dem Friesenhäuschen atmete ein gepreßtes Mutterherz erleichtert auf.

„Du – geh doch ordentlich – mach doch nicht solchen Ulk – ich muß ja immer mitknicksen, wenn du bei jedem Schritt einen Knicks machst, Gerda“, rief Annemarie schon wieder lachend.

„Ich mache keinen Ulk“ – eine Blutwelle ergoß sich über das liebliche Gesicht des kleinen Engelköpfchens – „aber ich bin lahm, ich kann nicht anders gehen.“

Annemarie ließ jäh die Hand des Kindes los. Ihr weiches Herz krampfte sich in heißem, mitleidigem Weh zusammen – die arme, arme Gerda! Beide Arme schlang sie plötzlich – gerade oben vor dem Friesenhäuschen – um das kleine Mädchen und drückte zärtlich ihr noch immer tränenfeuchtes Gesicht gegen das der anderen.

„Ich will dich sehr lieb haben, Gerda, du sollst meine Freundin sein“, flüsterte sie in dem eifrigen Wunsche, der Kleinen etwas Gutes anzutun. „Das kann Margot Thielen nicht übel nehmen, weil du doch immer humpeln mußt.“ Innig umschlungen gingen die beiden neuen Freundinnen an dem Friesenhäuschen vorüber, das Annemaries Mutter bald darauf beruhigt verließ.

„Bist du wild gewesen und von einem Baum heruntergefallen, Gerda? Vater meint immer, wenn ich klettere, ich werde mir noch ein Bein brechen“, forschte Annemarie.

„Nein, die Ärzte sagen, ich habe ein Kniegelenkleiden. Aber es ist hier an der Nordsee schon viel besser geworden. Früher konnte ich gar nicht laufen und mußte immer im Rollstuhl gefahren werden.“

„Ach, ich hatte auch mal einen kleinen Rollstuhlfreund im Krankenhaus, als ich Scharlach hatte. Kurt hieß der. Aber gesprochen habe ich nur ein einziges Mal mit ihm, weil Schwester Elfriede Angst hatte, ich könnte ihn anstecken.“ Annemaries Mundwerk war jetzt aufgezogen.

„Ich bin schon zwei Jahre hier“, plauderte auch das Lockenköpfchen weiter, das es gar nicht so traurig wie Annemarie empfand, daß es humpeln mußte. Denn von klein auf war es ja schon daran gewöhnt.

„Zwei Jahre bist du schon von deiner Mutti und deinem Vater weg, wo wohnen denn die?“ Annemarie konnte es kaum fassen. Da weinte und jammerte sie, bloß, weil sie Mutti heute abend nicht mehr sehen sollte. Und die arme Gerda, die noch dazu nicht wie andere Kinder herumspringen konnte, war schon zwei ganze Jahre allein in der Fremde. Ordentlich schämen tat sich Doktors Nesthäkchen.

„Meine Eltern wohnen schrecklich weit von hier, in Breslau, da ist Vater Hauptmann. Das ist die Hauptstadt von Schlesien – habt ihr das schon in der Schule gehabt?“

„Ja, natürlich“, Annemarie bejahte eifrig. „Ich bin auch schon mal in Schlesien gewesen, bei meinem Onkel Heinrich und bei Tante Kätchen in Arnsdorf. Die haben da ein großes Gut. Und im Riesengebirge war ich auch schon mal, sogar auf der Schneekoppe“, berichtete sie.

In allerbester Stimmung betrat Doktors Nesthäkchen ihre neue Heimat.

Da war bereits die Tafel zum Abendessen gedeckt. Aber vorher mußten erst sämtliche Sandhände gewaschen und die von dem Seewind zerzausten Haare glatt gebürstet werden.

„Ellen, nimm Annemarie mit in euer Zimmer und hilf ihr beim Einräumen von Kämmen und Waschzeug. Ihr seid ja schon groß genug dazu.“ Tante Lenchen mußte sich um die Kleinen kümmern, die noch nicht allein fertig wurden.

Annemarie folgte der Hamburger Ellen. Eigentlich hätte sie viel lieber mit Gerda zusammen gewohnt, denn Ellen war doch zu groß für sie als Freundin.

Diese öffnete inzwischen eine Tür im ersten Stock. „Das ist unsere S–tube, in dem Bett dort am Fenster schläfst du, dies ist meins, und das Bett, das drüben s–teht, gehört Gerda“, erklärte sie.

„Gerda wohnt bei uns – famos!“ Annemarie machte einen Luftsprung und gerade in ihr Reisegepäck, das man auf der Erde aufgestapelt hatte, hinein. Der Hutkarton sprang ebenfalls zur Seite, und die Handtasche bekam sogar einen Tritt ab. Aber sowas störte den Wildfang nicht. Annemarie hatte augenblicklich nur Augen für ihr neues Reiseköfferchen, das neben dem übrigen Gepäck thronte.

„Ist es nicht süß – warte, ich zeige euch gleich, was alles drin ist.“ Sie nestelte eifrig den Schlüssel an dem rosenroten Bändchen, das sie stolz um den Hals trug, hervor.

„Laß lieber s–tecken“, meinte die verständigere Ellen. „Wir sollen uns doch zum Abendbrot fertig machen. Gleich wird es schellen.“

Aber Doktors Nesthäkchen pflegte daheim auch nicht immer zu gehorchen. Nein, sie mußte Ellen und Gerda, die sich auch inzwischen eingefunden hatte, unbedingt erst noch die schönen, neuen Sachen aus ihrem Köfferchen zeigen.

Nun mag man noch so verständig sein: wenn man erst dreizehn Jahre alt ist, hat man auch ein ganzes Teil Neugierde in sich. Ellen war genau so begierig wie Gerda, zu sehen, was die kleine Fremde Schönes mitbrachte.

So hockten sie alle drei um das neue Köfferchen herum, aus dem Annemarie jetzt all die hübschen, neuen Sachen, die Mutti so ordentlich eingepackt, wild durcheinander auf dem Fußboden herumstreute. Immer höher wurde der Berg von Sachen um die kleinen Mädchen. Bewundernde „ach, wie fein!“ und „nein, ist das süß“ begleitete zu Annemaries freudigem Stolz fast jedes Stück.

Vergessen war das Abendbrot – nicht einmal die Glocke, welche die Kinder zum Essen rief, wurde von ihnen beachtet. Ellen, eine kleine Leseratte, war bereits in das schöne Geschichtenbuch, das Annemarie ausgepackt, vertieft. Gerda begutachtete inzwischen die Garderobe ihrer Puppennamenschwester. Und Annemarie selbst hatte den blauen Badeanzug mit dem weißen Anker selig vor sich ausgebreitet und sah sich bereits damit in den Nordseewellen herumhopsen.

Da wurden sie alle drei jäh aus ihrer Versunkenheit herausgerissen. Die Tür ward geöffnet. Miß John erschien, um die drei kleinen Säumigen zum Essen zu holen.

„Himmel – wie sieht der Stube aus!“ Entsetzt blieb sie an der Schwelle stehen. „Ellen, du sein genug groß, nicht zu dulden das Unordnung“, meinte sie ärgerlich.

Trotzdem es unartig war, zu lachen, wenn eine Lehrerin böse war, konnte sich Annemarie nicht helfen. Laut los kicherte sie, die Sprache der englischen Miß war aber auch zu ulkig!

„Warum lachen du? Es sein nicht zu lachen, wenn du machen der schöne Stube so häßlich. Aber jetzt erst kommen zu essen die Abendbrot.“ Wieder begann es um Annemaries Lippen zu zucken, aber diesmal nicht vor Lachen. Das kleine Fräulein war sehr empfindlich, ein Vorwurf von fremder Seite ging ihr nah. Stumm folgte sie Ellens und Gerdas Beispiel und wusch sich die Hände.

Inzwischen tat es Miß John leid, daß sie der kleinen Fremden, die ja noch nicht die Hausordnung kannte, den ersten Verweis in ihrer neuen Heimat gegeben.

„Du brauchen nicht zu sein betrübt, Annemarie“, sagte sie beim Verlassen des Zimmers, die Wange des kleinen Mädchens aufmunternd klopfend.

Aber Annemarie war gar nicht mehr „betrübt“. Die sauste bereits wieder zur nicht geringen Verwunderung der Engländerin höchst fidel das blanke Treppengeländer hinab.

„Gerda, das kannst du auch machen, trotz deines kranken Beines“, rief sie von unten hinauf.

Aber Gerda hatte gar keine Lust dazu, die war durch ihr Leiden niemals ein wildes Kind gewesen. Miß John schüttelte den Kopf, sie mochte nicht schon wieder schelten. Doktors Nesthäkchen aber hat, trotz allen Kopfschüttelns und aller Verweise – wie ich gleich verraten will – das ganze Jahr, das es im Kinderheim zubrachte, kaum einmal die Treppenstufen hinunter benutzt. Das blanke Geländer war stets zu verlockend.

Die andern Kinder waren schon eifrig am Werk.

„Na, ihr drei habt wohl gar keinen Hunger?“ Frau Kapitän drohte lächelnd.

„Ei, Annemarie, du hast wohl gleich ausgepackt?“ scherzte Tante Lenchen, die Kleine auf einen leeren Stuhl neben sich ziehend. Sie ahnte nicht, daß sie das richtige getroffen.

Annemarie wurde rot.

„Bitte, Tante Lenchen, seien Sie nicht böse, ich wollte Ellen und Gerda so schrecklich gern die neuen Sachen in meinem süßen Köfferchen zeigen. Und dabei habe ich alles furchtbar liederlich gemacht – aber Miß John hat schon geschimpft“, setzte sie noch schnell hinzu. Als ob Tante Lenchen das nun nicht mehr nötig hätte.

Nein, Tante Lenchen schalt auch nicht. Die freimütige, offene Art der kleinen Neuen nahm ihr Herz gefangen. Wenn es auch eine wilde Hummel zu sein schien, die Hauptsache – es war ein ehrliches, aufrichtiges Kind.

Zum Abendbrot gab es Himbeergrütze mit Butterbroten. Das schmeckte Annemarie wie allen andern fein. Wenn nur nicht der große Becher Milch vor jedem Gedeck gestanden hätte.

Puh – Milch trank sie so ungern! Noch dazu mit der dicken Sahne, welche die gute Hanne zu Hause „ihrem Kinde“ stets vorher durchsiebte. Nein, die konnte sie bestimmt nicht herunterkriegen. Als die Teller und Becher schon sämtlich geleert waren, stand der ihre noch unberührt.

„Na, Annemarie?“ sagte Tante Lenchen und nichts weiter.

Das genügte aber auch. Während Mutti und Fräulein zu Hause sich stets den Mund fusselig reden mußten, bis Nesthäkchen sich dazu bequemte, seine Milch zu trinken, leerte es hier in wenigen Zügen trotz der Sahne das Glas. Und als Tante Lenchen, die sah, daß es dem Kinde nicht leicht wurde, ihm anerkennend über das Blondhaar strich, war keiner froher als Annemarie.

Mit kundiger Hand schaffte Tante Lenchen auch bald in dem wüsten Durcheinander, das Annemarie in ihrem Zimmer angerichtet, Ordnung. Zum Spielen kam die Kleine heute freilich nicht mehr. Aber es war ebenso hübsch, Tante Lenchen beim Einräumen der Sachen zu helfen und alles von ihr bewundern zu lassen.

Um acht Uhr läutete es zum Schlafengehen. Müde von der Seeluft und all dem Neuen, das sie heute erlebt, streckte sich Doktors Nesthäkchen zum erstenmal auf ihrem Lager in Villa Daheim. Und gerade, als sie anfangen wollte, ein bißchen zu weinen, weil Mutti nicht wie sonst zu ihr kam, um ihr den Gutenachtkuß zu geben, kam ein anderer – der Sandmann. Schwapp – warf er ihr die Blauaugen voll Sand, und da schlief die Annemarie auch schon, und im Traum war sie bei ihrer Mutti.

10. Kapitel. Oll Modder Antje

Eine Glocke weckte Annemarie in aller Herrgottsfrühe am andern Morgen. Sie war noch ganz verschlafen und glaubte, in Berlin zu sein.

Himmel – war das nicht das Läuten des Schuldieners Piefke – kam sie zu spät in die Schule?

„Fräulein – Fräulein – es läutet – Margot ist bestimmt schon ohne mich heute in die Schule gegangen", mit beiden Beinen zugleich sprang Annemarie erschreckt aus dem Bett.

Aber verdutzt blickte sie um sich. Da war kein Fräulein und keine Berliner Kinderstube. In den Betten drüben an den rosenrot getünchten Wänden lagen zwei fremde Kinderköpfe eingekuschelt, ein brauner mit Zöpfen und ein rötlich blonder Lockenkopf.

Ach – sie war ja im Wittdüner Kinderheim! Jetzt wußte Doktors Nesthäkchen wieder Bescheid. Der Lockenkopf da drüben, der müde zu ihr hinblinzelte, gehörte ihrer neuen Freundin.

„Du, Gerdachen, es hat eben zur Schule geläutet, du mußt aufstehen", flüsterte Annemarie, da Ellen noch fest schlief.

„Ih wo, das war doch die Dampferglocke", Gerda legte sich gähnend auf die andere Seite und tat es Ellen nach.

Aber Doktors Nesthäkchen war jetzt ganz ausgeschlafen, das mochte nicht noch einmal zurück ins Bett. Viel verlockender war es, in der neuen Heimat aus Entdeckungsreisen auszugehen.

Geräuschlos kleidete Annemarie sich an. Seit einem Jahr wusch sie sich schon allein, nur die Ohren hatte Fräulein öfters einer gründlichen Nachuntersuchung zu unterziehen. Mit dem Kämmen war die Sache schon schwieriger. Die welligen Blondhaare waren hier durch den ständigen Wind noch zerzauster, als in Berlin. Annemarie riß, zerrte und ziepte, daß ihr der Kopf weh tat, aber sie wollten sich nicht entwirren lassen. Da machte die Kleine kurzen Prozeß und band sie mit dem roten Seidenband nach hinten in ein drollig vom Kopf abstehendes Schwänzchen zusammen. Nun noch flink das gepunktete Musselinkleid – o weh – es wurde auf dem Nacken geschlossen. Vergeblich angelte die Kleine mit ihren Armen hinten in der Luft herum, die Druckknöpfe wollten sich nicht schließen.

„Na, denn nicht – dann gehe ich eben so!“ Nesthäkchen warf den ungekämmten Kopf zurück und schlich barfuß zur Tür hinaus. Vater hatte ja gesagt, sie dürfe in Wittdün barfuß laufen und gestern hatte sie viele Jungen und Mädchen ohne Schuh und Strümpfe am Strand gesehen. Daß dies Kinder waren, die sich bereits an die Nordseeluft gewöhnt hatten, und daß es außerdem im heißen Sonnenschein gewesen, daran dachte das unüberlegte kleine Mädchen nicht.

Das Treppengeländer hinuntergerutscht, und nun stand sie in dem mit Korbsesseln und blühenden Töpfen geschmückten Vorraum. Alles still – das ganze Haus schien noch zu schlafen. Kein Laut – nur das Meer da draußen rauschte und brauste.

Ein wenig beklommen zumute wurde es Doktors Nesthäkchen trotz aller Beherztheit doch durch diese Stille in der fremden Umgebung. Selbst unten in der Küche hörte man noch kein Klappern. Kein Mädchen ließ sich sehen.

Annemarie schlich sich zur Haustür. Ein feiner Gedanke war ihr soeben gekommen. Sie wollte zu ihrer Mutti und diese mit einem Kuß wecken. Hatte Miß John denn gestern nicht gesagt, sie solle ihrer Mutti heute zwei „Kusse“ zum Guten Morgen geben?

Solche Bosheit – die Haustür war verschlossen.

Aber wofür war Doktors Nesthäkchen denn die Schwester des wilden Klaus und seine treue Genossin bei allen dummen Streichen? Dort war ja ein offenes Fenster zum Garten hinaus, gar nicht sehr hoch schien es. Ei – da war der Wildfang schon manchesmal höher hinabgesprungen.

Hast du nicht gesehen, kletterte Annemarie auf das Fensterbrett – hurra – ein kühner Sprung, und sie stand unten in dem taufeuchten Garten.

Die Kleine fröstelte in ihrem offenen Kleide, denn die Sonne erhob sich eben erst verschlafen aus ihren Wolkenbetten. Und der frühe neblige Morgen ist ebenso kalt an der See wie der Abend. Auch das Barfußlaufen erschien ihr ein nur mäßiges Vergnügen in dem naßkalten Sande. Recht gern hätte Annemarie jetzt ihre Schuhe und Strümpfe angehabt. Aber zurück mochte sie nicht noch einmal – ach was – sagte Vater nicht immer. Bewegung ist gut, wenn man friert?

Das Barfüßchen setzte sich in Trab. Es jagte einige Male die Gartenterrassen hin und her und weckte die tauschlummernden Rosen, die kleinen, im Seegras wohnenden Insekten und all die Vöglein in den gelben Ginsterbüschen aus ihrer Morgenruhe. Die Rosen begannen leis zu duften, die Insekten umherzukrabbeln, und die Vöglein ihr Morgenlied zu zwitschern.

Ob sie nun schnell zu Mutti herumsprang? Aber am Ende war Mutti ärgerlich, daß sie mit offenem Kleid über die Straße lief? Vielleicht wollte Mutti auch noch schlafen, besser war schon, sie wartete noch ein bißchen. Denn die Straße und der dunstige Strand, auf den man hinabblicken konnte, lag noch wie ausgestorben da. Ganz Wittdün schlief noch.

Ganz Wittdün – ei, doch nicht! Als Annemarie jetzt zu dem Krokettplatz kam, der es ihr schon gestern angetan hatte und die bunten Holzkugeln nach allen Richtungen hin auseinander zu jagen begann, hob sich plötzlich aus den Gemüsebeeten hinter dem Hause ein merkwürdiger Kopf.

Braun und verschrumpelt war er wie eine vertrocknete Birne. Kein Haar war auf ihm zu sehen, eine seltsame schwarze Haube mit glänzendem Zierat ging fast bis in die Stirn hinein.

Annemarie stand und starrte die Erscheinung mit offenem Munde an. Ihre erste Empfindung war – fortzulaufen. Alle Märchen, die sie je gelesen von Frau Holle, von der Hexe aus Hänsel und Gretel, von der bösen Fee in Dornröschen, und von Zwerg Nase, sie wurden plötzlich beim Anblick der Alten in der Kleinen lebendig. Aber weglaufen – nein! Doktors Nesthäkchen war nicht feige; mit zehn Jahren glaubt man nicht mehr an Hexen und böse Feen. Außerdem pflegten letztere wohl auch kaum Tomatenpflanzen auszuschneiden, wie es die Alte dort gerade tat.

Diese aber war nicht weniger verwundert über den Anblick des kleinen barfüßigen Mädchens als Annemarie über den ihren.

„Nanu, wo kummst du denn her?“ fragte sie mit einem Munde, in dem es keinen einzigen Zahn mehr gab. Unwillkürlich begann die Kleine wieder an ihre Hexenmärchen zu glauben.

„Dort aus Villa Daheim“, gab sie so keck wie möglich zur Antwort, trotzdem ihr Herz nichts weniger als keck pochte.

„Aus der Villa – ih, da schläft doch noch allens“, verwunderte sich die verschrumpelte Alte. Das klang eigentlich ganz menschlich.

„Ja, ich bin ausgekniffen – durch das Fenster – – –“

„Kind – Kind – du kannst dich ja up 'n Dot verkühlen, du bist gewiß die lütte Deern, die gestern erwartet wurde?“ Das kam so freundlich heraus, daß Annemarie gar nicht mehr verstand, daß sie sich vor der alten Frau zuerst gefürchtet hatte.

„Wer sind Sie denn?“ fragte sie zutraulich.

„Ick bün jo oll Modder Antje, mich kennt hier jedes Gör up (auf) Wittdün, die einheim'schen wie die fremden. Ick hab' schon die Modder selig von uns' Fru Kaptän up min Armen tragen. Dann hab ick min Ollschen Heirat, und als dat Unglück kam bei de Fru Kaptän, dat ihr smuckes blondes Haar in einer Nacht sneeweiß makt (gemacht) hat, da sünd wir allebeid', min Ollscher und ick, denn allwedder zu ihr gangen. Will's uns' Herrgott bet tau (bis zu) unserm seligen End'.“ Mutter Antje gab sich alle Mühe, statt ihres friesischen Plattdeutschs möglichst hochdeutsch zu sprechen, daß die Kleine sie verstand.

„Welches Unglück?“ Annemarie spitzte beide Ohren. Nun sollte sie es erfahren, warum die junge Frau Kapitän schneeweißes Haar wie die Großmama hatte.

„Nee, min Deern, nee! Du verkühlst dich hier buken (draußen) bei die feuchten Morgennebels. Die sünd nix nich für so 'ne lütte Stadtdeerns. Und nich mal Schuhe! Kumm, Kind, kumm mit ins Hus (Haus), dat du erst 'n Schluck Warmes in 'n Leib kriegst.“ Mutter Antje raffte ihre Gartengerätschaften zusammen.

„Das Haus ist ja verschlossen – können Sie denn auch durchs Fenster reinklettern?“ fragte Annemarie zweifelnd, auf die schwerfällig sich bewegende Alte blickend.

„Nee, min Deern, dazu sünd min Knochens all zu steif. Ick mein' nich die Villa, nee, unser lütt Hus (kleines Haus), dat uns die Fru Kaptän hier im Garten hat bauen laten (lassen).“

Richtig – ganz hinten am Ende der ausgedehnten Gartenanlagen stand ein sauberes Friesenhäuschen mit niedrigen Mauern und hohem Dach. Das hatte Annemarie noch gar nicht bemerkt.

Ob sie's wagen sollte, mitzugehen? Die alte Frau in „Zwerg Nase“ hatte den kleinen Jakob auch in ihr Haus gelockt und ihn dann in ein Meerschweinchen verwandelt. Aber Mutter Antje hatte so gute blaue Vergißmeinnichtaugen, nein, es war ja grützdämlich von ihr, sich zu fürchten.

Beherzt stapfte das barfüßige kleine Mädel an der Seite der alten Frau dem netten Häuschen zu. Wie fein Mutter Antje angezogen war! Einen faltigen, schwarzen Rock trug sie, dazu eine bunte Blümchentaille und die große schneeweiße Schürze sah trotz der Gartenarbeit so frisch aus, als wäre sie erst eben aus dem Schrank genommen.

„Sind Sie vielleicht eine Spreewälderin?“ erkundigte sich die kleine Berlinerin, welche diese den Babywagen im Tiergarten schiebenden und Bauerntracht tragenden Kindermädchen gut kannte.

„Nee, ick bün Friesin – so, min lütt Deern, nu tritt in und willkummen bei oll Modder Antje“, treuherzig reichte sie der Kleinen ihre schwielige Hand.

Ach, war das schön bei Mutter Antje! Das blitzsaubere Zimmer hatte Wände aus vielen bunten Kacheln, die sich zu einem Bilde zusammensetzten, das ein Schiff auf hohem Meer darstellte. Auch sonst hingen viele Schiffsbilder an den Wänden. Nein, und wie drollig – die Betten waren ja in die Wand hineingebaut. Eine schöne dunkle

Holztäfelung ging ringsherum, und ein sauberer großblumiger Vorhang verbarg sie. Oben drüber aber waren lauter blanke Zinnkeller aufgestellt.

„So, min lütt Deern, da hast mal erst ein Paar warme Strümp“, die Alte nahm aus der schön geschnitzten Truhe dicke selbstgestrickte Wollstrümpfe in himmelblauer Farbe. Das waren ihre Sonntagsstrümpfe.

Annemarie lachte hellauf. „Da kann ich ja mit beiden Füßen in einen rein.“

„Ja, die Beinken sünd 'n büschen lütt für die Strümp, aber schadet nix, min Deern, wärmen dun se doch. Nu man fixing noch 'n Schluck Warmes in'n Leib.“ Diesmal ging Mutter Antje an die Kachelwand – herrjeh – die ließ sich öffnen, das war ja ein richtiger Schrank, der in die Wand eingelassen war.

„Oll Modder Antje hat wat für dat lütte Süßsnuteken“, sie goß Milch in die kleine Kasserolle und trug sie in die Küche nebenan.

Annemarie machte ein wenig erbautes Gesicht. Milch mußte sie drüben in der Villa gerade genug trinken. Aber da kam Mutter Antje schon zurück, in den schrumpligen Händen trug sie eine große alte Bauerntasse mit Myrtenzweigen und Goldschrift.

„Dat is min Bruttaß', die is all öwer föfting Johr (fünfzig Jahr) alt“, sie stellte die schöne Tasse vor ihren kleinen Gast.

Aber zu Annemaries Schande muß es erzählt werden, daß sie unbedingt mehr Interesse für den verlockenden Inhalt als für die Brauttasse von Mutter Antje hatte.

Hm – Schokolade! Naschmäulchen ließ es sich schmecken.

„Da, min Deern, da hast ok 'n Friesenkuchen tau (zu), die kann keins so backen wie oll Modder Antje“, die gute Alte sah mit Freuden, wie es ihrem kleinen Besuch mundete.

War es hier nicht wirklich wie im Märchen? Dort in der Ecke stand ja auch noch ein Spinnrad – ganz wie in dem Dornröschenturm.

„Wo ist denn Ihr Mann, Mutter Antje?“ erkundigte sich die Kleine eifrig kauend, während eine wohltuende Wärme ihr durch die erklammten Glieder zog.

„Der is up See.“

„Ist er Matrose oder am Ende gar Kapitän?“

„Nee, so weit hat's min oll Vadder Hinrich nich gebracht. Lotse is er – “

„Lotse – was ist denn das?“ Doktors Nesthäkchen hatte dieses merkwürdige Wort noch nie in ihrem zehnjährigen Leben gehört.

„Ze, wat n Lotse is, dat is man eben n Lotse. Dat sünd die Allertapfersten hier an de Nordsee. Bei Sturm und Nacht fahren sie, ohn' an dat eigene Leben tau denken, in die wilden Wogens rut (raus), und führen die Schiffs, die in Gefahr sünd, sicher durch alle Klippens und Riffs bet (bis) in den Hafen. Er muß bald wedder do sein, oll Vadder Hinrich, die Uhr is all Klockner sechsen.“

„Was – so früh ist es noch?“ Da war sie ja vor Tau und Tag ausgekniffen! Aber Annemarie bedauerte das durchaus nicht. Hatte sie doch dadurch Mutter Antjes Bekanntschaft gemacht.

„Wie kam denn das nun eigentlich mit dem Unglück von der Frau Kapitän, Mutter Antje?“ forschte die Kleine begierig, nachdem sie ihrer Pflicht gegen Mutter Antjes Brauttasse vollauf nachgekommen. Denn diese Frage war ihr eigentlich ebenso wichtig wie die Schokolade.

„Je, wie sowat manchmal kummt. 'Ne dolle Sturmnacht war't, da is dat Schiff mit Mann und Maus versoffen. Nich hier an unsere Küste, hier hätten unsere braven Lotsen es woll gerettet. Nee, da draußen war't irgendwo.“ die Alte machte mit dem braunen runzeligen Kinn eine Bewegung in die Luft hinein.

„Und denn?“ Annemaries Augen hingen an den Lippen der alten Frau, die jetzt in Erinnerungen versunken, eine Pause machte.

„Je, wat ist da noch viel tau vertellen (zu erzählen)? Als de Nachricht von dem Dod des Herrn Kaptän kam, da is in der einen Nacht dat Haar von uns' Fru vor Gram weiß geworden. Und als denn ok ihr lütter Jung noch starb, da hat se sich fremde Kinners in dat Hus genommen, um wat für't Herz zu haben. Aber dat sünd keine Geschichtens für so lütte Deerns. Oll Modder Antje erzählt dem Kinning lieber mal Märchens von de Onnerbankjes, wenn et mal regnen dut."

„Von den Onnerbankjes?" hellauf lachte Annemarie über das drollige Wort. „Was ist denn das für'n Ding?"

„De Onnerbankjes, dat sünd uns friesischen Heinzelmännchen – aber horch' eins Deern, da schellt ja all de Klock von de Villa. Nu is Zeit zu's Upstehn (Aufstehn) von die lütten Kinners. Nu lauf' man ok, dat du wieder rüber kummst. Aber dat Kleid muß ich dir doch woll noch taumaken (zumachen)." Mit ihren zitterigen Händen haspelte die Alte an Annemaries Musselin-Kleidchen herum.

„Ach, Mutter Antje, ich wollte ja noch vor dem Frühstück zu meiner Mutti, die gar nicht weit von hier wohnt, und ihr einen Gutenmorgenkuß geben, deshalb bin ich ja bloß ausgekniffen," meinte Annemarie etwas betreten.

Aber auch Mutter Antje machte ein bestürztes Gesicht.

„Nach din Modder willst? Je, Kinning, weiß denn dat uns' Fru Kaptän, oder Tante Lenchen?"

„Nee", Annemarie schüttelte der Wahrheit gemäß den ungekämmten Kopf.

„Na, min lütt Deern, denn bleib man lieber da, uns' gute Fru Kaptän mußt nicht ärgern, der mußt allen zulieb dun, die hat genug Schmerz all ihr Lebdag durchgemacht."

Die Worte der einfachen alten Frau drangen tief in die Seele des warmherzigen kleinen Mädchens. Fest nahm Doktors Nesthäkchen sich vor, der jungen Frau Kapitän mit dem weißen Haar während ihres Aufenthaltes in Wittdün nur Freude zu machen. Mutter Antje hatte Annemarie nicht bloß vor einer tüchtigen Erkältung bewahrt, sondern ihr auch ein gutes Geleitwort in die neue Heimat mitgegeben.

11. Kapitel. Was Nesthäkchen alles im Kinderheim lernt

Auf Mutter Antjes großen himmelblauen Wollstrümpfen erreichte das kleine Mädchen nach herzlichem Dank wieder die Villa. Jetzt war die Tür nicht mehr verschlossen, Annemarie brauchte ihren Weg nicht wieder durch das Fenster zu nehmen.

Hinten am Büfett stand Tante Lenchen und schmierte große Berge von Frühstückssemmeln.

„Ei, Annemarie, schon fertig, na, hast du die erste Nacht in Villa Daheim gut geschlafen?“ fragte sie freundlich.

Aber ehe Annemarie noch antworten konnte, bemerkte sie das merkwürdige Aussehen der Kleinen. „Mädel, was hast du denn an?“ lachte sie.

„Mutter Antje hat mir ihre Strümpfe geborgt, weil es noch zu kalt zum Barfußlaufen war.“

„Mutter Antje – ja, wie hast du denn schon am frühen Morgen deren Bekanntschaft gemacht?“ verwunderte sich Tante Lenchen.

Annemarie stand da und zögerte mit der Antwort. Schließlich aber trug ihre Ehrlichkeit doch den Sieg davon. „Ich war ausgekniffen, weil ich meiner Mutti so gern einen Gutenmorgenkuß geben wollte,“ ein sprechender Blick zum Fenster hin wies Tante Lenchen gleich den Weg, den sie genommen.

„Das war nicht recht von dir, mein Herzchen, sowas darfst du nicht wieder tun. Wer bei uns im Kinderheim ist, muß gehorchen und sich nach unserer Hausordnung richten. Vor sieben Uhr wird nicht aufgestanden. Versprichst du mir, Annemie, künftig brav zu sein wie die anderen Kinder?“

„Ja, das habe ich mir schon selber vorgenommen, weil – weil – – –“ jetzt stockte die Kleine doch.

„Na, weshalb denn?“ Tante Lenchens gütigen Augen gegenüber konnte man nichts verschweigen.

„Weil die Frau Kapitän so weißes Haar hat!“ damit entwischte Annemarie auf ihren himmelblauen Wollstrümpfen flink in ihr Zimmer.

Ganz klar war ja wohl die Antwort nun nicht. Aber Tante Lenchen verstand sie im Zusammenhang mit dem Besuch bei Mutter Antje trotzdem – das machte ihr das fremde Kind, das es ihr in seinem offenen Liebreiz sogleich angetan, noch lieber.

Oben war Dörthe, das Hausmädchen, damit beschäftigt, die langen Zöpfe der Hamburger Ellen zu flechten. Mit Hallo wurde die kleine Ausreißerin empfangen.

„Oll Modder Antjes S–tube s–teht obenan im Kinderheim, dort sind wir alle am liebsten,“ erzählte Ellen, als Annemarie von ihrer neuen Bekanntschaft berichtete.

„Ja, besonders im Winter, wenn es schneit, und der Sturm mit dem Meer um die Wette heult. Dann hocken wir alle ringsum auf Mutter Antjes Ofenbank. Und dann legt sie Bratäpfel für uns in die Ofenröhre, und während sie spinnt, erzählt sie uns schöne Märchen,“ fiel auch Gerda ein.

„Au – das muß fein sein!“ Annemarie freute sich schon im voraus auf die Sturmtage im Winter. Sie vergaß ganz, daß sie ja die feste Absicht hatte, mit Mutti wieder nach Berlin zurückzufahren.

Die blonden und braunen Zöpfchen waren alle geflochten, die roten und blauen Haarschleifen sämtlich gebunden. Nun saß die ganze ausgeschlafene Gesellschaft mit blanken Augen im Eßzimmer um die Tafel beim Kakao. Annemarie Braun hatte als Neue ihren Platz wieder neben Tante Lenchen. Eins der Kinder sprach ein Morgengebet, und dann langten sie alle tapfer zu. Annemarie, die bereits aus Mutter Antjes Hochzeitstasse gefrühstückt, eilte es nicht so damit. Sie unterzog inzwischen all die kauenden, trinkenden und schwatzenden Kinder einer eingehenden Musterung.

Da waren erst mal die Vroni und die Gretli, zwei blonde Schwestern, die immer Hand in Hand gingen und nebeneinander saßen. Sie mochten wohl etwas jünger als Annemarie sein. Aber dafür waren die beiden

Freundinnen Lies und Lott, die stets die Köpfe zusammensteckten und kicherten, bereits richtige Backfische. Die waren schon so groß wie Kusine Elli in Arnsdorf. Die schwarzhaarige Suse war die Freundin von der Hamburger Ellen, trotzdem sie erst zwölf Jahre alt war. Und neben der Frau Kapitän saß noch Klein-Annekathrein, das Flachsköpfchen aus Stettin und gleichzeitig das Nesthäkchen des Kinderheims. Denn es war erst fünf Jahre alt. Nun kamen die jungen Herren an die Reihe. Zwei nett aussehende Jungen zwischen neun und zwölf Jahren, Lothar und Erich. Aber einer war darunter, der schien ein kleiner Rüpel zu sein, ähnlich wie Klaus. Gestern am Strand hatte er Annemarie heimlich, als es keiner sah, an ihrem Rattenschwänzchen geziept, und heute hatte er ihr zum Guten Morgen gar eine lange Nase gemacht. Peter hieß der Strick, er war etwas größer als sie selbst. Aber sie wollte schon mit ihm fertig werden, mit Klaus hatte sie sich doch auch kunstgerecht gekeilt. Grade als Annemarie diesem Gedanken durch kräftiges Recken ihrer Arme unter dem Tisch lebhafteren Ausdruck gab, wanderte ihr Blick zur Frau Kapitän hin. Auf deren weißen Haar flimmerte die durchs Fenster fallende Morgensonne. Himmel – sie hatte sich ja vorgenommen, der Frau Kapitän nur Freude zu machen. Ob ihr der soeben gefaßte kriegerische Plan wohl zur großen Freude gereichen würde?

Wieder erklang die Glocke. Das Frühstück war beendigt, die Kinder begaben sich in das Klassenzimmer. Nur Klein-Annekathrein, die noch nicht schulpflichtig war und Annemarie, die sich noch erholen sollte, blieben zurück.

Dörthe, das Hausmädchen, die das Tassengeschirr abräumte, flüsterte Tante Lenchen einige leise Worte zu. Diese wandte sich an Annemarie, die sich gerade bemühte, aus ihrem Taschentuch eine Maus für das flachsblonde Kleinchen zu verfertigen.

„Annemarie, ich vergaß, dich auf unsere Hausordnung aufmerksam zu machen. Jedes Kind hat sowohl des Morgens wie auch zu jeder anderen Tageszeit beim Verlassen des Zimmers alle seine Sachen hübsch fortzuräumen. Du konntest das ja noch nicht wissen,“ setzte sie hinzu, als sie sah, daß Annemarie rot wurde. „Aber von nun an weißt du es, nicht wahr, und wirst hoffentlich immer daran denken!“

Warum war Annemarie nur so rot geworden? Sie konnte die Hausordnung ja wirklich noch nicht kennen. Aber hatte Mutti und vor allem Fräulein daheim in Berlin nicht täglich über Mamsell Liederjahn, die ihre Sachen stets herumliegen ließ, gescholten? Nun taten es hier Fremde, und dieser Tadel ging tiefer.

Annemarie ließ ihre Maus zum Schmerz der Kleinen ohne Schwanz und lief eiligst nach oben, das Versäumte nachzuholen. Ja, die beiden anderen Mädel hatten alles höchst gewissenhaft zur Seite geräumt, nur ihre Siebensachen waren lustig umhergestreut. Der Kamm hatte sich ins Bett verkrochen, die Zahnbürste thronte noch auf dem Fensterbrett, da ihre Besitzerin beim Zähneputzen nur ganz schnell mal das Meer angucken mußte. Handtuch und Seiflappen machten es sich auf einem Stuhl bequem, und das schöne weiße Nachthemd lag gar als Betteppich auf der Erde.

Mit rascher Hand schaffte Annemarie Abhilfe. Und als nun nichts mehr im Zimmer herumlag, da hatte sie selber ihre Freude daran. Viel mehr, als wenn Fräulein ihr zu Hause nachgeräumt hatte.

Aber die Dörthe, die hatte es ein für allemal mit Doktors Nesthäkchen verdorben – pfui – das war ja 'ne Petze!

Die unverständige Annemarie überlegte nicht, daß es die Pflicht des Mädchens war, Ungehörigkeiten zu melden. Wie sollte sonst wohl bei so vielen Kindern die Ordnung aufrecht erhalten werden!

Nun war es aber schon in der neunten Stunde, die höchste Zeit, daß sie zu ihrer Mutti herumlief. Sonst ging Mutti am Ende fort. Annemarie setzte den neuen roten Südwester auf die jetzt schön gekämmten Haare und dachte wohl auch für einen Augenblick an das Versprechen, das sie vor kurzem Tante Lenchen gegeben. Aber Tante Lenchen hatte doch bloß gemeint, daß sie künftig nicht mehr vor sieben Uhr aufstehen sollte. Und sie hatte doch jetzt gar nichts zu tun, wo die anderen Kinder Schule hatten.

Spornstreichs wollte sie durch den Garten davon.

„Uo uollen du hin?“ erklang es da plötzlich von einem Bänkchen unter dem großen Apfelbaum.

War sie gemeint? Annemarie machte jedenfalls gehorsam halt. Ja, Miß Johns sommersprossiges Gesicht wandte sich ihr zu.

„Ich springe bloß mal schnell zu meiner Mutti herum, ich muß ihr doch die beiden „Kusse“ geben,“ gab der Blondkopf schelmisch Auskunft.

Aber Miß John verstand nicht mehr Spaß als Deutsch.

„Haben du der Erlaubnis von Mrs. Clarsen?“ forschte sie.

„Nee,“ gab Annemarie ziemlich befangen zur Antwort.

„Dann du bleiben hier, keine Kind ist erlaubt zu laufen allein aus die Garten.“

„Aber ich will doch zu meiner Mutti, die geht sonst ohne mich weg,“ rief Annemarie empört.

„Du bleiben hier,“ die Engländerin war nicht aus ihrer Ruhe zu bringen.

Da kam Tante Lenchen, mit der großen grünen Gießkanne bewaffnet, den Gartensteig herauf. Aufschluchzend vor Enttäuschung eilte Annemarie auf sie zu.

„Aber Kind – Herzchen – was ist denn geschehen?“ forschte sie erschreckt.

„Miß John will mich nicht zu meiner Mutti lassen,“ Fräulein Wüterich stampfte sogar ein wenig mit dem Fuß auf.

„Aber Annemarie, ich denke, du wolltest der Frau Kapitän Freude machen?“ mahnte Tante Lenchen ernst.

„Ja, das will ich ja, aber meiner Mutti doch auch. Und Mutti freut sich bestimmt ganz schrecklich, wenn ich komme, sie wartet gewiß schon auf mich.“

„Nein, das tut sie nicht. Annemarie. Wenn du ohne Erlaubnis aus dem Kinderheim fortgelaufen bist, freut sie sich gar nicht mit dir. Sie erwartet dich nicht, ich habe mit ihr verabredet, daß wir uns um zehn Uhr am Strande treffen."

„Das ist noch so schrecklich lange, bis dahin mopse ich mich tot." Annemaries Antwort klang nicht sehr artig.

„Bei uns hat sich noch kein Kind gelangweilt, hier gibt's Beschäftigung genug. Komm, du hilfst mir, und Klein-Annekathrein hilft auch," wandte sich Tante Lenchen zu dem Kleinchen, das ihr stets wie ein Hündchen nachlief. Sie tat, als sähe sie gar nicht, wie mißmutig Annemaries hübsches Kindergesicht plötzlich dreinschaute.

„Bist du unartig?" flüsterte Klein-Annekathrein der großen Annemarie zu und faßte mitleidig nach ihrer herabhängenden Hand.

„Nee – laß mich!" unwirsch machte Annemarie sich los. Aber im selben Augenblick kam ihr auch das Häßliche ihrer Abweisung zum Bewußtsein. Wie erstaunt die großen Braunaugen von Annekathrein sie ansahen. Flink schlang die Große den Arm um die Schultern der Kleinen und drückte das flachsblonde Köpfchen zärtlich an sich.

„Ich helfe Tante Lenchen furchtbar gern, das ist so hübsch," die Braunaugen strahlten wieder auf.

Auch Annemarie sollte bald sehen, wie hübsch es war, Tante Lenchen zu helfen. Zuerst bekam jedes Kind eine graue Gartenschürze mit Ärmeln übergezogen, die in dem kleinen Häuschen aus weißen Birkenstämmen, in dem die Gartengerätschaften aufbewahrt wurden, hingen. Zwar reichten sie den Kindern bis auf die Füße herab, aber das schadete nichts. Auch zwei kleine Gießkannen fanden sich, eine rote und eine grüne. Das schönste aber war die Pumpe. Ein Panschlieschen war Doktors Nesthäkchen von klein auf gewesen. Nun machte es ihr großen Spaß, den Plumpenschwengel in Bewegung zu setzen, die Gießkannen zu füllen und dann selbst den Wasserstrahl der Brause über die Gemüse- und Blumenbeete zerstäuben zu lassen. Annemaries Gesicht lachte wieder in die Welt hinein, aller Mißmut war daraus verschwunden. Doktors Nesthäkchen, das durch die Krankheit verwöhnt war, und auf dessen Wünsche man zu Hause zuletzt mehr als früher Rücksicht genommen hatte, sah, daß es hier nicht nach dem Willen ihres eigensinnigen Köpfchens ging, sondern nach dem anderer. Und diese Erkenntnis war ihr ebenso heilsam wie die frische Seeluft.

Noch öfters sollte Annemarie heute Gelegenheit haben, ihre kleine Person nicht als Mittelpunkt zu betrachten.

„So, Kinder, nun ist unsere Arbeit getan. Ihr seid aber tüchtig durchweicht, trotz der großen Schürzen. Dich, Kleines, ziehe ich selbst gleich um, Annemarie kann das schon allein besorgen, was? In einer Viertelstunde gehen wir an den Strand." sagte Tante Lenchen.

„Schon?" Annemarie war ganz erstaunt. Die Zeit war ihr bei der frohen Arbeit im Umsehen vergangen.

„Du kannst deine Spielhöschen anziehen, die ich gestern in den Schrank gelegt habe, Annemarie, und Sandalen," rief ihr Tante Lenchen noch nach.

Das war wieder eine Freude, denn das Putzlieschen legte für sein Leben gern neue Sachen an.

Selig ritt Annemarie nach kurzer Zeit das Treppengeländer in ihren grauen, rotbesetzten Leinenhöschen herab. Daß sie beim Vorkramen derselben, in dem von Tante Lenchen so sauber eingeräumten Schrank eine greuliche Unordnung veranstaltet hatte, das bekümmerte sie nicht. Für sowas hatte ja Fräulein zu Hause gesorgt.

Gerade war der Unterricht zu Ende. Die übrigen Kinder sprangen, lustig durcheinanderschwatzend, aus der Schulstube. Ein jedes griff nach seinem schon auf der Anrichte bereitliegenden Frühstückskörbchen und holte sein Badezeug, Sandschaufeln und Schiffchen. Dann wurde wieder zu Zweien angetreten, Annemarie natürlich Arm in Arm mit Gerda. Als der Zug sich eben unter Führung von Fräulein Mahldorf, einer liebenswürdigen jungen Dame, in Bewegung setzen wollte, fehlte Annemarie.

„Sie ist bloß noch mal schnell nach oben gelaufen, ihr Badezeug holen, das hatte sie vergessen", berichtete ihre neue Freundin Gerda.

Da kam Annemarie auch schon wieder zurück, natürlich das Treppengeländer herabgesaust.

„Wildfang“, schalt die Erzieherin lächelnd. „Ein kleines Mädchen geht hübsch manierlich die Stufen herunter.“

Die anderen Mädchen lachten, und die Jungen quiekten Beifall.

„Annemarie, du kannst deinen Badeanzug zu Hause lassen“, Tante Lenchen, ihren grünseidenen Sonnenschirm in der Hand, trat aus Frau Kapitäns Wohnzimmer. „Du sollst die ersten vierzehn Tage noch nicht baden.“

„Och – ttt –“ Annemarie schnalzte unzufrieden mit der Zunge. „Wenn die anderen Kinder baden, will ich auch. Wozu habe ich denn sonst den hübschen, blauen Badeanzug mit dem Anker bekommen?!“ Schweren Herzens bequemte sie sich dazu, ihn zu Hause zu lassen, denn er hatte an Annemaries Badelust eigentlich mehr Anteil als die Nordsee selbst.

Tante Lenchen tat, als hätte sie die unartigen Worte nicht gehört. Man darf ein Kind nicht gleich am ersten Tage durch zuviel Ermahnen kopfscheu machen. Aber daß Doktor Brauns Nesthäkchen bei allem bestrickenden Liebreiz ein recht verzogenes kleines Fräulein war, das wurde ihr allmählich klar.

Einsilbig trottete Annemarie in ihren grauen Höschen neben Gerda dem Strande zu. Auch die anderen Kinder, wenigstens die kleineren, trugen sämtlichst dieses praktische Kleidungsstück. Nicht mal auf Mutti freute sich die Annemarie mehr. Der Schmerz um den neuen Badeanzug, den sie noch nicht einweihen durfte, wirkte zu niederdrückend. Vergeblich plauderte der rotblonde Lockenkopf neben ihr von allem, was heute in der Schulstunde durchgenommen worden. Die Neue blieb mucksch.

„Du, Annemarie, denk' mal, ich bin schon zwei Jahre in Wittdün und darf überhaupt nicht baden.“ Ganz schlicht, nicht einmal traurig klang's von Gerdas Lippen. Und doch machten diese einfachen Worte den allertiefsten Eindruck auf Annemarie. War sie nicht ein ganz undankbares Kind?

Bei dieser Erkenntnis flog der häßliche Schatten, der ihr Gesicht verdüstert, rasch davon. Mit einem hellen Jubellaut konnte Annemarie jetzt von den Dünen herab der unten am Strand nach ihr ausschauenden Mutter entgegeneilen.

„Mutti – fein ist's im Kinderheim – ich wohne mit der Gerda Eberhard zusammen, die ist meine neue Freundin, aber sie muß immer humpeln – und heute morgen habe ich aus Mutter Antjes Brauttasse Schokolade getrunken – ach, das süße Friesenhäuschen mußt du dir auch mal angucken. Mutter Antje sieht aus wie eine Spreewälderin. Und weißt du, warum unsere Frau Kapitän weiße Haare hat? Weil ihr Mann mit seinem Schiff untergegangen ist. Und ich darf noch nicht baden, sagt Tante Lenchen, und Miß John sagt – ach, die spricht ja zum Piepen, Mutti – ich soll dir heute zwei „Kusse" geben, weil du gestern abend doch fort warst," wie die Wellen des Meeres so quirlte und brodelte das aus Annemaries Mund. Freigebig entlud sie sich dabei ihrer „Kusse". Die Mutter konnte sich kaum vor dem Ansturm retten.

„Ruhig – Lotte – sei doch nicht solch Umband, wie willst du bloß dick werden, wenn du so quecksilberig bist," dämpfte Frau Doktor Braun die Lebhaftigkeit ihres Töchterchens. Aber das Glück, ihre Lotte wieder zu haben, sah ihr dabei aus den Augen.

„Ich werde bestimmt dick im Kinderheim. Da muß ich die olle, eklige Sahne immer mittrinken", versprach Annemarie. „Und hier ist meine Freundin Gerda und das ist die Ellen, die redet wie Fräulein Neudorf in unserer Schule. Und die zwei sind Lies und Lott', und die – – –" Annemarie hätte wohl die Namen sämtlicher Kinder heruntergeschnurrt, wenn nicht inzwischen Tante Lenchen und Fräulein Mahldorf herangekommen wären und nun auch Frau Doktor Braun begrüßen wollten.

Annemaries Mutter sprach den Damen ihren herzlichsten Dank aus, daß sie sich ihres Kindes so warm angenommen und gleichzeitig ihre freudige Überraschung, ihre kleine Tochter so vergnügt und begeistert vom Kinderheim zu sehen. Sie hatte gefürchtet, trösten und zureden zu müssen. Nun schien es gar nicht der Schokolade, der hübschen

Ansichtskarten und der neuen Schippe, die Frau Doktor Braun gekauft hatte, um ihr Nesthäkchen vergnügter zu stimmen, zu bedürfen. Froher konnte Annemarie eigentlich gar nicht sein, als sie es augenblicklich war. Sie hatte ihre Sandalen, wie die anderen Kinder, in ihrer Burg gelassen, und nun sprang die ganze barfüßige Gesellschaft, sich die Hände zu einer langen Kette reichend, in der warmen Sonne den augenblicklich während der Ebbe zurückflutenden Meereswellen nach. Wenn aber eine naseweise Woge sich einmal zu weit vorwagte, und die Barfüßchen alle überspülte, dann gab es lauten Juchhei.

„Ich glaube, das Meer trocknet aus", rief Annemarie, als sie sah, daß die Fluten immer weiter und weiter zurückgingen, und immer mehr feuchter Strand herauskam.

„Schäfchen, das ist doch jetzt nur während der Ebbe", eines der großen Backfische lachte das Dummchen aus.

Auslachen ließ sich Annemarie höchst ungern. Darum verschmähte sie es auch, sich näher danach zu erkundigen, was das mit der Ebbe eigentlich für eine Bewandtnis habe. Denn die kleine Landratte hatte noch nie etwas von Ebbe und Flut gehört. Aber bald darauf wurde sie schon wieder ausgelacht.

„Ach, die vielen, vielen Tauben!" Annemarie wies begeistert auf die über das Meer flatternden weißen Vögel.

„Haach – ist die dämlich!" sämtliche Kinder brachen in Lachen aus.

„Das sind doch Möwen und keine Tauben." belehrte sie Ellen.

Annemarie aber lief beleidigt zu ihrer Mutti.

„Kinder, kommt frühstücken," rief Tante Lenchen gerade zum Glück. Gehorsam löste sich die jubelnde Kette, und ein jedes eilte zu seinem Frühstückskörbchen.

Jetzt erst fiel es Annemarie auf, daß ihre Freundin Gerda ja nicht vorhin bei dem lustigen Wellenhaschen mitgetan hatte. Ganz allein saß das Lockenköpfchen in der gemeinsamen Burg und legte aus Gräsern, Blumen und Muscheln ein Gärtchen an.

„Du, Gerda, warum haste denn nicht mitgespielt?“ fragte Annemarie erstaunt. „Es war so fein.“

„Ich kann solche wilden Spiele nicht mitmachen, und im Wasser darf ich überhaupt nicht waten“, gab Gerda so ruhig zur Antwort, als ob dies das Selbstverständlichste von der Welt sei. Wieder stand Doktors Nesthäkchen betreten da. Wie würde es selbst wohl geweint und gemurrt haben, wenn es von dem fröhlichen Spiel der anderen Kinder ausgeschlossen wäre.

„Du tust mir so leid, Gerdachen,“ zärtlich legte sie ihre Hand mit dem Frühstücksbrot um der Freundin Hals.

„Warum denn?“ ganz verwundert fragte es das Lockenköpfchen. „Der Garten, den ich für meine Puppe mache, wird auch wunderhübsch.“

Muttis mitgebrachte Herrlichkeiten wurden glückselig in Empfang genommen. Eine Ansichtskarte sollte der Vater bekommen und eine die Großmama. Aber an Margot, Fräulein und Kusine Elli in Arnsdorf wollte Annemarie auch nachher gleich schreiben.

„Nimm dir nicht zu viel vor, Lotte, dann wird gar nichts daraus. Wenn du jeden Tag eine Karte abschickst, das genügt.“

Die Schokolade, die Mutti ihr geschenkt, verteilte das gutherzige kleine Mädchen sogleich unter alle Kinder, trotzdem die sie vorhin ausgelacht hatten. Auch Peter bekam etwas davon ab; freilich, wenn Annemarie gewußt hätte, daß er nachher solch Nichtsnutz sein würde, hätte sie ihn gewiß nicht bedacht.

„Wir können heute vormittag nicht baden, Kinder, wir haben jetzt Ebbe, erst nachmittag ist wieder Flut,“ Tante Lenchen trat zu der sich sonnenden kleinen Schar, die sich ihr Butterbrot, mit Schokolade belegt, schmecken ließ.

Wieder das Wort Ebbe – Annemarie beschloß Gerda um Rat zu fragen, die war doch schon zwei Jahre in Wittdün, die mußte das doch wissen. Und auslachen würde die sanfte Gerda sie sicher nicht.

„Du Gerda, wann ist denn eigentlich Ebbe?“ fragte sie leise, damit die Großen es nicht hören sollten.

„Jetzt,“ war die kurze, aber nicht sehr klare Antwort.

„Nee, das meine ich doch nicht, ich möchte wissen, was das ist.“

„Na, das siehst du doch. Wenn das Meer zurückgeht und ganz flach wird. Und wenn es wieder doll zum Strand hinfließt und alles überschwemmt, dann ist Flut. Da ist es am feinsten zu baden, sagen die Kinder.“

„Ja, warum fließt es denn aber bloß zurück und dann wieder doll zum Strand zu?“

„Na, das tut es eben“, weiter gingen Gerdas Kenntnisse auch nicht.

Damit beruhigte sich aber Doktors Nesthäkchen nicht. Das war gewöhnt, allen Dingen auf den Grund zu gehen und ihre Umgebung mit ihren ewigen Fragen zur Verzweifelung zu bringen.

„Mutti, woher kommt Ebbe und Flut?“ jetzt wandte sich Annemarie an die richtige Adresse.

„Die Anziehungskraft des Mondes auf die Erde bewirkt das Fallen und Steigen des Meereswassers.“ erklärte ihr die Mutter bereitwilligst.

Aber da ihr Nesthäkchen ein ziemlich verständnisloses Gesicht machte, meinte die Mutter: „Wenn du groß bist, wirst du das besser verstehen, Lotte.“ Damit gab sich Annemarie nun endlich zufrieden.

Die anderen Kinder hatten jubelnd ihre Wellenjagd wieder ausgenommen. Annemarie kämpfte einen schweren Kampf. Gar zu gern hätte der Wildfang mitgetollt, aber – dort in der Burg saß Gerda ganz allein. Hatte sie nicht gesagt, sie wollte Gerdas Freundin sein?

„Ich spiele mit dir, Gerdachen, damit du nicht so allein bist.“ Da war der heimliche Kampf des gutherzigen Kindes entschieden. Annemarie hatte gelernt, ihre eigenen Wünsche um anderer willen zu unterdrücken. Die glücklichen Augen Gerdas entschädigten sie reichlich dafür.

Die beiden Freundinnen gingen Muscheln für ihr Gärtchen suchen. Die allerschönsten schenkte Annemarie der Freundin, damit diese sich nicht so oft zu bücken brauchte, denn das wurde ihr schwer. Aber gar so leicht wurde Annemarie diese Selbstlosigkeit auch nicht.

Doch als sie, die Südwester voll herrlicher Muscheln, zu ihrem Gärtchen zurückkehrten, da war dasselbe verschwunden. Verschüttet von irgendeiner bubenhaften Hand.

Gerda weinte leise vor sich hin. In Nesthäkchen aber stieg der Zorn auf. Es wußte ganz genau, wo es den Missetäter zu suchen hatte. Lugten da nicht hinter dem hohen Gesträuch Peters schwarze Augen höhnisch zu ihnen herüber?

Ehe der Junge es sich versehen, hatte Annemarie ihn beim Kragen. Und als ob es Bruder Klaus wäre, so boxte und keilte sie sich nach allen Regeln der Kunst mit dem fremden Jungen. Vergessen waren die weißen Haare der Frau Kapitän – vergessen der Strand mit den vielen Menschen, die den kleinen Raufbolden, zum Teil belustigt, zum Teil kopfschüttelnd, zusahen.

Fräulein Mahldorf mußte mit ernstem Wort die beiden Kampfhähne trennen. Heiß und zerzaust kehrte Annemarie nach dieser Heldentat zu ihrer Mutter, die sich ihrer unmädchenhaften Tochter sehr schämte, zurück. Muttis vorwurfsvolle Augen und Tante Lenchens unzufriedene Miene sagten dem kleinen Mädchen mehr als Worte, daß es sich häßlich benommen.

Ja, viel hatte Doktors Nesthäkchen an dem ersten Tage im Kinderheim schon gelernt, aber – es blieb noch eine ganze Menge übrig.

12. Kapitel. Fräulein Liederjahn

Nun war Annemarie schon mehrere Wochen in Wittdün, und es schien ihr, als ob sie Zeit ihres Lebens in Villa Daheim gewesen. Sie hatte sich ganz in das Pensionsleben eingewöhnt, nur selten kamen noch Verstöße gegen die Hausordnung vor.

Allerdings mit der Ordnung an und für sich sah es bös bei Doktors Nesthäkchen aus. Jeden Sonnabend unterzog Tante Lenchen alle Kästen und Schränke der Zöglinge einer Musterung. Jedes Kind setzte seinen Stolz darein, Tante Lenchen zufrieden zu stellen. Sogar die Jungen, deren Ordnungsliebe nicht allzu groß war, und die während der Woche öfters mal in ihren Kästen das Unterste zu oberst kehrten, räumten zum Sonnabend ganz gewiß wieder schön auf. Selbst Klein-Annekathrein war schon für ihre Sachen verantwortlich.

Aber Doktors Nesthäkchen hatte sich nie um derartige Dinge gekümmert. Am liebsten ließ Fräulein sie zu Hause gar nicht an ihre Wäsche und Kleider herangehen, da sie das liederliche Fräuleinchen schon kannte. Hier in Wittdün hatte sie nun mit einemmal alles allein unter sich, da war es kein Wunder, daß Tante Lenchen, als sie das erstemal nachsehen kam, die Hände über den Kopf zusammenschlug. Sowas war ihr doch noch nicht vorgekommen, nicht einmal bei dem unartigen Peter.

Stiefel und Sandalen zwischen der reinen Wäsche, die hübschen Kleider hingen nicht mehr auf Bügel, sondern rollten sich in den Tiefen des Schrankes zum wüsten Knäuel. Die Mappe war statt mit Schulbüchern mit Muscheln vollgestopft, und die Bücher und Hefte selbst waren unterdes im Stiefelschrank einquartiert. Mitten auf einem kleinen Berg getragener Wäsche, die ihren Platz in einem Beutel haben sollte, aber thronte Puppe Gerda. Der nette Matrose Willem hatte seine Reisekameradin Gerda persönlich bei längerem Landaufenthalt im Wittdüner Kinderheim abgeliefert und seine kleine Freundin Annemarie gleichzeitig besucht. Nun konnte sie ihm die Pfeife, die sie mit Mutti für ihn gekauft hatte, selbst überreichen, und die Freude des braven Menschen mitansehen.

Weniger groß war Tante Lenchens Freude beim Anblick dieser wüsten Unordnung. Zum erstenmal war sie auf den allerliebsten Blondkopf richtig böse.

„Eigentlich müßte ich der Frau Kapitän zeigen, wie du deine Sachen verwahrst," sagte sie streng.

„Nein, nein, die arme Frau Kapitän soll das nicht sehen, sonst wird ihr Haar noch weißer", bitterlich begann Annemarie zu weinen.

„Während die anderen Kinder heute nachmittag zum Kaffeetrinken nach dem Dorfe Nebel gehen, hast du Zeit, deine Sachen in Ordnung zu bringen – ich sehe sie mir abends an."

Annemaries Tränen flossen reichlicher.

„Könnte ich nicht lieber gleich nach Tisch, anstatt der langweiligen Liegekur, wo man doch bloß in der Sonne bratet, aufräumen, Tante Lenchen?" bettelte sie. Denn der Spaziergang nach dem Inseldorf Nebel war ein Ereignis für die Kinderpension, auf das sich alle schon tagelang vorher gefreut hatten. Auch Mutti wollte sich anschließen. Was würde die bloß sagen, daß ihre Lotte fehlte? Und wenn sie nun erst noch den Grund erfuhr! Tante Lenchen wurde schwankend. Aber nein – sie mußte dem liederlichen kleinen Fräulein gegenüber fest bleiben. Bittere Medizin hilft am besten.

„Die Liegekur wird innegehalten, die ist dir ärztlich verordnet", damit wandte sich Tante Lenchen zur Tür. Annemarie blieb in Tränen zerfließend zurück. Und die Tränen galten nicht allein dem Vergnügen, von dem sie ausgeschlossen werden sollte, nein, viel mehr der Unzufriedenheit von Tante Lenchen.

Da legte sich ihr ein zärtlicher Arm um den Hals und ein rotblondes Lockenköpfchen preßte sich gegen ihr nasses Gesicht.

„Weine nicht, Annemariechen, es sind noch zehn Minuten bis zum Mittagsläuten – wir fangen gleich an, Ordnung zu machen. Ich helfe dir", so schnell sie konnte, hinkte Gerda zu Annemaries Schrank.

„Ach, das nützt ja nichts mehr, wir werden ja doch nicht fertig", tieftraurig kam es von der Kleinen Lippen.

„Doch, ich s–tehe dir auch bei", Ellen, die gerade an der schönsten Stelle in ihrem Buche angelangt war, ließ trotzdem dasselbe im Stich, um der armen Annemarie zu helfen. Sie übernahm die Wäschekästen, Gerda war bereits am Kleiderschrank beschäftigt, und als Annemarie das sah, sprang auch sie mit einem Satz an ihren Stiefelschrank. Die Wangen der drei glühten vor Eifer. Annemaries Tränen hörten auf zu fließen. Bald standen die Schuhe und Stiefel wie die Soldaten in Reih und Glied, die Kleider hingen säuberlich nebeneinander im Schrank, und die Wäsche ordnete Ellen mit der ihr eigenen Hamburger Gründlichkeit.

„Noch flink die S–tickereischürzen – Gittigitt – da schellt es schon", die sonst so ruhige Eilen war in fabelhafter Aufregung.

„So, nun sind wir fertig!" tief auf atmeten die drei.

„Glaubt ihr, daß ich jetzt mit darf?" Annemarie war noch zweifelhaft.

„Bes–timmt, was solltest du denn auch zu Hause, es ist ja schon alles S–tück für S–tück ordentlich eingeräumt", meinte Ellen.

Gerda aber drückte ihr die Hand und flüsterte: „Du glaubst gar nicht, wie lieb Tante Lenchen ist!"

Ja, wenn man gute Freunde hat, die einem treu zur Seite stehen, ist alles Schwere nur halb so schlimm.

„Tante Lenchen", Annemarie zögerte nach dem Mittagessen noch ein wenig, während die anderen Kinder das Speisezimmer schon verlassen hatten. „Ich habe alles schön aufgeräumt – darf ich nun mit?" In grenzenloser Spannung blickte das kleine Mädchen zu Tante Lenchen auf.

„Nein, Kind, das kann unmöglich in dieser kurzen Zeit gut geworden sein."

„Ach, bitte, bitte, sehen Sie doch nach, liebe Tante Lenchen", Annemarie bettelte und schmeichelte, wie nur sie es verstand. Damit hatte sie schon manches Herz erweicht, und Tante Lenchens gütiges sollte standhalten?

„Meinetwegen – aber wenn nur so obenauf Ordnung geschaffen ist, dann nützt dir das alles nichts,“ drohte sie.

Doch als Tante Lenchen jetzt Kästen und Schrank aufschloß. traute sie ihren Augen kaum. „Ja, Annemarie, kannst du hexen oder haben dir die Onnerbankjes, unsere friesischen Heinzelmännchen, beigestanden?“

„Die Onnerbankjes – die Onnerbankjes“. ausgelassen sprang Annemarie in dem Zimmer umher, denn sie merkte, daß Tante Lenchen ihr nicht mehr böse war.

„Eins hat lange braune Zöpfe und eins einen Lockenkopf,“ lachte sie schalkhaft.

Da mußte auch Tante Lenchen wieder lachen. „Ja, wenn du so gute Freunde unter den kleinen Wichtelmännchen hast, dann muß wohl auch ich ein Auge zudrücken und mein Verbot zurückziehen –“ Tante Lenchen kam nicht weiter. Annemarie erdrückte sie fast mit ihren Dankesbezeigungen.

Puppe Gerda wanderte in das Spielzimmer zu den anderen Puppen, und Annemarie mit den übrigen Kindern durch Felder und Wiesen, auf denen viele Schafherden weideten, nach dem alten Friesendorf Nebel. Es war ein besonders schöner Nachmittag, auch Frau Kapitän nahm an dem Ausflug teil. Das erschien jedem Kinde wie ein Fest. Annemarie genoß den schönen Tag noch mehr als die übrigen. Erstens weil ihre Mutter dabei war, und zweitens, weil sie es als ein Geschenk betrachtete, daß sie überhaupt mitgenommen worden war. Es wäre aber auch schrecklich gewesen, wenn sie hätte zurückbleiben müssen, denn Frau Doktor Braun lud das ganze Kinderheim zu Schokolade mit Schlagsahne unter den schattigen Bäumen der dortigen Konditorei ein. Aber so lustig der Nachmittag war, er schloß ernst.

„So, Kinder, nun pflückt Erika und Strandnelken, wir wollen Kränze winden“, gebot Frau Kapitän.

„Au ja“, eifrig machten sich alle ans Werk. Die Kinder glaubten, die Kränze seien für ihre Köpfchen zum Heimweg bestimmt.

Aber was wand denn die Frau Kapitän? Der Kranz wurde ja viel zu groß für den Kopf. Auch jedes der Kinder band nach Angabe der Erwachsenen mehr oder weniger geschickt seinen Kranz. Fragend blickten sie Frau Kapitän an, sie verstanden den Zweck nicht.

„Wir wollen zum Kirchhof gehen, zu denen, die an dieser Küste gestrandet sind. Die namenlos hier in fremder Erde ruhen, und denen keine liebende Hand die Grabstätte schmückt," sagte die leise.

Durch das Dorf mit seinen jahrhundert alten Friesenhäusern hindurch gingen sie zum Friedhof der Heimatlosen. Dort legte jedes Kind seinen Gruß auf die grünbewachsenen Hügel der unbekannten Schiffbrüchigen. Trotz allem Ernste kam den jungen Kindern dabei ein froh erhebendes Gefühl. Vielleicht schmückte eine freundliche Hand auch irgendwo an fremder Küste die letzte Ruhestatt des Gatten der weißhaarigen Frau an ihrer Seite.

Lieder singend, zog die junge Schar heimwärts, während die scheidende Sonne grüngoldene und violettpurpurne Farben über Himmel und Meer ergoß. Schon strich über den fernen Horizont das Leuchtfeuer von Helgoland wie mit Geisterhand, da – blitzte auch das Licht des Amrumer Leuchtturms friedlich auf. Es war das erstemal, daß Annemarie dies sah, nie war sie bisher in Wittdün so lange draußen geblieben.

Die Tage rollten dahin wie die Wogen des Meeres. Ein Schwarm von Schulkindern war mit den großen Ferien nach der Insel Amrum gekommen. Das kribbelte und krabbelte allenthalben im warmen weißen Sande herum, denn Wittdün war so recht ein Kinderparadies. Die Clarsenschen Zöglinge fühlten sich diesen fremden kleinen Badegästen gegenüber wie Eingeborene der Insel. Auch Annemarie dachte nicht mehr daran, daß sie ja eigentlich ebenfalls nur für die Zeit der Sommerferien in Wittdün bleiben wollte.

Die schönste Stunde am Tage war unbedingt das Baden. Längst hatte Annemarie ihren neuen blauen Badeanzug mit dem weißen Anker eingeweiht. Tante Lenchen sowohl wie die Lehrerinnen, Fräulein Mahldorf und Miß John, welche die Kinder abwechselnd zum Bad begleiteten, waren ganz erstaunt darüber, mit welcher Keckheit das kleine Berliner Mädel gleich das erstemal in die wild anstürmenden grünlichen Wellen hineinging. Sie waren es von den anderen Kindern, sogar von den Jungen, gewöhnt, daß es jedesmal einen Kampf und ein Gebrüll bei den Neulingen setzte. Annemarie aber, die in ihrem hellblauen Badeanzug ganz allerliebst aussah, juchzte und jubelte, sobald eine Woge sie überspülte, als ob sie ihr Lebtag in der Nordsee herumgehopst wäre. Schon machte sich der Erfolg der reinen salzhaltigen Luft und des ständigen Aufenthaltes in der stark ausstrahlenden Sonne bemerkbar. Doktors Nesthäkchen war kein Blaßschnabel mehr. Annemaries schmale Wangen begannen sich zu runden und rosig zu werden. Die Mattigkeit und Unlust war vollständig von dem frischen Seewind davongeweht.

Frau Doktor Braun war ganz glücklich darüber. Ja, sie meinte sogar manchmal im stillen, ob ihre Lotte sich nicht in den Ferienwochen schon so gut erholt hätte, daß sie dieselbe wieder mit nach Berlin zurücknehmen könnte. Aber sie verließ sich auf die bessere Einsicht ihres Mannes. Grade weil der Erfolg so glänzend zu werden versprach, durfte man ihn nicht verringern.

13. Kapitel. Ein hoher Besuch

Auf der sonnigen Gartenwiese tummelten sich die Zöglinge des Kinderheims, nur mit Badeanzügen bekleidet. Lies' hing am Reck, Lott' an den Schaukelringen, und die Jungen hatten den Barren mit Beschlag belegt. Die übrigen Kinder machten nach dem Kommando von Fräulein Mahldors gymnastische Atemübungen. Die tägliche Stunde im Luftbad erfreute sich allgemeiner Beliebtheit.

Da trat Tante Lenchen ziemlich erregt aus dem schattigen Laubengang heraus zu ihnen.

„Kinder, eine große Neuigkeit!“ rief sie schon von weitem. „Ihre Hoheit die Prinzessin Heinrich hat ihren Besuch in Wittdün angemeldet. Sie wird bereits in dieser Woche eintreffen und im Kurhaus absteigen. Vom

Landungssteg dorthin muß sie an Villa Daheim vorüber. Da müssen auch wir an Empfangsfeierlichkeiten denken."

„Hurra" – brüllten die Großen wie die Kleinen als einzige Antwort auf diese Mitteilung. Und nochmals „Hurra!", als ob sie sich schon jetzt üben müßten. Peter und Annemarie, die beiden wildesten der Gesellschaft, schienen nicht übel Lust zu haben, wie sie gingen und standen, auf die Straße zu laufen, um nähere Erkundigungen einzuziehen.

„Aber hiergeblieben, ihr Nackedeis". Tante Lenchen packte den einen links und die andere rechts. „So, nun helft mir lieber mal überlegen, was wir alles zum Empfang veranstalten könnten."

Da waren sie sämtlich dabei. Malerisch lagerten sich die roten, blauen und gestreiften Badeengel auf dem warmen Gras um die allgemein beliebte Tante Lenchen.

„Wir wollen unsere weißen Stickereikleider anziehen und Rosenkränze ins Haar setzen," meinten die Backfische, die dabei zu allererst ans Putzen dachten.

„Flaggen wollen wir," rief Lothar – „mit unseren Trompeten müssen wir „Heil dir im Siegerkranz" blasen," Peters Stimme trompetete schon genügend.

„Blumens–treuen," schlug Ellen vor und „Girlanden winden" fiel Gerda ein.

„Nee, eine von uns muß ein Gedicht aufsagen," überschrie sie ihre Freundin Annemarie, während Tante Lenchen sich lachend die Ohren zuhielt.

„Immer nur einer auf einmal, Kinder, man versteht ja sein eigenes Wort nicht." Sie zog ein Notizbüchlein aus der Tasche. „Weiße Kleider und Rosenkränze angenommen – Girlanden angenommen, auch Fahnen – nein, Peter, auf euren musikalischen Genuß wird die Prinzessin lieber verzichten. Aber das ist ein netter Gedanke mit dem Gedicht, Annemarie. Eins von euch könnte Ihre Hoheit in der Tat mit einem Verschen willkommen heißen und dabei ein paar Blumen überreichen." Tante

Lenchen ging wieder ins Haus, um alles weitere mit ihrer Schwester zu besprechen. Hinter sich ließ sie die Luftbadeengel in unglaublicher Aufregung zurück.

Nicht nur im Clarsenschen Kinderheim hatte Aufregung und Erwartung Platz gegriffen. Ganz Wittdün, ja sogar die gesamte Insel Amrum war von der bevorstehenden Ankunft der Prinzessin Heinrich aus dem ruhigen Gleichgewicht gekommen. Im Kurhaus, ihrem Absteigequartier, wurde geseift, gescheuert und Betten und Polstermöbel geklopft, als ob seit Jahren nicht reingemacht worden wäre. Dabei war es dort stets bekannt sauber. Die Badedirektion plante eine italienische Nacht am Strande mit bunten Lampions und ein Tanzfest an Bord eines großen Dampfers. Auch die Badegäste, vor allem die Kinder, waren ganz aus dem Häuschen. Jede Burg wurde besonders schön geschmückt zum Empfang der Prinzessin.

Aber auch in die alten, friesischen Fischerhäuschen, in dem das Leben so ruhig und gleichmäßig dahinzufließen pflegte, drang die allgemeine Erregung. Die friesischen Frauen und Mädchen suchten ihren schönsten Sonntagsstaat zusammen, denn sie sollten an der Dampferanlegestelle in ihren kleidsamen Trachten die Frau Prinzessin begrüßen. Die Männer aber, die kühnen unerschrockenen Seeleute der Insel, schmückten ihre Boote mit Tannenreisern und Heidekraut, um dem Dampfer Ihrer Hoheit entgegenzusegeln.

In Villa Daheim war man inzwischen auch eifrig an der Arbeit. Da wurden Girlanden aus gelbem Ginster, rosa und violetten Strandnelken, aus blauer Glockenheide und stachliger Seemannsstreu gewunden und damit das Gartengitter und das Portal geschmückt. Das war das Werk der Mädchen: die Knaben aber hatten schwarzweißrote Papierfähnchen geklebt und sie allenthalben dazwischen angebracht. Es machte sich ganz wunderhübsch. Auch ein Verschen hatte Fräulein Mahldorf verfaßt. Eigentlich sollte es Annemarie Braun hersagen und dazu Rosen aus dem Garten überreichen, weil der Gedanke von ihr herrührte. Schließlich aber fanden die Damen es doch netter und anspruchsloser, wenn das Kleinste des Kinderheims das Verschen sprach. Für alle Fälle konnte ja Annemarie es mitlernen, wenn Klein-Annekathrein vielleicht zu schüchtern war. So erschallten die Stimmen der beiden Kinder jetzt um die Wette durch Villa Daheim, wo sie gingen und standen, übten sie ihr Verschen.

Endlich war der große Tag herangenaht. Und als ob die Sonne wüßte, daß es ihre Pflicht war, heute besonders strahlend zu scheinen und Meer und Dünen mit goldenen Lichtern zu übersprühen, schien es der allerschönste Tag im Jahre. „Echtes Prinzessinnenwetter," meinten die Kinder. Kein Wölkchen am Himmel, der in seiner tiefen Bläue mit dem Meere wetteiferte.

Die Clarsenschen Kinder waren heute in ihrer begreiflichen Aufregung kaum zu bändigen. Soviel Schelte hatte es das ganze Jahr nicht gesetzt. Besonders der Peter, das schwarze Schaf des Kinderpensionats, trieb nichts als Unfug. Hier zerknitterte er der Gretli durch heimliche Knüffe das schön geplättete Stickereikleid, dort zupfte er der Vroni ein paar Rosenblätter aus ihrem Haarkranz. Sich selbst aber setzte er auf eine frisch angestrichene, grüne Gartenbank, daß die Rückseite seines weißen Leinenanzuges wie ein Spinatbeet anzusehen war.

„Jung, wo sühst du aus!" rief oll Modder Antje, die grade in ihrem höchsten Kirchenstaat durch den Garten daherkam, um an der Landungsbrücke mit den anderen Friesinnen Aufstellung zu nehmen. Vadder Hinrich war bereits mit seinem Boot in See zur feierlichen Einholung. „Paß Achtung, dein Achterseit (Rückseite) ist jo grün, du mußt dir umziehn, min Jünging."

„Ach was, die Prinzessin sieht mich ja bloß von vorn", sowas genierte einen hohen Geist wie Peter nicht. Er trug nur Sorge, daß Tante Lenchen oder eine der anderen Damen ebenfalls bloß seine Vorderseite zu sehen bekamen. Dies hinderte ihn aber nicht, plötzlich ins Haus zu stürzen mit dem lauten Ruf: „Sie kommen – sie kommen!" Natürlich brachte er alles in wilden Aufruhr, und als man Hals über Kopf zur Gartenpforte stürzte, war natürlich noch gar keine Spur von der Prinzessin zu sehen. So ein Schlingel!

Nun aber war es endlich so weit, das zeigten die Böllerschüsse vom Landungssteg her an. Dort hatten unter dem Triumphbogen aus

Tannengrün, mit Fahnen und dem preußischen Adler als Banner in der Mitte, die Frauen und Mädchen der Insel im Feststaat Aufstellung genommen. Ein wunderschönes Bild gaben die stattlichen, blauäugigen germanischen Gestalten mit ihren reichen, blonden Haaren unter dem kleidsamen Häubchen, den sorgsam gefalteten Schürzen über den weiten knisternden Seidenröcken und dem alten Bauernschmuck auf dem geblümten Mieder. Das fanden auch die Kurgäste, die sich in Scharen an das Geländer des Steges drängten. Besonders oll Modder Antje mit ihrem runzligen braven Gesicht unter all dem jungen Blut wirkte rührend. Sie hatte als älteste den Ehrenplatz in der Mitte.

Auch der Prinzessin Heinrich, die beim Landen von den Herren der Badedirektion begrüßt wurde, fiel das alte Mütterchen unter den blühenden Friesinnen auf. Freundlich sprach die Prinzessin es an und fragte es nach seinem Namen.

„Oll Modder Antje, dat weiß jo hier jedes Kind," gab die verwundert, daß eine Prinzessin das nicht mal wußte, zur Antwort.

„Ich freue mich, daß Sie noch so rüstig sind."

„Ih, dat soll woll so sind. Aber wat oll Vadder Hinrich is – de Fru Prinzessin hat ihn all kennen lernt, indem dat er ihr doch entgegengefohren is – jo, wat der is, der is noch all ganz fixing bei Weg, better (besser) als ick." Es machte Mutter Antje keinen großen Unterschied, ob sie mit einer Prinzessin sprach oder sonst mit einem Badegast. Aber als diese der alten, treuherzigen Frau jetzt leutselig die Hand reichte, ehe sie weiterschritt, meinte Mutter Antje doch erfreut zu ihrer Gevatterin: „Kiek eins, wo fründlich so'ne Fru Prinzessin sein dut!"

Vor Villa Daheim warteten inzwischen die Clarsenschen Kinder, ganz allerliebst in ihren weißen Stickereikleidern mit den Rosenkränzen im Blond- und Braunhaar anzusehen, neben den Damen in atemloser Spannung. Besonders Klein-Annekathrein, die einen Busch roter Purpurrosen im Händchen hielt, war ganz blaß vor Aufregung. Wenn sie nun mit ihrem Vers stecken blieb – immer wieder betete die Kleine den Anfang: „Im freundlichen, meerumkränzten Wittdün" vor sich hin. Tante

Lenchen tat es schon leid, daß sie das arme Kleinchen mit dieser Aufgabe betraut. Die Annemarie wäre entschieden kecker gewesen.

Die stand hinten in der dritten Reihe auf den Zehenspitzen und reckte vergebens den Hals, um etwas zu erspähen. Solche Gemeinheit – da hatten sich die Lies' und Lott', die beiden langen Backfische, grade im letzten Augenblick vor sie hingestellt. Und die rückten und rührten sich auch nicht von der Stelle, ob Annemarie auch heimlich puffte und schubste.

Die Tränen waren dem armen kleinen Mädel nah. Nun sollte eine Prinzessin vorbeikommen, und sie konnte sie nicht sehen! Da fiel ihr Blick auf die Nebenvilla, in der ebenfalls ein Kapitän wohnte. Als Zeichen dafür war vor dem Hause, wie überall auf der Insel, ein hoher Segelmast aufgepflanzt.

Wer aber saß da oben an der höchsten Spitze des Segelmastes? Kein anderer als der Peter, der sich diesen hohen Auslug als besten Platz ausgesucht hatte. Seine grüne Rückseite war den Untenstehenden leuchtend zugekehrt.

Da besann sich Doktors Nesthäkchen nicht lange. Ganz dicht neben ihr stand ja auch der Clarsensche Segelmast. War sie nicht in Arnsdorf mit Klaus um die Wette auf die höchsten Bäume geklettert?

Während Ihre Königliche Hoheit sich vom Landungssteg her der Villa näherte, während aller Augen gespannt die Straße entlang gerichtet waren, begann Annemarie lustig an dem Segelmast emporzuklimmen. Sie war eine tüchtige Turnerin – bald saß sie hoch oben wie der Peter.

War das famos! Annemarie dachte nicht an ihr reines Stickereikleid, nicht daran, daß sie ja für alle Fälle als Ersatz für Klein-Annekathrein den Willkommensvers sprechen sollte. Die beobachtete nur, wie die Prinzessin mit ihrem Gefolge näher und näher kam – so fein wie sie konnte außer dem Peter sicher kein anderes Kind sehen!

„So, Annekathrein, jetzt tritt vor und sprich laut," flüsterte Tante Lenchen der Kleinen zu, als die Prinzessin nur noch wenige Schritte von der Villa Daheim entfernt war.

Aber anstatt vorzutreten, verkroch sich Klein-Annekathrein hinter Tante Lenchens Rücken und fing vor Angst an zu weinen.

Zum Zureden war es zu spät – der „Ersatzmann" mußte vor.

„Annemarie, schnell, du mußt den Vers sprechen – wo ist Annemarie?" in höchster Aufregung flüsterte es Tante Lenchen ihren Zöglingen zu. Denn schon hatte Prinzessin Heinrich vor der blumengeschmückten Kinderschar haltgemacht.

Die Backfische waren zur Seite getreten, um Annemarie, von der sie annahmen, daß sie noch hinter ihnen stände, vortreten zu lassen. Aber keine Annemarie erschien, die klammerte sich hoch oben fest an ihrem Segelmast – sollte sie sich zu erkennen geben?

„Annemarie Braun" – das war die Stimme der Frau Kapitän – der mußte unbedingt Gehorsam geleistet werden.

„Hier bin ich" – erklang es zur allgemeinen Verwunderung aus der Höhe in die beklemmende Stille hinein. Und da kam es auch schon wie der Wind den Segelmast herabgerutscht, gerade zu Füßen der Prinzessin Heinrich.

Mit zerdrücktem und beschmutztem Stickereikleid, mit schiefem Rosenkranz, glühenden Wangen und schallender Stimme begann Doktors Nesthäkchen:

„Im freundlichen, meerumkränzten Wittdün,
Mit seiner Dünen sanftem Grün,
Die sich wie erstarrte Wellen von Sand
Erheben über den weißen Strand,
Mit seinen Möwen, den schwebenden, schnellen,
Lieblichen, schlanken Gespielen der Wellen,
Wohin zu uns den Weg du genommen,
Sei, hohe Frau, von Herzen willkommen!"

Ihre Königliche Hoheit konnte nicht ernst bleiben. Viele feierliche Empfänge waren ihr schon in ihrem Leben bereitet worden, aber ein derartiger doch noch nicht. Sie verbarg das lachende Gesicht in dem Rosenstrauß, den Klein-Annekathrein sich nun doch noch zu überreichen bequemte.

Dann aber wandte sie sich freundlich zu dem reizenden Blondkopf: „Du hast deine Sache ja sehr schön gemacht – ich danke dir für dein Willkommen, mein Kind." Die Prinzessin reichte Doktors Nesthäkchen die Hand, die diese als wohlerzogenes Mädchen mit einem tiefen Knicks an die Lippen zog. Nur schade, daß dabei nun auch noch die schönen weißen Handschuhe Ihrer Königlichen Hoheit mit dem Staub und Ruß des Segelmastes Bekanntschaft machen mußten, denn Annemaries Hände sahen lustig aus. Die Prinzessin aber schritt unter den lauten Hurrarufen der übrigen Kinder dem Kurhaus zu.

Was nützten alle Vorwürfe und nachträglichen Ermahnungen jetzt noch? Frau Kapitän, Tante Lenchen und Mutti, die natürlich von der merkwürdigen Begrüßung ihres Töchterchens erfuhr, ließen es daran nicht fehlen. Leider aber muß ich berichten, daß Annemarie sich dieselben gar nicht sehr zu Herzen nahm. Die Prinzessin war ja so freundlich zu ihr gewesen – einen Handkuß hatte sie ihr sogar geben dürfen!

Oll Modder Antje und Doktors Nesthäkchen, das waren heute die beiden Stolzesten auf ganz Wittdün.

14. Kapitel. Böse Freundschaft

Die großen Sommerferien waren zu Ende – Wittdün leerte sich. Nur vereinzelt blieben noch Kurgäste zurück, die wußten, daß die klaren Herbsttage mit ihrem wunderbaren Farbenspiel die schönsten am Meere sind.

Auch Frau Doktor Braun war abgereist. Die Scheidestunde, vor der sie sich die ganzen Wochen ihres Wittdüner Aufenthaltes gefürchtet hatte, ging besser vorüber, als sie gedacht. Annemarie hatte ihren Vorsatz, nach Berlin mit zurückzukehren, vollständig vergessen. Es war ja so herrlich im Wittdüner Kinderheim! Freilich, wenn Mutti immer dageblieben wäre, dann würde es noch viel schöner gewesen sein. Aber Doktors Nesthäkchen war vernünftig genug, einzusehen, daß der Vater und die Brüder nun auch die Mutter wieder daheim haben wollten. Und sie hatte ja Tante Lenchen hier und auch oll Modder Antje, die gütig wie eine Großmutter zu dem fremden Stadtkinde war. Nach Vater hatte sie ja dolle Sehnsucht, aber statt der Brüder hatte sie so lustige Gesellschaft hier, daß sie die kaum entbehrte. Besonders der wilde Klaus ward aufs beste von dem ungezogenen Peter vertreten.

So wurde der Mutter der Abschied schwerer als ihrer Lotte selbst.

„In einem Jahr bin ich doch wieder zu Haus – ein Jahr ist ja gar nicht lang, Muttichen", jetzt war es Annemarie, welche die Mutter tröstete. Immer wieder drückte Frau Doktor Braun feuchten Auges ihr Nesthäkchen ans Herz, ehe sie sich dazu entschließen konnte, den Dampfer zu besteigen. Ein Jahr ist gar nicht lang – für ein sorgloses Kindergemüt wohl nicht, aber einer Mutter, die sich von ihrem Kinde trennen soll, erscheint es endlos.

„Grüß' Vatchen und die Jungs, und Großmama und Hanne, und Tante Albertinchen und Puck, auch Margot und Fräulein, wenn sie mal zu Besuch kommt – grüß' ganz Berlin – auf Wiedersehen, auf Wiedersehen!" so brüllte Doktors Nesthäkchen hinter dem in See stechenden Schiff her und ließ ihr Taschentuch ganz fidel in der Meeresbrise flattern. Und alle Kinder des Clarsenschen Heims standen oben auf der Düne, wehten mit ihren weißen Tüchern und schrien ebenfalls: „Auf Wiedersehen!"

Die schwimmenden Augen der Mutter konnten bald ihre Lotte nicht mehr aus dem Kinderknäuel herauserkennen. Die aber balgte sich bereits, trotzdem das Schiff noch nicht einmal ihren Augen entschwunden war, mit Peter in dem weißen Sande herum. Mit dem Schlingel verband sie neuerdings nämlich eine innige Freundschaft – leider.

Die sanfte Gerda bildete zum Glück das Gegengewicht gegen den durchtriebenen Strick. Solange Annemarie mit Gerda zusammensaß, war sie das bravste Kind, das man sich denken konnte. Aber immer war Annemarie nicht zum Puppenspiel, zum Gärtchenbauen und Muschelverkauf aufgelegt. Ab und zu wollte auch der Wildfang in ihr sein Recht haben, besonders mit den wiederkehrenden Kräften. Dann kam ihr der Peter stets sehr gelegen.

Selbst in den Unterrichtsstunden, an denen jetzt auch Annemarie teilnahm, machte sich Peters böser Einfluß bemerkbar. Annemarie Braun war stets in Berlin eine gute Schülerin gewesen. Nur durch ihr lebhaftes Wesen und durch ihre Unordentlichkeit hatte sie nicht immer den ersten Platz behaupten können. Auch hier in Wittdün war sie bald eine der besten. Klassen gab es dort nicht, dazu waren zu wenig Kinder. Mädchen und Jungen wurden in Rechnen, Religion, Geschichte und Geographie zusammen unterrichtet. Diese Lehrstunden gab Herr Jessen, der Lehrer der dortigen Schule. Das war ein freundlicher, kurzsichtiger Herr, der so begeistert von seinem Lehrstoff war, daß er in seiner Kurzsichtigkeit nicht bemerkte, wenn einzelne Schüler inzwischen Dummheiten trieben. Dies machte sich der Peter natürlich zunutze. Und leider verführte er auch Annemarie öfters dazu.

Deutsch und Französisch, das Annemarie auch seit kurzem trieb, gab Fräulein Mahldorf. Sprachunterricht hatten die Großen getrennt von den Kleinen. Fräulein Mahldorf wußte sich bei all ihrer Liebenswürdigkeit durchaus in Respekt zu setzen. Selbst die Jungen wagten nicht bei ihr zu mucksen. Umso toller trieb man es in der englischen Stunde bei Miß John. Das fehlerhafte Deutsch der Engländerin gab stets Lachstoff, und wenn Kinder erst lachen, dann ist es leicht mit dem Respekt vorbei.

Annemarie sollte eigentlich noch gar keinen englischen Unterricht mitnehmen, sondern die Zeit lieber im Freien zubringen. Aber da man sich so gut bei Miß John amüsierte, fand sie sich auch regelmäßig zur Stunde ein. Miß John freute sich über den Eifer des kleinen Mädchens, das bei seiner guten Auffassungsgabe eine ganze Menge lernte.

Es war in der Geographiestunde. Der Zeigestock des Herrn Jessen reiste auf der Landkarte von Afrika umher, während die Gedanken einiger seiner Schüler andere Wege einschlugen. Peter, der seinen Platz hinter Annemarie hatte, zupfte sie an einem ihrer blonden Rattenschwänzchen.

„Du, laß das, sonst sag' ich's Herrn Jessen", das Läuten an ihren Zöpfen war der Kleinen nun mal ein Dorn im Auge. Darum tat es der Peter auch stets.

„Petze!" sagte der Junge und weiter nichts. Aber nach einem Weilchen begann er doch wieder: „Du, Annemarie, ich weiß was."

Annemarie war von Natur aus ziemlich neugierig. Daher interessierte sie sich mehr für die Mitteilung des Jungen als für Herrn Jessens Kongostaat.

„Was denn – was ist es denn?"

„Sag' ich nicht – höchstens, wenn du mir deine Burg am Strand überläßt."

Nun gehörte die Burg eigentlich gar nicht Annemarie allein. Sie hatte sie in vielen mühseligen Tagen mit Gerda und Ellen zusammen gebaut. Jeder hatte seinen Sitz darin, sogar die Puppen. Gärtchen mit Lauben aus geflochtenen Stranddisteln waren dort angelegt. Das schönste daran aber war der hohe Muschelturm, der mit vielem Fleiß zusammengetragen war. Er hatte eine kleine Fahne, die im Winde wehte.

Annemarie zauderte. Aber die Neugier siegte. „Meinetwegen", flüsterte sie. Wenn Ellen und Gerda die Burg schließlich nicht hergaben, konnte sie ja nichts dafür.

„Also oll Vadder Hinrich fährt heut' auf Seehundsjagd." Der Junge machte eine großartige Pause.

„Weiter nichts?" Annemaries Gesicht war höchst enttäuscht. Na, dafür bekam er ganz gewiß nicht ihre Burg.

„Es kommt doch erst, du Affenschwanz." Mit Kosenamen war Peter höchst freigebig. „Wir wollen ihn bitten, daß er uns auf seinem Kutter zu den Sandbänken mitnimmt."

„Erlaubt Tante Lenchen ja doch nicht."

„Ja, wenn du erst um Erlaubnis fragst, du dämliches Ding."

Die flüsternde Unterhaltung mußte abgebrochen werden, denn Herr Jessen putzte seine Brille und nahm die unaufmerksame Ecke aufs Korn.

Nach der Stunde hängte sich Annemarie geschwind an Gerdas Arm, um dem bösen Peter zu entwischen. Sicherlich wollte er sie zu etwas Ungezogenem verleiten, denn sonst hätte sie doch Tante Lenchens Erlaubnis dazu einholen können.

Gerda erzählte ihr, daß morgen Fräulein Julchen mit Nadelkissen, Brille und Wachs, mit Pompadour und Filzschuhen auf acht Tage in Villa Daheim erwartet wurde, um alle zerrissenen Kleiderärmel und Kinderhöschen auszubessern. Diese acht Tage waren stets ein Fest für die Clarsenschen Kinder, da das bucklige Fräulein Julchen sich allgemeiner Beliebtheit erfreute. Ein paar der kleinen Gesellschaft hockten immer um ihre Nähmaschine herum, denn Fräulein Julchen steckte voll abergläubischer Geschichten. Annemarie, die Neue, war natürlich sehr begierig auf die bucklige Näherin. Trotzdem irrten ihre Gedanken öfters von derselben ab zu den Seehunden von oll Vadder Hinrich. Eine Segelfahrt hatte sie sich schon immer gewünscht. Aber Frau Kapitän ließ die ihr anvertrauten Kinder nicht auf See.

„Du, ich gehe jetzt zu Vadder Hinrich", Peter hatte sich gerade die richtige Zeit für seine Mitteilung ausgesucht. Denn Annemarie, die ihre Liegekur auf der Südterrasse nach Tisch abmachen mußte, langweilte sich dabei nach der Schwierigkeit.

„Ich weiß auch, warum du nicht mit willst", flüsterte der schlaue Peter ihr weiter zu.

„Na, weshalb denn?"

„Weil du Angst vor den Seehunden hast, bloß weil du feige bist!"

„Jawoll“ – Annemarie sprang so ungestüm aus ihrem Liegestuhl, daß Gerda, die unweit von ihr ebenfalls in der Sonne ruhte und dabei ein wenig eingeschlummert war, erschreckt den Lockenkopf hob.

„Wo willst du denn hin, Annemarie?“

„Ich komme gleich wieder.“ Die Freundin wurde rot, denn sie schämte sich vor Gerdas klaren Augen, daß sie im Begriff war, etwas Unrechtes zu tun. Aber daß sie Angst vor den Seehunden hatte – nee, das ließ sie nicht auf sich sitzen.

Ein paar Minuten später schoben sich Peter und Annemarie zur Tür des Friesenhäuschens hinein, wo oll Vadder Hinrich gerade im Begriff war, seine gestrickte Hausjoppe mit der Öljacke zu vertauschen.

„Ih, wat kummt denn da“, der Alte war wie seine Frau ein großer Kinderfreund.

„Vadder Hinrich –“, Peter druckste zuerst ein bißchen, „fahren Sie heute auf Seehundsjagd?“

„Na woll ok – willst mit, min Jünging?“

Der Alle schob schmunzelnd den schwarzen Priem, der seinen Mund in beständig kauender Bewegung hielt, auf die andere Seite. Er machte nur Spaß.

„Ja, ach bitte, nehmen Sie mich und die Annemarie doch mit! Die Annemarie möchte auch so furchtbar gern.“

Davon wußte eigentlich das kleine Mädchen selbst gar nichts. Es wollte nur nicht vor Peter für feige gelten.

„Süh hin, de lütte smucke Deern ok? Seehunds sünd keene Pöpjes (Puppen) nich, min Lütt. Un wenn dat Wedder umslaggen dut, un wat so 'ne düchtige Seebrise is, euch 'n büschen um de Näs rümmerwehn dut, denn werd' ihr am End doch bang sünd.“

„Nee, nee, wir sind nicht bang – keine Spur“, beteuerte der Junge unternehmungslustig; während das „Nee“ des kleinen Mädchens bedeutend weniger unternehmungslustig klang.

„Na denn man tau (zu), aber 'n büschen fixing möt dat geihn (muß das gehen). Zieht wasserdichte Kledasch an, Kinnings. Ick wart up (auf) euch denn unten ans Boot." Oll Vadder Hinrich kam es nicht in den Sinn, daß zu solcher Segelfahrt, wie er sie ja täglich unternahm, noch etwas anderes als wasserdichte Kledasch nötig wäre, nämlich die Erlaubnis der Mutterstelle vertretenden Damen. Seine fünf Jungs, die hatten, sobald sie herumkrabbeln konnten, auf dem Wasser gelegen, eine besondere Erlaubnis wurde dazu nicht erst erteilt.

Frohlockend wollte Peter mit Annemarie, der das Herz ein wenig schlug in dem deutlichen Bewußtsein, etwas Unerlaubtes zu tun, zur Tür hinaus. Da trat ihnen oll Modder Antje, den dampfenden Kaffeetopf mit den gemalten bunten Bauernblumen in der Hand, aus der Küche entgegen.

„Je, Kinnings, laßt ihr euch ok mal wedder seihn (sehen), wo geiht (geht) euch denn dat?" sagte sie erfreut. „Kummt doch noch 'n büschen rin in de Stub', dat wir uns eins verteilen (erzählen) können." Fürs Erzählen war Mutter Antje immer zu haben.

„Ach nee, wir können heut' nicht", gab Peter ausweichend zur Antwort.

„Wir wollen doch mit Ihrem Mann auf die Seehundsjagd, Mutter Antje", fiel Annemarie, die nicht gewöhnt war, mit irgend etwas hinter dem Berg zu halten, ein.

Peter gab ihr einen ärgerlichen Knuff, aber nun war es heraus.

„Wat wollt ihr?" fragte Mutter Antje, als traue sie ihren Ohren nicht. „Jo, weiß denn dat uns Fru Kaptän?"

Das war eine böse Frage. Die beiden kleinen Seehundsjäger wußten darauf keine rechte Antwort zu geben.

„Oll Vadder Hinrich will uns doch mitnehmen", stieß Peter schließlich möglichst sicher hervor.

„Wat willst?" Mutter Antje wandte sich jetzt zu ihrem Mann. „De lütten Kinners willst du mit up See nehmen, wo uns' Fru Kaptän dat doch ihr Lebdag nich zugewen (zugeben) dät. Jo, is ehr Haar denn woll noch nich weiß genug?“ Mutter Antjes alter Kopf nickte ernst mit ihrer schwarzen Haube um die Wette.

Annemarie begann zu weinen. Der Erinnerung an die weißen Haare der Frau Kapitän hatte es nur noch bedurft, um ihr das Unrecht, das sie begehen wollte, völlig vor Augen zu führen. Peter dagegen rührte das weniger. Der machte sich mit einem verächtlichen „Alte Klatsche!“ auf Annemarie schleunigst davon. Oll Vadder Hinrich aber brummelte vor sich hin: „Ih, dat is doch nix nich so Slimmes, wenn so 'ne lütte Görens mal mit up See wulln!“

Mit bedeutend leichterem Herzen verließ Annemarie das Friesenhäuschen, als wie sie dasselbe betreten. Eigentlich war sie heilfroh, daß Mutter Antje noch zur rechten Zeit dazwischen gefahren war. Bald ruhte sie wieder so brav und zahm neben Gerda auf ihrem Liegestuhl, als ob sie nie die Absicht gehabt hätte, auf Seehundsjagd zu gehen. Von nun an wollte sie aber auch bestimmt, falls der böse Peter sie wieder mal zu etwas Verbotenem verleiten würde, an die weißen Haare der Frau Kapitän denken.

Ja, wenn Doktors Nesthäkchen bloß nicht solch ein kurzes Gedächtnis gehabt hätte! Auch Peter hatte es leider. Denn seine Vornahme, das alberne Ding, die Annemarie, nie wieder in seine Geheimnisse einzuweihen, da Mädels den Mund nicht halten können, hatte er schon nach wenigen Tagen vergessen.

15. Kapitel. Die alte Näherin

Inzwischen hatte Fräulein Julchen mit Pompadour und Filzschuhen, mit Nadelkissen, Brille und Wachs ihren Einzug in Villa Daheim gehalten. Sie hatte das Fremdenzimmer bezogen, das im gleichen Stockwerk mit den Schlafzimmern der Kinder lag. Von morgens bis abends surrte ihre Nähmaschine, und von morgens bis abends schwirrte auch die Unterhaltung in dem kleinen Raum. Wenn Tante Lenchen oder eine der andern Damen die Kinder jetzt suchten, wußten sie gleich, wo sie dieselben finden würden. Wie beneideten alle Klein-Annekathrein, die noch keine Schule hatte und auch am Vormittag die Gesellschaft des buckligen Fräulein Julchens genießen konnte.

Zum Glück hatte Petrus ein Einsehen mit den Wünschen der Clarsenschen Kinder: Fast die ganze Woche goß es, was nur vom Himmel herunter wollte. Die Kinder konnten nicht aus dem Hause – zu ihrer größten Freude. Meer und Himmel verschwommen zu einem einzigen Grau, der Strand mit all seinen lustigen Burgen lag in dichtem Nebel.

Umso gemütlicher war es im Zimmerchen der alten Näherin, wo schon am frühen Nachmittag die Petroleumlampe mit dem grünen Schirm angezündet wurde. Denn bei elektrischem Licht konnte Fräulein Julchen nicht sehen, dazu waren ihre Augen zu altmodisch. Nicht einmal die großen Backfische verschmähten es, sich bei der alten Näherin einzufinden. Da saßen sie alle, wie die Hühner auf einer Stange, nebeneinander auf dem großen Ausziehtisch, der zum Zuschneiden benutzt wurde. Nur Peter kauerte ganz dicht neben der surrenden Maschine, aber nicht gerade zur Freude von Fräulein Julchen, denn sobald sie die Maschine einen Augenblick außer Betrieb setzte, um etwas mit der Hand zu nähen, hatten seine unnützen Finger heimlich den Lederriemen von dem Rad gelöst, und zur größten Verwunderung von dem alten Fräulein ging die Nähmaschine plötzlich nicht mehr. Dann begann sie, die Brille auf der Nasenspitze, daran herumzubasteln und zu probieren, bis sie endlich die Ursache entdeckte und auch gleichzeitig den Missetäter.

Meistens drohte das gutmütige Fräulein Julchen nur, aber manchmal ward ihr die Sache doch zu bunt. Dann wurde Peter unter jubelnder Beteiligung der andern Kinder an die Luft gesetzt, denn das schiefe, kleine Fräulein war allein zu schwach, um gegen den kräftigen Jungen aufzukommen.

Doktors Nesthäkchen war eine der größten Verehrerin von Fräulein Julchen geworden. Und noch eine – Puppe Gerda. Denn für die hatte Annemarie, die sonst den ganzen Tag im Freien zugebracht, jetzt endlich wieder Muße. Jedes der kleinen Mädchen brachte seine Puppe mit in die Nähstube. Da gab es bunte Flickchen und Puppenlappen in Mengen. Dort wurden unter Anweisung des guten alten Fräuleins Schürzchen, Hüte, ja, sogar auch Kleider für die Puppenkinder angefertigt. Die Backfische halfen den Kleinen, und die Jungen trieben Unfug und störten.

Am schönsten aber war es, wenn Fräulein Julchen ihre Gruselgeschichten zum besten gab. Dann rückten sie alle noch näher zusammen, um sich nicht zu graulen. Am meisten aber fürchtete sich die alte Näherin selbst bei ihren Schauergeschichten, denn eine Heldin war sie gerade nicht.

„Erzählen, Fräulein Julchen, bitte erzählen Sie uns was!“ bettelten sie alle.

„Ja, aber recht was Gruseliges“, das war Peter, für den es nie toll genug werden konnte.

„Na, kennt ihr denn schon die Geschichte, wie unser Wittdün entstanden ist, Kinder?“ Die bucklige Näherin putzte sich umständlich ihre Brille.

„Nein – nein – erzählen Sie!“ still wurde es in dem Stübchen. Nur die Nähmaschine rasselte die Begleitung zu Fräulein Julchens eintöniger, etwas heiserer Stimme.

„Ja, das war hier alles mal Meer früher, vor vielen hundert Jahren. Da hausten bloß die Wassergeister in ihren glasgrünen Smaragdpalästen tief unten auf dem Meeresgrund. Und die jungen Nixen, mit den niedlichen Fischschwänzchen, die da immer in ihrem grünlichen Dämmerlicht sitzen mußten, ließen sich von ihrer alten Großmutter am liebsten Märchen erzählen. So erzählte ihnen die Alte auch mal, daß weit, weit von ihnen ein Festland sein sollte, wo nicht alles Wasser war, wo es einen blauen Himmel gab und goldenen Sonnenschein. Grüne Wiesen und fruchtbare Felder, bunte Blumengärten und große steinerne Städte waren auf jenem schönen Festlande. Die Erde hieß man es. Und Wesen lebten dort, die bewegten sich nicht wie die Bewohner ihres Wasserreichs durch Schwimmen vorwärts; nein – aufrecht, auf zwei Beinen schritten die einher. Menschen wurden sie genannt. Darüber mußten die jungen Nixlein laut lachen, denn das kam ihnen doch gar zu komisch vor, daß jemand aufrecht einherging und nicht auf dem Bauch schwamm wie sie.

Silberhärchen aber, die jüngste der Enkelkinder, konnte gar nicht genug von jenem merkwürdigen Lande hören, in dem die goldene Sonne strahlte. Immer wieder mußte ihr die Großmama davon erzählen. Schwamm sie mit ihrer Erzieherin, Fräulein Meerrobbe, spazieren, dann entwischte das junge Nixchen ihr manches Mal und schwamm auf eigene Faust weiter, um die Erde, von der die Großmutter erzählt, zu suchen. Ihr Vater, der König des Quallenreiches, war ärgerlich, wenn Fräulein Meerrobbe Klage über die ungehorsame kleine Prinzessin führte, die stets ihre eigenen Wege schwamm. Aber selbst das nützte nichts. Silberhärchen sehnte sich aus ihrem Wasserdämmerreich, in das nie ein Sonnenstrahl drang, zur lichten Erde empor.

Eines Tages war die Gelegenheit günstig. Fräulein Meerrobbe hatte eine dicke Backe und durfte nicht ausschwimmen. Silberhärchen sollte unter Aufsicht der alten dicken Hummer, ihrer Kinderfrau, welche sie einst in der Wellenwiege geschaukelt, im Schloßgarten spielen. Dieser Garten war der Stolz des Quallenkönigs. Dort gab es wundervolle alte Bernsteinbäume und leuchtende rote Korallenblumen. Silberhärchen aber fand es gar nicht schön in dem Garten. Die wollte gern die richtigen, grünen Bäume, von denen die Großmutter erzählt, auf Erden sehen. So entwischte sie der alten dicken Hummer, ehe die sie noch mit ihren großen Scheren festhalten konnte. Ganz allein schwamm das kleine Nixlein in das große, große Meer hinein, immer weiter und weiter. Heute mußte es die Erde finden, eine so günstige Gelegenheit kam niemals wieder. Kreuz und quer schwamm es, doch das Land, das es suchte, fand es nicht. Aber, was schlimmer war, es fand auch nicht mehr den Weg zurück in das Quallenreich. Schon wurden seine Arme müde, es konnte nicht weiterschwimmen. Da stieß es sich plötzlich an etwas Scharfem. Es war ein Felsenriff, das aus dem Meere emporragte. Das Nixchen klammerte sich daran, um auszuruhen. Da sah es, daß Steinstufen in den Felsen eingehauen waren, eine richtige Treppe führte in die Höhe.

Neugierig, wie Silberhärchen war, hatte sie sogleich alle Müdigkeit vergessen. Eins, zwei, drei zog sie sich die Stufen empor. Es wurde lichter und lichter um sie herum. Und plötzlich mußte sich das Nixlein geblendet beide Augen zuhalten. Der erste Sonnenstrahl hatte es getroffen.

Als sich Silberhärchen allmählich an das glänzend goldene Licht gewöhnt hatte, hielt sie Umschau. Keine grünen Wiesen und keine Blumengärten waren da zu sehen, keine steinernen Städte und keine aufrecht gehenden Menschen. Nur Wasser, grünlich blaues Wasser mit weißen Schaumperlen ringsum. Silberhärchen befand sich auf einem Felsenriff, das mitten aus dem Meere emporragte. Da begann sie zu weinen, denn nun war sie weder daheim im Wasserreich bei den Ihren, noch auf der Erde, nach der sie sich gesehnt.

Der Quallenkönig aber schäumte vor Wut, daß das Meer hoch aufbrandete, als er von der Flucht seines Lieblingskindes Silberhärchen und von ihrer Sehnsucht nach dem Festlande erfuhr.

„So möge sie selbst zum Festlande werden!“ rief er zornig. Schaurig klang der Fluch durch die grünen Wogen. Silberhärchen auf ihrem Felsenriff aber war plötzlich verschwunden. Statt ihrer hob sich eine schöne Insel mitten aus dem Meere empor mit grünen Wiesen und fruchtbaren Feldern, mit Blumengärten und mit Menschen. „Amrum“ nannten die Menschen dieses neue Eiland. Die weit gen Süden ins Meer hineinragenden Dünen aber hießen sie Wittdün – weiße Dünen. Wenn einer jedoch genau hinsieht, so um Mitternacht bei Vollmondschein, dann flimmern und glänzen diese weißen Dünen wie lauter Silber. Das sind die hellen, welligen Silberhaare des verzauberten Nixleins. Oft aber, in wilden Sturmnächten, tut dem Quallenkönig sein Fluch leid. Dann heult er mit dem Sturm um die Wette, und die Flut streckt gierig ihre Arme nach dem verzauberten Eiland aus, es wieder ins Wasserreich zurückzuziehen.

An der Satteldüne, wo jetzt weite, kahle Sandflächen sich dehnen, standen einst grüne, blühende Ortschaften. Gewiß habt ihr schon mal was von den dort untergegangenen Dörfern Kniepham und Witjapham gehört. Die hat sicher der Quallen-König geholt."

Immer leiser war die Stimme der buckligen Näherin geworden. Das letzte hatte sie nur noch zu flüstern gewagt. Ängstlich starrte sie zum Fenster, durch das der frühe Oktoberabend schaute. Gleichmäßig schlug der Regen gegen die Scheiben.

Die Kinder hatten atemlos gelauscht. Furchtsam faßte Klein-Annekathrein nach den Rockfalten des alten Fräuleins. Auch Gerda hatte herzklopfend die Hand ihrer Freundin Annemarie gefaßt. Keins sprach. Alle standen noch unter dem Bann des Märchens von der Entstehung Wittdüns.

„War das wundervoll graulich!" Annemarie, das Plappermäulchen, war die erste, welche die Sprache wiederfand.

„Ich geh' nie mehr abends auf die Dünen", Vronli flüsterte es ihrer Schwester Gretli zu.

„Aber ich!" fuhr Peter, der sich so leicht vor nichts fürchtete, übermütig dazwischen. „Ich werde das Nixlein mal an ihren Silberhärchen ziepen!" vorläufig begnügte er sich mit dem Zopf eines neben ihm sitzenden Mädchens.

„Pst – Jung – rede nicht so gottlos – daß dich der Quallenkönig nicht holt!" scheu blickte die abergläubische alte Näherin in alle Ecken des Stübchens.

Nach dem Abendessen winkte Peter Annemarie auf die Diele heraus.

„Du – ich habe 'ne feine Idee!"

Wenn der Peter eine seine Idee hatte, war es sicher etwas Ungezogenes. Trotzdem Annemarie das ganz genau wußte, siegte ihre Neugier.

„Was ist es denn – sag' es mir doch, Peterchen."

„Nee, du klatschst ja, dir erzähle ich nichts mehr" – er wollte sie nur noch neugieriger machen.

„Ehrenwort, rechte Hand – ich klatsche nicht“, Annemarie brannte vor Neugier.

„Wir wollen heute um Mitternacht an Fräulein Julchens Fenster als Quallenkönig anklopfen“, flüsterte der kleine Bösewicht ihr mit unterdrücktem Lachen zu.

„Nee – nee, da graule ich mich selbst – – –“

„Sag' ich's nicht, du bist 'ne feige Memme!“

„Ach wo, feige bin ich gar nicht“ – das konnte Annemarie nun mal nicht vertragen, das ging ihr gegen ihre Ehre. „Aber um Mitternacht schlafe ich doch überhaupt schon.“ Die Kleine war glückselig, auf diese Ausrede gekommen zu sein.

„Na, es muß ja doch nicht gerade Mitternacht sein, es geht auch früher. Fräulein Julchen legt sich schon mit den Hühnern schlafen. Wenn wir da gegen zehn an ihre Fensterscheibe pochen, denkt sie bestimmt, es ist Mitternacht.“

„Geht aber doch nicht! Wie willst du denn an ihr Fenster klopfen? Das Zimmer hat doch keinen Balkon.“

„Schadet nichts“, wenn es sich um einen ungezogenen Streich handelte, war Peter nie um einen Ausweg verlegen. „Wir nehmen einfach eine alte Bohnenstange aus dem Garten. Von unserm Balkon aus reichen wir damit ganz bequem an Fräulein Julchens Fenster heran.“

Dagegen ließ sich nichts mehr einwenden. Schließlich war auch Doktors Nesthäkchen rangenhaft genug, um an dem Streiche Gefallen zu finden. Wenn es sich von ihrem Balkon aus machen ließ, das war ja gar nicht so graulich. Vergessen waren wieder mal die weißen Haare der Frau Kapitän und Annemaries damit zusammenhängende gute Vorsätze.

„Also Punkt zehn auf dem Balkon – für die Bohnenstange sorge ich – kannst dich ja öfters mal ins Bein kneifen, damit du nicht einschläfst“, damit war Annemarie entlassen.

Ob sie ihre Freundin Gerda einweihte? Nee, lieber nicht, die würde ihr abreden – und Peter hielt sie am Ende dann doch für eine „Klatsche“.

Still ward's in Villa Daheim, überall waren die Lichter verlöscht, alles schlief. Nur in dem netten Zimmer mit den rosagetünchten Wänden warf sich ein kleines Mädchen schlaflos in den Kissen herum. Annemarie brauchte sich nicht erst ins Bein zu kneifen, um munter zu bleiben. Ihr Gewissen, das sie deutlich vor dem ungezogenen Streich warnte, ließ sie schon keine Ruhe finden.

Horch – zehn Schläge hallen von der großen friesischen Bauernuhr unten in der Diele durch das schlummernde Haus. Da erhebt sich Doktors Nesthäkchen lautlos. Lautlos schlüpft es in seine Sachen. Noch einen sehnsüchtigen Blick auf die festschlafende Ellen und Gerda, dann huscht Annemarie durch einen schmalen Türspalt auf den regendunklen Balkon hinaus.

Puh – was für ein schauriges Wetter! Der Sturm ächzt in den Bäumen, er rast um die Wette mit dem Meer. Ist das der Quallenkönig, der nach seinem Kinde ruft? Annemarie zittert vor Angst und Kälte wie Espenlaub. Sie hat nicht übel Lust, wieder in ihr Bett zu entwischen. Aber da ist ja schon der Peter auf dem anliegenden Balkon mit seiner langen Bohnenstange. Der soll sie nicht für feige halten.

„Pack' an“, mit vereinten Kräften wird die Latte zum Fenster der sanft schlummernden Näherin geführt.

„Los!“ Die Stange klopft zart und behutsam gegen die Fensterscheibe.

Fräulein Julchen schlummert ruhig weiter.

„Doller – der Quallenkönig pocht nicht so rücksichtsvoll“ – wild schlägt die Bohnenlatte gegen das Fensterglas.

Klirr – mit lautem Geprassel fallen die Scherben, aber mit noch lauterem „hu – hu!“ fährt das abergläubische alte Fräulein kreischend aus dem Schlaf empor.

Peter hält sich den Bauch vor Lachen. Annemarie aber eilt, weinend vor Schreck über die zerbrochene Fensterscheibe, in ihr Zimmer zurück.

Am nächsten Tage wurde strenges Gericht gehalten. Die auf dem Balkon liegengebliebene Stange verriet den Täter. Aber auch sonst wäre Tante Lenchen wohl auf keinen anderen als den ungezogenen Peter gekommen.

Er war anständig genug, Annemarie nicht auch anzugeben. Das tat diese ganz von selbst. Peter sollte nicht allein gestraft werden.

Tante Lenchen war sehr traurig darüber, daß auch Annemarie an dem häßlichen Streich beteiligt gewesen. Das war für diese schlimmer als die Strafe, die sie bekamen.

Das Schlimmste aber war, daß sie sich jetzt nicht mehr in das Stübchen des guten alten Fräulein Julchens, bei der sich die kleinen Sünder entschuldigen mußten, hineinwagte – um die Freude hatte Annemarie sich selbst gebracht.

16. Kapitel. Sturmflut

Der Spätherbst hatte noch einige schöne Oktobertage gebracht.

„Heute gehen wir Preiselbeeren suchen", verkündete Tante Lenchen der begeisterten Kinderschar.

Mit Körben, Töpfen und Kannen bewaffnet, so zog die ganze Gesellschaft in die violett blühende Heide. Nach Steenodde und dem Wattenmeer zu sollte es die reichste Ausbeute geben.

Emsig wurde unter Lachen, Singen und Scherzen geerntet. Kannen und Körbe füllten sich bald mit den hellroten Beeren. Ei – die sollten im Winter den fleißigen Sammlern schmecken. Aber auch viele verspätete Blaubeeren fand man noch, die zu der mitgenommenen Milch herrlich mundeten.

Auf der mit unzähligen großen und kleinen Hügeln bedeckten Heide lagerten die Blaumäulchen alle zum fröhlichen Mahl

„Wißt ihr auch, was das hier für Hügel sind?" fragte Fräulein Mahldorf ihre Schüler.

Keiner wußte Antwort zu geben.

„Das sind Hünengräber aus der Zeit der Wikinger, jenem alten Normannenstamm, dem um das Jahr 1000 die gefürchteten Seeräuber entsprossen. Noch in unseren Tagen hat man bei Ausgrabungen silberne Schwerter, Ringe und bronzene Urnen in den Hünengräbern aufgefunden, die in das Kieler Museum gewandert sind," erklärte die Lehrerin ihnen.

Mit großen Augen lauschten die Kinder. Das war ja beinahe so interessant wie die Gruselgeschichten von Fräulein Julchen. Scheu blickten sie auf die mit Heidekraut bewachsenen kleinen und großen Hügel ringsum.

„Wenn ihr wollt, könnt ihr noch ein bißchen wattlaufen, wir haben grade Ebbe und die Sonne brennt ja heute wie im Hochsommer," schlug Tante Lenchen vor.

Da zerflatterten die Sagengeister, die um die alten Hünengräber ihr Wesen trieben und auch die jungen Kinder kurze Zeit in ihren Bann geschlagen. Jubelnd wurde Tante Lenchens Vorschlag befolgt. Denn „Wattlaufen", das war neben dem Waten in der See das größte Vergnügen für die Kinder. Selbst Peter, der brennend gern noch mehr von den Wikinger Seefahrern gehört hätte, fand Wattlaufen nicht weniger schön.

„Aber nicht länger als eine Stunde, es wird früh Nacht," rief Tante Lenchen, die mit Fräulein Mahldorf und Gerda in der Heide zurückblieb, den unter Aufsicht von Miß John Davoneilenden nach.

Im Nu waren Schuh und Strümpfe ausgezogen. Da standen sie auch schon an der meilenweit sich erstreckenden braunen Flur, die jetzt während der Ebbe vollständig wasserfrei vor ihnen lag. Bei zurückkehrender Flut wurde alles wieder zum Wattenmeer.

Herrlich war es, barfuß auf dem feuchtwarmen Boden dahinzulaufen. Die Kinder spielten Haschen und andere lustige Spiele. Dabei kam es auch vor, daß eins plötzlich laut aufschrie, wenn es sich an einer Muschel geritzt oder unvermutet auf eine Qualle getreten. Aber das erhöhte das Vergnügen nur noch.

„Kinders, ihr mußt passen auf, nicht zu gehen zu fern, wir mussen sein punktlich zuruck,“ vergeblich rief Miß John es hinter den in ungebundener Freiheit sich Tummelnden her.

Hallo – da gab es ja Krabben in Unmengen, die das Meer zurückgelassen hatte. Eiligst wurden Hüte und Mützen damit gefüllt, denn ein Krabbengericht war ein beliebtes Abendbrot in Wittdün.

„Kinders, jetzt wir gehen zuruck. Es ist an die Zeit, Tante Lenchen ist wartend auf uns,“ damit machte Miß John energisch kehrt.

Die übermütigen Krabben ließen ihren Krabbenfang in Stich und folgten, wenn auch schweren Herzens, der Engländerin.

Nur zwei waren wieder mal ungehorsam. Peter und Annemarie.

„Wir können ruhig noch ein Stück weiter gehen,“ überredete Peter seine kleine Kameradin bei allen dummen Streichen. „Wir laufen ja viel schneller als Miß John. Wenn wir nachher zurückrennen, holen wir sie längst noch ein.“

„Ach nee, Tante Lenchen wird böse sein,“ wandte Annemarie ein, die erst vor wenigen Tagen versprochen hatte, von nun an immer brav zu sein.

„Merkt sie doch überhaupt gar nicht, du Schafskopf. Wir kommen bestimmt zu gleicher Zeit mit den anderen zurück. Aber wenn du nicht willst, dann laß es bleiben! Dann suche ich eben allein nach den silbernen Schwertern und den goldenen Ringen der Wikinger.“ Peter glaubte nämlich fest und steif, daß hier auf dem Watt, wo das Meer allerlei heranspülte, auch noch Schmuckstücke der alten Wikinger zu finden sein müßten.

Annemaries Schwanken war besiegt. Einen Ring wünschte sich das Putzlieschen schon lange. Was würde bloß Gerda sagen, wenn sie mit einem goldenen Wikinger Ring zurückkam! Peter dagegen hoffte bestimmt, ein silbernes Schwert zu finden.

Glänzte es da nicht golden in der braunen Erde? Ach nein, das war nur ein Stückchen Bernstein, welches das Meer herangeschwemmt. Aber dort – nein, da – noch ein Stückchen mehr nach links, dort flimmerte es doch silbern – wieder nichts, nur ein feuchter, in der Sonne blitzender Stein hatte sie gelockt. Immer weiter und weiter eilten die Kinder, sie wollten, sie mußten doch irgend etwas finden.

Keins von ihnen sah, daß die Sonne sich verkrochen hatte, daß schweres, schwarzes Gewölk von Nordwest heraufzog. Der Sturm begann sein wildes Lied zu blasen, tüchtig zauste er die bösen Kinder bei den Haaren.

„Peter – wir müssen umkehren! Es ist gar nichts mehr von Miß John und den übrigen zu sehen“, ängstlich rief es Annemarie, tiefaufatmend mit erhitzten Wangen stehen bleibend. Ihr kam plötzlich ihr Ungehorsam jäh zum Bewußtsein.

Der Junge machte widerwillig halt. Sein Dickschädel ging nur schwer von etwas ab, was er sich mal in den Kopf gesetzt.

„Meinst du wirklich?“ Peter zögerte noch immer.

Aber was war das? Ein Heulen, ein Brausen und Tosen plötzlich in den Lüften – war das nur der Sturm? Große Tropfen schlugen vom gelblich düsteren Himmel und durchnäßten die Kinder im Umsehen. Wie ein Wirbel packte sie der Nordwest, daß sie kaum die Augen zu öffnen vermochten.

Da – wieder dieses Heulen und Brausen – und jetzt ein deutliches Gurgeln und Wogen dazwischen – – –

„Peter – Peter – die Flut kommt!“ entsetzt schrie es Annemarie in das Toben der Elemente hinein.

„Schnell zurück zum Strand!“ Der kräftigere Junge packte das zarte Mädel, das sich kaum vor der Gewalt des Nordseesturmes aufrechthalten konnte und zog es mit sich fort.

Ja, wo war der Strand? Sie wußten es alle beide nicht mehr. Bei dem Kreuz- und Querlaufen hatten sie vollständig die Richtung verloren.

Nichts wie eine unendlich weite braune Fläche ringsum, wohin sie auch blickten, und da – wieder das Gurgeln und Brausen, nicht nur hinter ihnen, nein, von allen Seiten kam die Flut.

„Lieber Gott – strafe uns nicht so sehr für unseren Ungehorsam!“ weinend, mit erbleichenden Lippen betete es Doktors Nesthäkchen, während es sich von Peter vorwärts ziehen ließ.

Die Erde unter ihren nackten Füßen quietschte vor Nässe. Aus dem Boden heraus sprangen die Wasser, schon überspülten kleine Sturzwellen ihre Füße bis zum Knöchel.

„Ich glaube wir laufen in verkehrter Richtung – wir laufen der Flut noch entgegen!“ auch Peter, dem so leicht nicht bange zumute wurde, war jetzt leichenblaß.

Wieder wurde kehrt gemacht – aber nein, da wälzten sich ja schon die schwarzgrünen Wogen brausend und unheilvoll wie eine furchtbare, alles niederreißende Mauer aus der Ferne auf sie zu – „zurück – zurück, das Meer kommt!“ wie gejagt eilten die Kinder über den glitscherigen Boden vor der sie verfolgenden, hinter ihnen her brüllenden Brandung davon.

„Der Quallenkönig – der Quallenkönig nimmt Rache, daß wir seiner zu spotten gewagt haben!“ war das noch der mutige Peter, der da mit schlotternden Knien vor dem sicheren Verderben Reißaus nahm?

„Mutti – Mutti – iii – – –“ Annemarie schrie es wie am Spieße.

Ach, Mutti war weit. Die hörte den Angstschrei ihrer Lotte nicht. Die ahnte nicht, daß ihr Nesthäkchen in diesem Augenblick in Todesgefahr schwebte.

Immer dunkler wurde es – durch das Unwetter zog der Oktoberabend früher als sonst herauf. Die Kräfte der Kinder erlahmten allmählich, die Füße erstarrten in der kalten Nässe. Aber weiter, nur immer weiter – daß die hinter ihnen herrasende Sturmflut, die donnernde und brausende, sie nicht packte!

War denn noch immer kein Strand zu sehen? Endlos dünkte sie die braune Ebene, die sie durchjagten. Kaum ließ sich mehr Boden von Wasser unterscheiden. Schwarz alles ringsum.

Ein Licht – jäh durchbrach es plötzlich die Finsternis. Noch einmal tauchte es auf, und wieder – dann alles dunkel wie zuvor.

Barmherziger Himmel – war das ein Irrlicht? Einer von den bösen Geistern, welche die schlechten Menschen ins Heidemoor locken, wo sie elend umkommen müssen? Oft genug hatte Mutter Antje den Stadtkindern davon erzählt.

Jetzt wieder das hellaufstrahlende Licht, blitzartig durch die Nacht zuckend – „Annemarie, das ist ja das Blinkfeuer des Amrumer Leuchtturms!" Peters Stimme klang vor Aufregung heiser, und doch zitterte verhaltener Jubel durch.

„Flink – flink – Annemarie, gar nicht weit mehr scheint das Blinkfeuer, wir müssen gleich am Strande sein!"

Es war auch die höchste Zeit. Denn das bei weitem schwächlichere Mädchen war mit seinen Kräften am Ende. Noch ein paar Schritte, dann sank es aufs tiefste ermattet zur Erde.

Aber was war das? Das war doch nicht mehr der nasse, glitscherige Wattboden – in trockenes Heidekraut griffen Annemaries Hände. Sie waren wieder auf dem Festland – hinter ihnen brüllte in ohnmächtiger Wut das entfesselte Wattenmeer.

„Lieber Gott, ich danke dir" – kaum vermochte Annemarie noch diesen Gedanken zu fassen. Auch der schlimme Peter stand, immer noch zitternd, mit gefalteten Händen neben ihr. Zu nah war das Verderben an ihnen vorübergeschritten.

Eine empfindliche Kälte machte sich nach dem fieberhaften Hasten in den durchnäßten Kleidern bald fühlbar. Sie mußten weiter, wenn sie sich nicht auf den Tod erkälten wollten.

„Annemarie, ich trage dich, wenn du nicht mehr laufen kannst,“ zum erstenmal fühlte Peter, als Anstifter des Unheils, die Verantwortung für das kleine Mädchen.

„Nein, es wird schon wieder gehen,“ mühsam erhob sich Annemarie. „Aber wie finden wir jetzt in der Nacht den Weg durch die finstere Heide – ach, du lieber Gott, wie mag sich Tante Lenchen um uns sorgen!“ Bei dieser Vorstellung begann Annemarie wieder zu weinen.

„Durch die Heide finden wir natürlich nicht zurück. Wir sind, wie es scheint, an einer ganz anderen Stelle des Strandes herausgekommen. Wir müssen den Leuchtturm zu erreichen suchen, dort werden sicherlich Menschen sein. Durch das Blinkfeuer können wir nicht fehlgehen.“ Trotzdem Peter möglichst beruhigend sprach, schlug auch ihm das Herz.

Wieder machten sich die ermüdeten Kinder auf den Marsch. Ach, wie langsam ging das. Schritt für Schritt. Die nackten Füße schmerzten, Stranddisteln und scharfe Muscheln ritzten sie blutig. Aber jedesmal, wenn Annemarie glaubte, nun könne sie bestimmt nicht mehr weiter, dann blitzte wieder das Leuchtfeuer vor ihnen trostverheißend auf – auch den Mut der Kinder aufs neue entzündend. Näher und näher kam das Blinklicht, immer heller und größer ward es.

Nun standen sie endlich vor dem Häuschen des Leuchtturmwächters, das tief unter dem auf hoher Düne thronenden Leuchtturm am Strande lag. Der Schein einer Lampe flimmerte traulich durch das unverhangene Fenster.

Mit klammen Fingern pochte Peter an. Aber das leise Klopfen ging in dem Schnauben und Toben von Sturm und Meer unter. Kurz entschlossen öffnete der Junge die Tür, denn seine kleine Begleiterin war am Rande ihrer Kräfte.

„Vater, bist du's?“ eine helle Mädchenstimme schallte den beiden Kindern entgegen. Aber als der schwere Tritt, der sonst durch den Steinflur zu dröhnen pflegte, ausblieb, eilte des Turmwächters Töchterlein, die Lampe in der Hand, verwundert hinaus.

„Herrejeh –" mitleidig blickte sie auf die ganz durchnäßten und völlig erschöpften Kinder. „Wo kommt Ihr denn her in dieser furchtbaren Sturmnacht?"

„Wir haben uns verirrt – die Flut hat uns überrascht." Frostklappernd gab Peter Auskunft.

Annemarie lehnte teilnahmslos am Türpfosten.

Die Leuchtturm-Christel war mit ihren vierzehn Jahren ein sehr verständiges Mädchen. Manch liebesmal schon hatte sie Gestrandeten und von den Lotsen ans Land gebrachten Schiffbrüchigen erste Hilfe geleistet. Sie wußte, was not tat.

„Kommt in die warme Stube, ihr seid ja ganz durchnäßt," sagte sie freundlich und zog die beiden kleinen Verirrten ins Zimmer. „So, nun schleunigst die nassen Sachen vom Leibe! Du kannst dich drin in der Kammer umziehen, Jung, ich leg' dir trockenes Zeug hin. Ach Gott, du arme, lütte Deern, bist ja ganz verklommt, und auf den Füßen kannst dich auch nicht mehr halten. Dich leg' ich am besten in mein Bett." Mit rascher Hand zog die gutherzige Christel Annemarie die triefenden, vor Nässe am Körper klebenden Kleider herunter, und hüllte sie in trockene Wäsche und warme Decken. Dann trug sie das erschöpfte Kind in ihr eigenes Bett und legte vorsorglich eine Wärmkruke hinein.

Das Wasser auf dem kleinen Herd kochte grade zur Abendsuppe für den Vater. Im Nu hatte das umsichtige Mädel Tee aufgebrüht. Dazu goß sie einen tüchtigen Schluck Rum, denn ein steifer Grog regt am ersten die ermatteten Lebensgeister wieder an, pflegte der Vater zu sagen. Wenn das auch nun wohl mehr für die Schiffer und Seeleute zutraf, als für Kinder, so fühlte Annemarie doch bald, nachdem die hellblonde Christel ihr einige Schlucke von dem feurigen Getränk eingeflößt hatte, eine wohltuende Wärme durch ihre erstarrten Glieder rieseln.

Auch Peter, der in viel zu großer schwarzer Lederhose und blaugestricktem Wams des Leuchtturmwächters und in dicken rotwollenen Strümpfen und Holzpantinen der Christel erschien, fühlte seinen gesunkenen Jungenmut durch den heißen Grog wieder neu belebt.

Ihm begann das furchtbare Abenteuer jetzt, wo er in Sicherheit und im Trockenen war, sogar schon wieder Spaß zu machen.

„Wir müssen Nachricht ans Kinderheim nach Wittdün schicken, wo wir sind. Frau Kapitän und Tante Lenchen werden sich schrecklich um uns sorgen," das waren die ersten Worte, die Annemarie wieder sprach. Trotzdem das kleine Mädel so ermattet war, dachte es daran zuerst.

„Ich lauf' schnell zum Vater hinauf in den Turm, der kann am Ende an die Rettungsstation in Wittdün telephonieren, daß sie dem Kinderheim Bescheid gibt." Die Leuchtturm-Christel schlug ein großes Tuch über den Kopf. „So, Jung, du bleibst bei der lütten Deern und gibst ihr ab und zu was Heißes zu trinken – ich bin bald wieder zurück." Das gefällige Mädchen ließ sich die genaue Adresse des Kinderheims geben, dann eilte es in die Sturmnacht hinaus.

Über hundert Stufen mußte die Christel vom Strand bis zum Fuß des Turmes emporsteigen. Trotz des großen Tuches packte der Nordwest sie bei den hellen Haaren. Aber des Leuchtturmwächters Töchterlein war an Wind und Wetter gewöhnt. Weiter ging es hastig die Turmtreppen hinauf, diesmal waren es fast zweihundert Stufen, die das Mädchen erklimmen mußte. In dem Raum, in welchem die blitzenden Prismen des Leuchtapparates erstrahlten, fand es endlich den Vater. In kurzen Worten teilte es ihm das Nötige mit und bald war die Rettungsstation in Wittdün, die bereits von Frau Kapitän Clarsen zur Auffindung der verlorenen Kinder in Bewegung gesetzt worden war, von ihrem Verbleib benachrichtigt.

Wie so manchem Schiffe in Gefahr und Not, war auch der Leuchtturm den beiden Kindern zur Rettung geworden.

17. Kapitel. In Angst und Sorge

Es war die höchste Zeit, daß beruhigende Kunde nach Villa Daheim kam. Denn während Doktors Nesthäkchen in den rotweißgewürfelten Betten der Leuchtturm-Christel nach all der Aufregung, der Anstrengung und dem starken Grog in tiefen Schlummer gesunken war, während Peter sich damit vergnügte, den am Herd schnurrenden, schwarzen Kater aus seiner Ruhe aufzuscheuchen, war im Kinderheim die Aufregung und die Sorge um sie aufs höchste gestiegen.

„Na seid ihr alle wieder da?“ scherzhaft hatte Tante Lenchen die Frage getan, als die kleinen Wattläufer vergnügt sich wieder an dem Heiderastplatz einfanden.

„Ja, natürlich,“ keiner merkte, daß sie nicht vollzählig waren.

Durch das aufziehende drohende Wetter wurde bald zum Aufbruch geblasen.

„Wo ist denn Annemarie – Annemarie ist ja nicht da,“ es war Gerda, welche das Fehlen der Freundin, mit der sie auf allen Wanderungen Arm in Arm zu gehen pflegte, zuerst entdeckte.

„Annemarie – Annemarie – wir brechen auf –“ laut schrien es die Kinder über die Heide. Am Ende hatte sich der kleine Schelm hinter einem der Hügel versteckt.

Aber keine Annemarie kam zum Vorschein. Immer drohender wurde der Himmel, es war die allerhöchste Zeit, an den Rückweg zu denken.

„Gehen Sie bitte mit den Kindern voraus, Fräulein Mahldorf und Miß John, ich komme mit Annemarie dann nach,“ ordnete Tante Lenchen an. „Gewiß hat sie sich unten am Strand beim Muschelsuchen verspätet.“

Der Sicherheit halber begann Tante Lenchen aber doch noch ihre Küken zu zählen, ob auch sonst keins fehlte. Da stellte es sich erst heraus, daß auch der Peter durch Abwesenheit glänzte. Natürlich – die beiden Unzertrennlichen bei allen Ungezogenheiten! Die wollte Tante Lenchen aber gehörig auf den Trab bringen.

Während sich die Karawane nach Wittdün zu in Bewegung setzte, eilte sie die Dünen herab zum Strande, um möglichst noch vor Ausbruch des Wetters mit den beiden kleinen Säumigen heimzukommen.

Wie ausgestorben lag der kahle Strand und das weite Watt vor ihr – nirgends eine Spur von den Gesuchten. Der jungen Dame ward es bange zumute. Die Kinder würden doch nicht zu weit gegangen sein? Konnten sie den Rückweg am Ende nicht wiederfinden? Ach Unsinn, sie hatten ja alle zusammen gespielt, wie die übrigen Zöglinge berichtet hatten.

„Annemarie – Peter – Peter – Annemarie – – – –" abwechselnd rief es Tante Lenchen mit schallender Stimme in die unermeßliche Weite hinein. Aber die, welche es hören sollten, erreichte ihre Stimme trotzalledem nicht.

„Peter – Annemarie – – –" unheimlich wurde es Tante Lenchen in der großen Einsamkeit zumute. Jetzt begann der Sturmwind, der Vorbote des Unwetters, sein wildes Lied in den Lüften zu geigen. Himmel – wo steckten die Kinder nur?

Es fing an, in Strömen zu regnen. Tante Lenchen in der dünnen Battistbluse war bald durchweicht. Und jetzt vernahm auch sie das Donnern und Brausen der zurückkehrenden Flut. Aber was die Kinder mit Schrecken und Entsetzen erfüllte, war ihr eine Beruhigung. Die Flut kam – nun war es ja ganz sicher, daß sich die beiden nicht mehr auf dem Watt befanden. Lange vorher merkte man ja schon das Nahen der Wasser. Gewiß waren die durchtriebenen Gören längst zu den anderen gestoßen, hatten sich übermütig versteckt gehalten und ließen Tante Lenchen hier im Regenguß nach ihnen suchen. Na, aber wartet nur – das soll euch schlecht bekommen!

Tante Lenchen machte sich, gegen Sturm und Regen kämpfend, nun selbst auf den Heimweg, in der festen Annahme, daß Peter und Annemarie längst zu Hause seien.

Die übrigen Kinder waren noch ziemlich trocken in Villa Daheim angelangt und schrieben nun Briefe. Keins machte sich irgendwelche Gedanken über die Ausgebliebenen. Sicher kamen sie bald mit Tante Lenchen nach.

„Na, wo sind die kleinen Ausreißer?" triefend naß, wollte Tante Lenchen, daheim angelangt, sofort in ihr Zimmer, um sich umzukleiden.

„Die Kinders – hat Miß Petersen nicht gefindet sie – tun sie nicht kommen mit – – –“

„Ja, sind sie denn noch nicht hier?“ erblassend unterbrach Tante Lenchen das Kauderwelsch der Engländerin.

„No – no – sie sein nicht gekommt – oh, sie uerden uarten ab Regen in Uald oder in ein Haus von Bauers,“ tröstete Miß John, als sie das erschreckte Gesicht der jungen Dame sah.

Das leuchtete auch Tante Lenchen ein. Gewiß, sie hatten irgendwo bei dem Unwetter Unterschlupf gesucht – sie waren ja, abgesehen von ihren Dummheiten, ganz verständige Kinder. Sobald der Regen nachließ, würden sie sich gewiß ganz vergnügt einstellen.

Jedenfalls beschloß Tante Lenchen, ihrer Schwester gar nicht erst etwas von dem Fehlen der beiden zu sagen. Wozu sie unnütz ängstigen. Frau Kapitän Clarsen war sowieso bei solchen Sturmfluten stets besonders erregt, war es doch auch solch eine böse Nacht gewesen, die ihr ihren Gatten geraubt.

Tante Lenchen kleidete sich um. Aber trotzdem sie sich selbst beruhigte: „Sie können ja noch gar nicht hier sein – es regnet ja noch viel zu stark,“ flog sie vor innerer Erregung.

Der Abend kam. Mit ihm wuchs die entsetzliche Unruhe. Tante Lenchen dachte nicht daran, daß sie soeben erst trockene Kleider angelegt hatte. Sie eilte, wie sie ging und stand, vor die Gartenpforte – von dort konnte sie die Straße überblicken, da sah sie die Zurückkehrenden ein paar Minuten früher.

Stichdunkel war es inzwischen geworden, man konnte nicht mehr die Hand vor Augen sehen. Und doch rührte sich Tante Lenchen nicht vom Platz, trotzdem der Regenguß nun schon zum zweitenmal sie durchweicht hatte.

Nein – nein, es konnte ja nicht sein, was ihre erregte, angsterfüllte Phantasie ihr in der beklemmenden Finsternis immer wieder vorzumalen suchte. Es war ja nicht denkbar, daß die Kinder auf dem Watt von der Sturmflut überrascht worden waren!

Ihre Haare sträubten sich vor Entsetzen, wenn sie nur an die Möglichkeit dachte – nein, bestimmt waren sie bei guten Menschen und kamen bald heim.

Die Glocke ertönte – schon Abendbrotzeit. Nun half es nichts, nun mußte sie es der Schwester sagen. Sie würde die beiden doch sicher gleich vermissen.

So unbefangen, als es ihr möglich, entledigte sich Tante Lenchen ihrer schweren Botschaft.

„Peter und Annemarie hatten sich von den anderen abgesondert, sind mal wieder ihre eigenen Wege gegangen. Sie sind wegen des Unwetters sicherlich irgendwo untergetreten," kam sie einer Frage der Schwester zuvor.

Frau Kapitän beruhigte sich zuerst dabei. Aber als das Abendessen verlief, ohne daß die beiden Vermißten erschienen, als sie bemerkte, daß Tante Lenchen keinen Bissen zum Munde führte, begann das Herz auch ihr zu schlagen.

Nachdem die Kinder den Eßsaal verlassen hatten, winkte Frau Kapitän Fräulein Mahldorf und Miß John zu sich.

„Wo haben Sie die Kinder zuletzt gesehen?" forschte sie angstvoll.

Da kam es zutage, daß dies auf dem Watt der Fall gewesen.

Das Watt – entsetzt bedeckte Frau Kapitän beide Augen. Das tückische Watt – so manchen Braven hatte es schon in seinen Fluten begraben! Und war es nicht heute wieder solche Sturmnacht wie damals – – –

„Um Gotteswillen, sendet Leute aus, sonst sind die Kinder verloren," kaum hielt sich die zarte Frau vor Erregung aufrecht.

Tante Lenchen jagte bereits zum Friesenhäuschen.

„Vadder Hinrich – wir müssen nach Peter und Annemarie suchen, sie sind auf dem Watt verloren gegangen – – –“ was sie bisher sich gesträubt hatte, zu glauben, war ihr plötzlich zur Gewißheit geworden.

Vadder Hinrich und Mutter Antje saßen am grünen Kachelofen. Er qualmte seine Pip Toback, während sie das Spinnrad drehte. Zäh hielten sie beide in ihrer friedlichen Beschäftigung inne.

„Jo – jo – wenn dat se in de Sturmflut rinnerkummen sünd, denn gnade ihnen uns' Herrgott. Da werden wir se woll nich eher, als wenn wedder Ebbe is, herutfischen,“ sagte der Alte, umständlich seine Pfeife aus dem Mund nehmend.

„Ach Snack – da, treck (zieh) dich lieber dein Tranjack an, man 'n büschen fixing, und such' nach unsern Kinners,“ oll Modder Antje, die sonst nicht leicht ihre Ruhe verlor, sprang erschreckt auf. „Ick gah' ok mit, de lütte säute Deern un den ollen Jung, de wulln wir schon wedder nah Hus (nach Haus) bringen.“ Die gute Alte zog sich selbst hohe Wasserstiefel an.

„Jo, jo – ein hellschen sweres Stück Arbeit wird's woll sünd – leichter is dat all, ein Schiff der See abzujagen, als zwei so lütte Kinners. Na, hewen (haben) Se man keine Bang nich,“ wandte er sich an die zitternde junge Dame, „labendig oder dot, oll Vadder Hinrich bringt se.“

Das war nun grade nicht dazu angetan, Tante Lenchens furchtbare Sorge zu zerstreuen. Während Mutter Antje Laternen entzündete, und Vadder Hinrich fortstampfte, um noch einige andere Lotsen zur Suche herbeizuholen, eilte sie zur Rettungsstation. Fräulein Mahldorf, die kaum weniger aufgeregt war, getreulich hinter ihr her.

„Sie können sich ja auch bei der Dunkelheit in der Heide verirrt haben,“ an diesen Trost Fräulein Mahldorfs klammerte sich Tante Lenchens armes Herz.

Auch von der Rettungsstation wurden sofort Leute in alle Richtungen ausgesandt, nach den Verlorenen zu forschen. Grade als Tante Lenchen die Rettungsstation wieder verlassen hatte, klingelte das Telephon. Der

Leuchtturmwächter telephonierte, daß die Kinder bei ihm in Sicherheit seien. Ein Bote eilte sofort mit der Freudenbotschaft den beiden Damen nach.

Tante Lenchen, die sich bisher so tapfer gehalten, versagten jetzt, wo sie die Gewißheit hatte, daß die Kinder am Leben waren, die Füße. Sie mußte sich an ein Gartengitter lehnen. Dann aber zwang sie mit Gewalt die Schwäche nieder. Heim zur Schwester, die vor Angst um das ihr anvertraute Gut verging.

Kurz vor Villa Daheim trafen sie auf die ausziehende Lotsenkolonne. Wie Glühwürmchen leuchteten ihre Laternen in der Dunkelheit.

„Sie sind da – sie sind beim Leuchtturmwächter!“ Tante Lenchen rief es voll Glückseligkeit schon von weitem.

„Dat hew (hab') ick wußt, dat läßt uns' Herrgott da oben nich tau (zu), dat zwei lütte unschullige Kinners ins Watt umkommen dun“, sagte Mutter Antje nicht weniger erfreut. „Fixing, Ollscher, wi gahn (wir gehen) gleich nach ihn' hin und holen se heim, ihr annern könnt jo nu do bliwen (dableiben).“ Die beiden Laternchen entfernten sich in der Richtung des Leuchtturms.

„Sie sind da – sie sind gefunden – – –!“ jubelnd klang es durch Villa Daheim, wo Frau Kapitän stöhnend den weißen Kopf in den Händen vergrub, wo Gerda in Tränen zerfloß.

Der liebe Gott hatte ihnen beigestanden – er hatte die Kinder errettet und Frau Kapitän von der fürchterlichen Verantwortung den Eltern gegenüber befreit.

Auf seinen sehnigen Armen trug oll Vadder Hinrich Doktors Nesthäkchen, warm in Decken verpackt, nach Haus. Mutter Antje hielt Peter fest an ihrer Hand, als fürchte sie, daß er ihr wieder entwischen könnte. Ach, dem Jungen war das Ausreißen für lange Zeit vergangen.

„Das sind die Lotsen dieses Strandes,
Die Helfer in des Sturmes Wut –

Das sind die Kühnsten ihres Standes,
Das ist amringisch Heldenblut!“

Das Gedicht, das Annemarie kürzlich in der deutschen Stunde gelernt hatte, murmelte sie im Halbschlaf vor sich hin, während der alte Lotse sie durch Sturm und Nacht heimtrug.

Strafe bekamen die beiden diesmal von Frau Kapitän nicht – der liebe Gott selbst übernahm es, sie für ihren Ungehorsam zu strafen.

Tante Lenchen, die von allen Kindern Vergötterte, lag am nächsten Tag nach der furchtbaren Aufregung und dem stundenlangen Verweilen in den nassen Kleidern an schwerem Nervenfieber darnieder.

18. Kapitel. Weihnachtsabend fern vom Elternhause

Erst als die Schneeflocken weich und dicht zur Erde herniederflogen, durfte Tante Lenchen ihren altgewohnten Platz am Mittagstisch neben Annemarie wieder einnehmen.

Das waren böse Wochen für Villa Daheim. Alles schlich auf den Zehen, keins der Kinder wagte laut zu lachen oder gar zu lärmen. Schwebte doch Tante Lenchens Leben tagelang in Gefahr.

Am meisten litten Annemarie und Peter unter der gedrückten Stimmung. Wenn Frau Kapitän mit versorgten Mienen an den Mittagstisch trat und ihr weißes Haar noch gebleichter erschien, wenn die Lehrerinnen, ja sogar die Dienstboten Tränen in den Augen hatten, sobald sie von Tante Lenchen sprachen, dann kamen sich Annemarie und Peter ganz entsetzlich schlecht vor. Waren sie doch die beiden Schuldigen, durch deren Ungehorsam ihre liebe Tante Lenchen krank geworden.

Innig baten sie den lieben Gott, sie doch nicht gar zu hart zu strafen und Tante Lenchen wieder gesund zu machen. Und der liebe Gott erhörte ihr Flehen.

Etwas blaß war Tante Lenchen zwar noch immer. Aber als die Weihnachtswoche ins Land zog, konnte sie zum erstenmal wieder über die weißen, schneebedeckten Dünen in die silbern flimmernde Heide hinein spazierengehen. Annemarie und Peter durften sie begleiten, zum Zeichen, daß Tante Lenchen ihnen ganz verziehen hatte.

Nun erst ward den beiden das Herz wieder frei und froh, und sie konnten wie die andern Kinder dem schönsten Fest im Jahre entgegenjubeln.

Freilich anders, ganz anders kam das liebe Weihnachtsfest hier, als wie Doktors Nesthäkchen es daheim von Berlin her gewöhnt war. Da war nichts von dem lauten Getriebe der Millionenstadt, das gerade in der Weihnachtswoche seinen Höhepunkt erreichte. Keine glänzenden Schaufenster mit hohen, funkelnden Christbäumen, keine Märchenausstellungen, wie sie die großen Berliner Warenhäuser zur Weihnachtszeit zeigten. Kein Eilen und Hasten in den Straßen, kein Drängen in den Geschäften. Weder Jungen mit quiekenden Mäusen, noch mit schnarrenden Knarren erfüllten die Straßen mit ihrem Radau – alles still, feiertäglich still. Nur im Hause war eifriges Treiben. Da wurde geseift, gescheuert, geklopft und geputzt. Da wurde tagelang gebacken, Christstollen und Pfefferkuchen, Mohn- und Friesenkuchen und Marzipan. Die Kinder schnupperten wie Hündchen in die verheißungsvolle Luft. In der großen Küche unten im Kellergeschoß bei Line trieben sie sich jetzt am liebsten herum.

Ein Teil der Clarsenschen Zöglinge war zum Weihnachtsfest heimgefahren. Vorwiegend die Großen, die keine Reisebegleitung mehr brauchten. Doktors Nesthäkchen wäre auch für ihr Leben gern nach Hause gereist. Eigentlich konnte sie sich einen Heiligabend ohne Vater und Mutti, Hänschen und Kläuschen, ohne Großmama und Tante Albertinchen gar nicht vorstellen. Aber sie wagte nicht, die Eltern in ihren Briefen mit Bitten zu bestürmen, wie sie es sonst wohl getan hätte. Sie hatte ein noch gar zu schlechtes Gewissen wegen ihres Wattabenteuers und Tante Lenchens Erkrankung. Denn nach Haus geschrieben hatte Annemarie natürlich als aufrichtiges Kind alles ganz ausführlich. Und ebenso natürlich war, daß ein sehr ernster Brief mit Vorhaltungen und Ermahnungen von den Eltern darauf erfolgte, wie ihn Nesthäkchen noch nie erhalten. Frau Doktor Braun zitterte noch nachträglich um ihr Kleinstes, am liebsten hätte sie ihre Lotte sofort heimgeholt. Großmama bestärkte sie darin, hatte sie es denn nicht gleich gesagt, mit dem Meer sei nicht zu spaßen? Noch dazu jetzt im Winter. Aber Doktor Braun beruhigte die Damen. Es war ja nichts passiert, und ein zweites Mal würde sich Annemarie sicher nicht in Gefahr begeben, dazu hatte sie zuviel Angst ausgestanden. Auf alle Fälle konnte man ja das Wattlaufen verbieten. Aber es wäre doch schade, wo die Berichte über die Erholung ihres Töchterchens so glänzend lauteten, dieselbe frühzeitig abzubrechen. Auch für einen Weihnachtsaufenthalt in der Heimat war der überlegte Arzt nicht. Nachher lösten sie sich wieder aufs neue schwer voneinander. Das beste war, ihre Lotte blieb ruhig das ganze Jahr dort auf Amrum.

Da auch Gerda, Peter, Vronli und Gretli, Lothar und Klein-Annekathrein nicht heimreisen durften, fand sich Annemarie schnell mit der Enttäuschung ab. Sie sollte es nicht zu bereuen haben, in Wittdün geblieben zu sein; denn dieser Heiligabend am Nordseestrand war für Nesthäkchen eine Erinnerung fürs ganze Leben.

Zuerst kam das Paketemachen für die Lieben daheim. Ganz allein mußten die Kinder ihre Weihnachtskisten packen – das bereitete ihnen die größte Freude. Hatten sie doch alle schon wochenlang vorher fleißig die Finger geregt, um für jeden etwas Hübsches herzustellen. Die Mädchen hatten gestickt, gehäkelt und gemalt, und die Jungen geschnitzt und geklebt.

Alle hatte Doktors Nesthäkchen bedacht. Mit glückseliger Zufriedenheit beschaute es die schön gepackte Kiste. Da gab es zwei Rezeptbücher, eins für Vater und eins für Mutti. Das eine war für ärztliche Zwecke, das andere für Kochrezepte. Einen selbstgehäkelten Wollschal und eine Rodelmütze erhielten die Brüder. Für die Großmama hatte sie ein Brillenfutteral gestickt und es höchst sinnig mit einem Band versehen. Damit Großmama ihre Brille nicht mehr so oft verlegte. Tante Albertinchen, der alljährliche

Weihnachtsgast, bekam einen Arbeitsbeutel für ihr Strickzeug aus bunten friesischen Bauerntüchern. Diese reizende Handarbeit hatte Frau Kapitän den kleinen Mädchen beigebracht. Auch Hanne und sogar Puck durften nicht leer ausgehen. Ein Kästchen aus selbstgesuchten Muscheln zu Nähsachen hatte „ihr Kind“ für die Hanne verfertigt, und Puck wurde durch eine echt friesische Landwurst erfreut. Das Schönste aber für die Eltern war das selbstgeklebte Album mit photographischen Abzügen von Fräulein Mahldorf, das ihre Lotte und die übrigen Clarsenschen Kinder in allen möglichen Aufnahmen zeigte. Da war Nesthäkchen im hellblauen Badeanzug mit dem weißen Anker, dort in Spielhöschen in den Wellen herumpanschend. Hier mit Schippe und Eimer bewaffnet beim Burgenbauen, und jetzt gar als kleiner Hemdenmatz, im Luftbad am Reck hängend. Das letzte Bild zeigte sie vor der Prinzessin Heinrich in nicht gerade hoffähiger Toilette. Das beste aber für die Eltern war, was für ein rundes, frisches Gesichtchen ihnen aus all den Bildern entgegenlachte. Ordentlich drall waren die dünnen Arme und Beine wieder geworden. Wie ein blühendes kleines Bauernmädel schaute ihr Nesthäkchen jetzt aus. Das machte die Eltern, die das große Opfer der Trennung von ihrem Herzblatt gebracht, sehr glücklich. Frau Kapitän fügte jedem Kinderpaket noch selbstgebackene Friesenkuchen bei.

Mit welcher Aufregung wurden nun erst die Pakete aus der Heimat von den Kindern erwartet. Aber die kleinen Neugierigen mußten sich gedulden; vor der Bescherung erhielt keiner das seinige.

Durch die verschneite Heide über die weißen Dünen kam der Heiligabend endlich geschritten. Ruhig und feierlich lag das tiefblaue Meer da, als wisse es, daß heute kein Tag des lauten Tosens sei.

Den vereisten Strand entlang liefen am Frühnachmittag Peter und Annemarie neben Miß John. Ein Henkelkörbchen trug jedes der Kinder, damit schlidderten sie über die glattgefrorenen Stellen. Annemarie und Peter brachten der Leuchtturm-Christel einen Weihnachtsgruß, zum Dank für die liebevolle Hilfe damals in der Sturmnacht.

Himmel und Meer hatten bereits ihr Festkleid angelegt.

In orange, lila und grünen Farben erstrahlte es wunderbar. Auf den leisbewegten Wellen schaukelte sich ein weißes Segelboot – so friedlich, daß es den Kindern fast undenkbar schien, daß dies dieselbe See sei, die donnernd und brüllend sie damals in Schrecken gesetzt.

„Wenn die Großmama sehen könnte, wie herrlich solch ein schöner Wintertag am Meer ist, dann würde sie ihre Ansicht wohl ändern", dachte Annemarie. Grau und farblos hielt dagegen der Heiligabend in Berlin meist seinen Einzug.

„Heute ihr nicht uerden laufen mich davon, Kinders. Heute ihr uerden bleiben in das Gehorsam", sagte Miß John halb ernst, halb scherzhaft, als sie sich auf den Weg machten.

Beide Kinder wurden rot. Dann aber kam ihnen gerade am heutigen Tage zum Bewußtsein, wie gnädig der Himmel ihnen beigestanden. Alle beide nahmen sich vor, ihre Dankbarkeit durch Fleiß und tadelloses Betragen zu beweisen. Das waren gute Gedanken am Weihnachtstage.

In dem Häuschen des Leuchtturmwächters setzte die hellzöpfige Christel die Weihnachtsgrütze ans Feuer. Ein kleines Bäumchen, mit wenigen Lichtchen besteckt, wartete auf die Heimkehr des Vaters. Darunter lagen ein paar wollene Strümpfe, welche das fleißige Mädchen für den Vater gestrickt hatte. Ob sie selbst wohl auch etwas zu Weihnachten erhalten würde? Christel glaubte es nicht. Der Vater hatte die letzte Zeit schweren Dienst gehabt, er war kaum aus seinem Turm herausgekommen. Die Mutter war schon lange tot, und irgendwelche Verwandte, die an sie denken konnten, besaß sie nicht.

„Ja, wir zwei werden woll heut' leer ausgehen, Miesebrecht, uns schenkt keiner was", meinte sie ein wenig schwermütig zu dem schwarzen Kater, der zu ihren Füßen schnurrte.

Da ward die Tür geöffnet – nur eine schmale Spalte – herein schob sich ein Körbchen, wie durch Geisterhand. Und noch eins – ganz still stand die Christel, sie wagte sich nicht zu rühren.

Waren das die guten Onnerbankjes, die Heinzelmännchen, welche frommen Kindern am Weihnachtsabend schon so manches Mal einen Wunsch erfüllt hatten?

„Fröhliche Weihnacht!“ – tönte es zum Stübchen herein. Das klang eigentlich ganz menschlich. Aber als die Christel jetzt beherzt aus der Tür trat, da war alles leer. Keine Menschenseele zu erblicken. Nun war die Leuchtturm-Christel ihrer Sache sicher. Kein anderer als die guten Onnerbankjes hatten ihr eine Weihnachtsüberraschung bereitet.

Das blonde Mädel ahnte nicht, daß hinter dem Holzschuppen zwei kleine Menschenkinder sich neben Miß John versteckt hielten, die jetzt zum Fenster schlichen, um die Freude der auspackenden Christel zu erspähen.

Ei, die schöne warme Jacke, die würde an Sturmtagen gut warm halten. Und die allerliebste Brosche, längst hatte sich die Christel eine gewünscht. Eine Sonntagsschürze aus feinem Battist – was, immer noch mehr? Bunte Zopfbänder – nein, auch noch ein Buch! – Wer anders sollte ihr das wohl alles geschenkt haben als die Heidemännlein! Das andere Körbchen war mit guten Eßwaren gefüllt: mit Äpfeln, Pfefferkuchen und Nüssen, Christstollen und einem leckeren Schinken. Diesen Korb umstrich Miesebrecht, der Kater, verständnisinnig. Sicher hatten die guten Onnerbankjes dabei auch an ihn gedacht.

Als Peter und Annemarie mit rosenroten Wangen und Näschen – denn es war tüchtig kalt geworden – aufs höchste befriedigt von ihrer Weihnachtswanderung heimkehrten, gab es für sie auch noch allerlei zu schaffen. Vadder Hinrich hatte für jedes der Kinder ein niedliches Tannenbäumchen aus der Heide geholt. Das durften sie sich selbst nach eigenem Geschmack schmücken. Gerda behängte den ihren mit bunten selbstgeflochtenen Papierketten, mit zierlichen Körbchen und rotbäckigen Äpfelchen. Auch Vronli und Gretli, Lothar und Klein-Annekathrein fanden einen recht bunten Baum am schönsten. Peter war nur für Silberlametta und vergoldete Tannenzapfen. Annemarie aber machte sich ein weißes Winterbäumchen. Nichts weiter als flimmernde

Schneewatte und Lichter, so sah Großmamas Weihnachtsbaum immer aus, während der in Nesthäkchens Elternhaus glänzende Kugeln, flimmernde Sterne und allerlei Süßes für die drei Leckermäulchen zu tragen pflegte.

Nun standen all die Bäumchen fix und fertig da. Dörthe trug sie in das Weihnachtszimmer. Jedes Kind hatte dort sein Tischchen, auf dem die unausgepackten Pakete aus der Heimat lagen. Aber noch andere schöne Sachen waren darauf ausgebreitet. Doch – das darf ich ja noch nicht verraten!

Seit dem Tode ihres kleinen Knaben pflegte Frau Kapitän Clarsen alljährlich den Kindern der in den Wellen ums Leben gekommenen Lotsen, Schiffer und Fischer den Weihnachtsbaum anzuzünden und ihnen zu bescheren. Auch heute traten die kleinen flachsblonden Friesenkinder mit dem feierlich durch die Winterheide ziehenden Glockenklang zugleich an. Sorgsam traten sie sich draußen auf der Matte den Schnee von den Nagelschuhen. Dann schoben sie sich verlegen mit „Ick wünsch' de Fru Kaptän ok 'n gesegnetes Fest" näher. Im Eßsaal ward für die kleinen Waisen der Weihnachtsbaum angezündet. Aber nicht nur seine Lichter waren es, die das Zimmer so festtäglich erstrahlen ließen. Die glücklichen Kinderaugen alle strahlten mit den Weihnachtskerzen um die Wette. Sie warfen ihren hellen Schein auch in das Herz der einsamen Frau mit den weißen Haaren und machten es froh und zufrieden.

Die Clarsenschen Kinder, die den armen Kleinen ebenfalls gern eine Freude machen wollten, hatten die Erlaubnis erhalten, daß jedes ein Stück von seinem Spielzeug herschenken durfte! Die meisten Mädelchen besaßen mehrere Puppen, da gaben sie den kleinen Blondköpfchen mit Freuden eine ab. Annemarie aber hatte nur ihre Gerda.

„Nein, Gerdachen, dich geb' ich nicht weg, wir beide bleiben zusammen, bis wir alt und grau sind. Mit dir sollen meine Kinder und Enkelchen noch mal spielen", sagte Doktors Nesthäkchen leise zu ihrer Puppe, die mit ängstlichen Glasaugen das unter ihren Spielsachen eine Auswahl treffende kleine Mädchen beobachtete. „Lieber gebe ich meinen großen Gasball oder eins meiner Märchenbücher."

Mit „Vel (viel) Dank ok, Fru Kaptän", schurrten die kleinen Füßchen wieder aus dem Hause hinaus.

Nun endlich kam die Bescherung für die Bewohner der Villa. Die Kinder konnten es schon gar nicht mehr erwarten. Als die Weihnachtsklingel erklang und die Türen zum Zimmer der Frau Kapitän, das die Zöglinge sonst nur selten betraten, sich öffneten, wagten sie sich zuerst nicht näher. Viele Tischchen standen in dem geräumigen Zimmer, und auf jedem flammte das selbstgeputzte Weihnachtsbäumchen. Ganz anders als zu Hause sah es aus und doch – als Fräulein Mahldorf am Klavier jetzt „Stille Nacht, heilige Nacht" anschlug, und alles mit heller Stimme einfiel, da hatte kein Kind das Gefühl, in der Fremde zu sein. Dasselbe Lied sangen jetzt die Eltern und Geschwister daheim, die Klänge des Weihnachtsliedes verbanden sie mit ihren Lieben in der Ferne.

Kaum war der letzte Ton verzittert, so war auch kein Halten mehr. Ein jedes stürzte zu seinem Tischchen, das es an dem Weihnachtsbäumchen herauserkannte. Aber noch immer wurden die verheißungsvoll umfangreichen Pakete aus der Heimat nicht geöffnet. Da lag noch so manches, was erst noch mit Jubel in Empfang genommen werden mußte. Jedem der kleinen Mädchen hatte Frau Kapitän einen Bernsteinanhänger an einem Kettchen zur Erinnerung geschenkt. Von Tante Lenchen bekamen sie ein Album mit Ansichten der Insel Amrum. Fräulein Mahldorf hatte ihnen „Friesische Sagen und Märchen" aufgebaut, und selbst Miß John hatte auf jedes Tischchen ein Päckchen Schokolade gelegt. Das war ein Glück, ein Freuen und sich Bedanken. Dann aber ging's an die Heimatskiste. Die Papiere und Schnüre flogen, glückselige Ausrufe begleiteten ein jedes Stück, das den Tiefen der Kisten entstieg.

„Ein Täschchen – ein Sonntagskleid – ach, die entzückenden Schuhchen – Hurra, ich hab' den Rodelschlitten, den ich mir gewünscht – und ich die Markensammlung. – Tante Lenchen, sehen Sie bloß mal, eine richtige Uhr" – so ging das hin und her.

Frau Kapitän und Tante Lenchen hatten die Gabe, sich mit jedem der Kleinen mit zu freuen. Vor soviel Kinderglück mußte jede trübe Erinnerung, die gerade an festlichen Tagen des Jahres ihre Stimme besonders laut zu erheben pflegt, verstummen.

Aber die Damen selbst gingen auch nicht leer aus. In der Handarbeitsstunde bei Fräulein Mahldorf hatten die Mädelchen alle für Frau Kapitän und für Tante Lenchen emsig gestichelt. Kissen und Deckchen, Körbchen und Läufer waren da entstanden, mit denen die so treu für sie Sorgenden erfreut wurden.

Inzwischen hatte Frau Kapitän ihren Dienstboten, Line und Dörthe, den Weihnachten beschert. Auch in den Heimatspaketen der Kinder fand sich eine nette Kleinigkeit für die Mädchen des Hauses. Außerdem war es Sitte, daß die Zöglinge jedem Mädchen drei Mark gaben. Von ihrem Taschengelde, das Frau Kapitän für die Kinder verwaltete, wurden ihnen dieselben ausgezahlt.

Für Annemarie bedeutete das eine schwierige Überlegung. Die Kleine hatte nicht vergessen, daß Dörthe damals kurz nach ihrem Eintritt ihre Unordentlichkeit Tante Lenchen gemeldet hatte. Was – dafür, daß die Dörthe sie verklatscht hatte, sollte sie ihr noch obendrein einen ganzen Taler schenken? Nein, das tat sie bestimmt nicht. Zehn Pfennige war mehr als genug für sie. Was konnte man sich für einen Groschen nicht alles kaufen! Ein kleines Badepüppchen, einen Triesel, einen winzigen Ball, Gummizucker und Johannisbrot. Nein, wirklich, die Dörthe konnte noch ganz zufrieden sein, wenn sie ihr einen ganzen Groschen schenkte!

Nachdem Doktors Nesthäkchen Line, der Köchin, ihren Taler und den Blusenstoff von den Eltern überreicht hatte, wandte sie sich an Dörthe. Auch diese bekam aus Berlin einen netten Stoff.

„Da“, sagte Annemarie und händigte dem Hausmädchen das Geschenk der Eltern ein, „und hier ist noch ein Groschen für Sie, Dörthe“ – das klang ungeheuer großartig – „und wenn Sie mich, als ich herkam, nicht verklatscht hätten, daß ich meine Sachen herumliegen lasse, hätte ich Ihnen sogar einen Taler geschenkt!“ So – die Dörthe sollte wenigstens doch auch wissen, warum die Line einen Taler bekam, und sie nur einen Groschen.

Das Mädchen machte ein ganz betroffenes Gesicht. Viele Jahre war sie schon in der Villa Daheim, aber solch ein Weihnachten hatte ihr noch kein Kind angeboten. Sie wußte nicht, sollte sie sich ärgern oder lachen.

Auch Tante Lenchen, die Annemaries Rede gehört, mußte sich zur Seite wenden, um ihre belustigte Miene zu verbergen. Dann aber neigte sie sich zu dem energischen kleinen Blondkopf herab.

„Annemarie," flüsterte sie ihr zu, „hätte die Dörthe mir damals nicht mitgeteilt, daß du deine Sachen herumliegen läßt, dann würde ich mich jetzt bei der Wochenkontrolle wohl nicht jedesmal über deinen Schrank und deine Kästen freuen können. Du bist der Dörthe nur zu Dank verpflichtet, daß du jetzt ein ordentliches kleines Mädchen geworden bist!" sagte sie mahnend.

Doktors Nesthäkchen wurde rot. Es schwankte. Dann aber siegte Annemaries gutes Herz. Wenn das wirklich so war, daß sie der Dörthe dankbar sein mußte – und Tante Lenchen mußte es doch wohl wissen – dann war es Anrecht, dem Mädchen den Taler nicht zu geben. Schnell lief die Kleine hinter Dörthe her.

„Da, Dörthe, ich hab's mir doch anders überlegt, da haben Sie Ihren Taler! Aber den Groschen müssen Sie nun wiedergeben: Jetzt lachte die Dörthe wirklich über das drollige kleine Mädchen – Annemarie fand das ganz in der Ordnung. Natürlich, die konnte sich auch freuen, wenn sie den Taler nun doch noch bekam.

Nachdem die Bescherung in der Villa vorüber war und die schönen Geschenke genugsam bewundert worden, schlüpften die Clarsenschen Kinder in ihre warmen Mäntel. Nun ging es zu Vadder Hinrich und Modder Antje in das mit Eiszapfen behangene Friesenhäuschen, denen ihren Weihnachten zu bringen.

Ein bewunderndes „Ah" entschlüpfte den Kinderlippen, als sie die Tür des buntkacheligen Friesenstübchens öffneten. In der Mitte hing von der

Decke herab eine weihnachtliche Bauernkrone aus Tannengewinde und bunten, herabflatternden Bändern, ringsum im Kreise mit brennenden Lichtchen besteckt.

„Ih, sowat habt ihr lütten Stadtdeern doch woll noch nich seihn (gesehen)“, sagte Mutter Antje zu ihren bewundernden kleinen Gästen. „Nu sollt ihr aber ok min (meinen) Weihnachtskuchen kosten.“ Gutmütig stopfte sie die Mäulchen und Händchen mit Gebäck voll. Kaum nahm sie sich vor lauter Gastlichkeit Zeit, die Gaben, die Tante Lenchen für sie beide auf dem weißgescheuerten Tisch ausbreitete, in Empfang zu nehmen.

Am meisten freuten sich Vadder Hinrich und Modder Antje über Annemaries Weihnachtsgeschenk. Das kleine Mädchen hatte die böse Sturmnacht, in der die beiden alten Leutchen sie heimgeholt, nicht vergessen. Dankbar hatte sie jedem von ihnen ein Paar Pulswärmer gestrickt.

„Nee, wo nüdlich! Dat hat de lütte Deern selbst für uns makt (gemacht)?“ Oll Modder Antje konnte sich gar nicht vor Freude beruhigen.

Vadder Hinrich aber ging an die alte Truhe in der Ecke und begann darin zu kramen. Dann brachte er sieben allerliebste Segelschiffchen herbei, die er für seine kleinen Freunde verfertigt. Ei, die sollten im nächsten Sommer aber tüchtig auf den Wellen schaukeln!

Die ganze kleine Gesellschaft nahm nun auf der Ofenbank um den grünen Kachelofen, in dem das Kienfeuer gemütlich prasselte und knackte, Platz. Mutter Antje holte ihren Spinnrocken herbei – denn am Weihnachtsabend spinnt man sich den Segen für das kommende Jahr ins Haus, so berichtet die friesische Sage. Oll Vadder Hinrich stopfte sich seine Pip Toback. Und nun ging's ans Vertellen (Erzählen). Der Faden des Spinnrädchens schnurrte mit dem Faden der Erzählung der Alten um die Wette.

Mit heißen Wangen und glänzenden Augen lauschten die Kinder. Wie die guten „Onnerbankjes“ – so heißen die kleinen Geister, weil sie heimlich unter der Bank hocken und alles im Hause hören und sehen – dem armen Fischer am Weihnachtsabend einen goldenen Fisch ins Netz gezaubert, daß er Geld genug hatte, sein Leben lang. Wie sie der armen Witwe mit den hungrigen Kleinen den Wundertopf geschenkt, in dem stets eine gute Weihnachtsgrütze brodelte. Wie sie dem Kranken einen Trank von vielerlei Heidewurzeln gebraut, daß er wieder ganz gesund wurde. Aber auch von Schabernack, von so mancher Strafe wußte die spinnende Alte zu berichten, welche die kleinen Wichtelmännchen den faulen und schlechten Menschen zuteil werden ließen.

Ängstlich lugte der Peter unter die Ofenbank, auf der er saß. Hockte da auch keiner von den winzigen Gesellen, die ihm übel mitspielen wollten? Denn ein ganz reines Gewissen hatte der Peter eigentlich niemals.

Aber alles nimmt mal ein Ende, leider auch der Weihnachtsabend. Durch den schneeknirschenden Garten stampften die Kinderfüße wieder zurück zur Villa. Annemarie Arm in Arm mit ihrer Freundin Gerda. Beide blickten zum sternfunkelnden Himmel empor. Stern an Stern blitzte und flammte da – das war der himmlische Weihnachtsbaum, den der liebe Herrgott für seine Englein dort droben angezündet.

19. Kapitel. Kinderfest

Die Wellen des Meeres rollten dahin, unaufhörlich, eine nach der andern. So rollten auch die Tage in dem Wittdüner Kinderheim ab, einer nach dem andern. Der Winter mit seinen jauchzenden Schneeballschlachten und lustigen Schlittenfahrten durch die frostblinkende Heide, mit seiner fleißigen Arbeit und den traulichen Feierabenden ging dahin. Später als im Binnenland wagte sich der Frühling an die sturmumwehte Meeresküste. Erst nach Ostern lugten im Garten auf den Kinderbeeten die ersten Veilchen und Primeln heraus.

Ostern hatte manche Veränderung in Villa Daheim gebracht. Ein Teil der Zöglinge verließ das liebe Haus – neue kamen. Die Backfische und

Ellen, Peter und Lothar, sie waren gekräftigt wieder in ihre Heimat zurückgekehrt. Allen ward der Abschied schwer.

Trotzdem der schlimme Peter sich im Laufe der Zeit gebessert hatte, war seine Abreise nur vorteilhaft für Doktors Nesthäkchen. Die jetzt elfjährige Annemarie schloß sich nun noch inniger an die sanfte Gerda an. Der lange Aufenthalt an der Nordsee hakte bei Gerdas Leiden geradezu Wunder gewirkt. Das Hinken und die Steifheit des Beines hatte sich vollständig gegeben. Wenn das kleine Mädchen sich auch noch schonen mußte und noch nicht umhertollen durfte, konnte man es doch schon als geheilt betrachten. Annemarie war über die Genesung ihrer Freundin fast noch glücklicher als diese selbst.

Wie erstaunte Doktors Nesthäkchen aber, als sie eines Tages unter den neu ankommenden Zöglingen ihren kleinen Rollstuhlfreund Kurt aus Vaters Klinik erkannte. Doktor Braun hatte den Jungen, da er durch die Briefe seiner Lotte von dem glänzenden Erfolg bei Gerda Eberhard gehört, ebenfalls an die Nordsee geschickt, um dort gesund zu werden.

Kurt aber erkannte seine kleine Freundin, mit der er damals nur von weitem verkehren durfte, nicht. Trotzdem er von Doktor Braun wußte, daß Annemarie sich in dem Wittdüner Kinderheim befand. Was – das sollte das kleine bleiche Mädchen sein, mit den müden Augen, wie er sie in Erinnerung hatte? Das war ja ein braunrot gebranntes, wie ein Bauernmädel aussehendes Kind! Aber als Annemarie ihn freudig begrüßte, mußte er es wohl glauben, daß die Nordsee diese wunderbare Verwandlung hervorgebracht.

„Und du wirst hier auch ganz gesund werden wie meine Freundin Gerda! Paß mal auf, Kurt, wir laufen noch miteinander Wette“, tröstete sie warmherzig den armen Jungen, der immer nur vom Rollstuhl aus den frohen Spielen der andern Kinder zuschauen durfte.

In der Tat, das Befinden des gelähmten Knaben besserte sich in der reinen, salzhaltigen Sonnenluft von Tag zu Tag. Bald färbte sich auch sein wachsbleiches Gesicht ein wenig rosig. Und als die rotweißen Strandkörbe alle wieder aus dem Seesand emporwuchsen, als die Sommerferien wieder ins Land zogen, konnte er bereits die ersten Gehversuche machen. Freilich noch an Stöcken, aber es war doch immerhin ein Anfang.

Herr und Frau Hauptmann Eberhard, Gerdas Eltern, kamen über die Sommerferien nach Wittdün. Wie glücklich waren sie, ihr Töchterchen geheilt wiederzusehen. Nach Ablauf der Ferien sollte Gerda wieder mit ihnen nach Breslau heimkehren.

Auch Annemaries Jahr an der Nordsee näherte sich nun seinem Ende. Sie hatte so sehr gehofft, daß ihre Eltern mit Hans und Klaus im Juli ebenfalls nach dem Nordseebad kommen würden. In jedem Brief an die Brüder hatte sie herrliche Pläne mit ihnen zusammen geschmiedet, wie sie ihnen alles auf der Insel zeigen wollte. Freilich an ihren Abschied von Villa Daheim, da mochte die Annemarie gar nicht denken. Die Tränen traten ihr in die Augen, sobald man davon sprach. Doktors Nesthäkchen, das vor einem Jahre durchaus nicht ins Kinderheim wollte, löste sich jetzt unsagbar schwer von den lieben Menschen allen und dem frohen Leben am Meeresstrand. Denn daß die Eltern sie dann gleich nach Berlin mit zurücknehmen würden, war sicher. Aber es kam anders, wie Annemarie es sich ausgemalt hatte. Die Mutter reiste während der Sommermonate nach England, wo sie Verwandte hatte. Auf der Rückreise im August wollte sie dann ihr Nesthäkchen von der Insel Amrum abholen. Dem Vater hatte das Wandern im Hochgebirge mit seinen beiden Jungen so gut gefallen, daß er wieder mit ihnen nach Tirol zu fahren beschloß. So wurde nichts aus den gemeinsamen Ferien auf Wittdün.

„Wißt ihr's schon, am nächsten Donnerstag ist Kinderfest – da gibt's Schokolade und Kuchen im Kurhaus, und abends machen wir einen Fackelzug“, Annemarie rief es aufgeregt einigen kleinen Berlinerinnen, mit denen sie sich während der Ferien angefreundet hatte, zu.

„Au – fein – dann ziehe ich mein rosa Battistkleid an, und ich mein hellblaues Blümchenkleid“, die eitlen kleinen Damen machten einen Luftsprung vor Freude.

„Und Blumenkränze dürfen wir uns ins Haar setzen, und Spiele mit Preisverteilungen werden auf dem Kurhausplatz gespielt – – –“

„Und dann findet ein Burgenwettbewerb statt“, fiel Gerda der Freundin ebenfalls in heller Vorfreude ins Wort. „Wer seine Burg am schönsten schmückt, der wird preisgekrönt und bekommt ein Geschenk!“

„Famos – ich weiß schon, womit wir unsere Burg schmücken, aber ich sag's nicht! Doch, Gerdachen, dir vertrau' ich's an, und auch dem Kurt, wir drei wollen zusammen unsere Burg fein machen“, die beiden Freundinnen neigten tuschelnd die Köpfe zusammen.

Die kleinen Berlinerinnen und bald auch der größte Teil der andern Kinder begannen ebenfalls eifrig zu beraten, wie man wohl den Preis für die schönste Burg gewinnen könne. Aus Muscheln, Blumen und Seetang ließen sich in dem weißen Dünensande allerlei nette Figuren legen.

Auch unter den erwachsenen Badegästen am Strande und auf der sogenannten „Trampelbahn“ sah man aufgeregte, eifrig beratende Gruppen. Aber deren Überlegungen galten nicht dem Kinderfest und dem Burgenwettbewerb. Die waren ernsterer Natur.

Österreich hatte Serbien den Krieg erklärt. Das brachte die Gemüter in Aufruhr. Oder vielmehr die Möglichkeit, daß Deutschland als Österreichs Bundesgenosse, falls Rußland feindlich vorging, in den Krieg mit hineingezogen werden könnte. Sollte man abreisen oder bleiben – keiner wußte, was das Richtige war.

Die spielenden Kinder unten am Strande ahnten nichts von der Gefahr, die ihrem Vaterlande drohte. Sie schnappten wohl aus den Gesprächen der Großen mal das Wort „Krieg“ auf, aber sie verstanden es gar nicht. „Krieg“, den gab's bloß in der Geschichtsstunde, allenfalls noch zwischen den Geschwistern daheim.

Immer heißer brannte die Sonne vom Himmel herab, als gebe sie sich ganz besondere Mühe, den Badegästen zu zeigen, wie schön es in Wittdün sei. Aber all ihr Flimmern und Gleißen nützte nichts – eine Familie nach der andern reiste in dieser letzten Juliwoche nach Haus. Alles Jammern der Kinder wegen des bevorstehenden Kinderfestes, auf das sie sich so gefreut, und das sie nun nicht mehr mitmachen konnten, war umsonst.

Zuerst waren es nur die ganz ängstlichen Gemüter, die Reißaus nahmen. Aber die meisten Familien hielten schon heimlich ihre Koffer gepackt und warteten nur auf Telegramme aus der Heimat, die sie zurückriefen. Von Tag zu Tag wuchs die Zahl der Abreisenden. Die Mittagstafeln in den Hotels wurden kleiner und kleiner. Die Post wurde umlagert, ebenso das Lesezimmer, in dem die neuesten Zeitungsnachrichten auslagen.

Mit großen, ziemlich verständnislosen Augen blickten die Kinder in das aufgeregte Treiben. Ihr Denken gipfelte in dem Schmuck ihrer Burgen zu dem Kinderfest.

Annemarie, Gerda und Kurt hatten einen wunderhübschen Einfall. Eine kleine friesische Bauerndeern mit einer Gänseherde legten sie auf ihrem Burgwall aus weißen, blauen, rosa, und gelblichen Muscheln, großen und kleinen. Die Gerte, mit der die kleine Deern die Gänse vor sich hertrieb, wurde aus Seetang kunstvoll verfertigt. Kurt war besonders erfinderisch, Gerda wußte nach seinen Angaben die Muscheln ganz allerliebst zu legen. Annemarie aber hatte das Ausschmücken der Burg mit Blumen übernommen. Dem lebhaften Wesen des kleinen Mädchens dauerte das Zusammensetzen der Muscheln zu Bildern viel zu lange. Eifrig bewunderte sie, wie ein Gänschen nach dem andern unter Kurts und Gerdas geschickten Händen entstand. Dazwischen aber hatte sie noch Zeit, nach den benachbarten Burgen zu schielen, ob die auch ja nicht schöner wurden als die ihrige.

Da sah man einen Zeppelin aus Muscheln, ein Torpedoboot mit Kanonen, ein Segelschiff und ein Flottenbild. Nanu, was bauten denn Gretchen und Elschen, die beiden kleinen Berlinerinnen, da drüben? Angestrengt äugte Annemarie hinüber zu den beiden.

Herrjeh – das wurde ja der Struwwelpeter, nein, war das aber ulkig! Sein Zottelhaar war aus schwarzem Seetang vorzüglich nachgebildet, ebenso die langen Nägel. Hellauf mußte Annemarie lachen.“Gerda und Kurt, seht doch bloß mal, was Gretchen und Elschen Feines machen. Den Struwwelpeter – ach, die werden uns doch nicht etwa den ersten Preis fortschnappen?“ Ein wenig ängstlich verglich sie die beiden

Kunstprodukte, das friesische Gänsemädel und den Struwwelpeter, miteinander.

Nein, Elschen und Gretchen schnappten ihnen nicht den ersten Preis beim Burgenwettbewerb fort. Und zwar aus dem einfachen Grunde, weil – sie selbst fort waren. Auch Gerda sollte nicht mehr den Erfolg ihrer Mühe ernten.

Genau so, wie sich die Aufregung der noch anwesenden Kleinen am Vorabend des Kinderfestes in seliger Erwartung desselben steigerte, stieg auch das Kriegsfieber der Großen. Die in Wittdün weilenden Offiziere waren am Nachmittag telegraphisch zurückgerufen worden – daß dies drohende Kriegsgefahr bedeutete, konnte sich jeder an den fünf Fingern abzählen.

Herr und Frau Hauptmann Eberhard ließen sich in größter Hast bei Frau Kapitän Clarsen melden. Schon mit dem nächsten Dampfer, der noch am Abend ging, mußten sie fort. Gerda natürlich mit ihnen.

In Villa Daheim hatte man die Sachlage bisher gar nicht so ernst angesehen. Man lachte sogar über die Ängstlichen, die sich so schnell ins Bockshorn jagen ließen und Hals über Kopf davonfuhren. Es kamen ja noch täglich neue Badegäste an. Das wäre doch sicher nicht der Fall gewesen, wenn es gar so ernst draußen ausgeschaut Hütte.

Jetzt freilich, wo das Militär abberufen wurde, kam auch den Damen in Villa Daheim die ernste Gefahr zum Bewußtsein. Es war ein Glück, daß die meisten ihrer Zöglinge ihre Angehörigen jetzt während der Ferien auf Wittdün hatten, da waren die Damen der großen Verantwortung, für die rechtzeitige Heimreise der Kinder Sorge tragen zu müssen, überhoben. Ein Bremer und ein Hamburger Kind wurde vom Vater am Donnerstag selbst geholt. Nur Annemarie, Kurt und Klein-Annekathrein waren ohne Angehörige auf Wittdün.

Mit ungläubigen Augen sah Doktors Nesthäkchen zu, wie Frau Hauptmann Eberhard im Verein mit Tante Lenchen in höchster Eile Gerdas Sachen zusammenpackte.

Was – heute noch sollte die Gerda fort, wo morgen das Kinderfest war, auf das sie sich beide so gefreut hatten? Wo sie alle beide weiße Stickereikleider mit rosa Seidenschärpen wie Zwillinge anziehen wollten? Das war doch gar nicht möglich!

„Ach, liebe Frau Hauptmann, bitte, bitte, lassen Sie die Gerda doch noch wenigstens bis Freitag hier. Wir haben uns doch so auf das Kinderfest gefreut! Und mit wem soll ich denn da morgen überhaupt beim Fackelzug gehen, wenn die Gerda fort ist?“ Annemarie mußte sich große Mühe geben, die Tränen der Enttäuschung zurückzuhalten.

„Ja, mein Herzchen, der Krieg fragt leider nicht nach Kinderfest und Kinderwünschen. Ich wollte auch, die Abreise wäre nicht nötig. Aber wenn es sein muß, wenn der Krieg unabwendbar ist, da müssen alle persönlichen Wünsche schweigen. Da dürfen wir nur an das Wohl unseres teuren Vaterlandes denken. Das könnt ihr Kinder, so jung ihr seid, auch schon begreifen. Die Großen wie die Kleinen müssen in solcher Zeit Opfer bringen,“ sagte Frau Hauptmann ernst.

„Ja, aber – aber ich habe doch dann gar keine beste Freundin mehr hier im Kinderheim, wenn Sie mir die Gerda wegnehmen!“ Jetzt ließen sich Annemaries Tränen nicht länger zurückhalten. Sie perlten und kullerten über die roten Backen, während sie den Arm fest, ganz fest um den Hals der Freundin schlang. Nein – solch ein großes Opfer könnte selbst das Vaterland nicht von ihr verlangen!

Auch die Augen des rotblonden Lockenköpfchens hatten sich mit Tränen gefüllt. Gerda ging der Abschied von der lustigen Annemarie ebenfalls nahe.

Frau Hauptmann wandte sich an Tante Lenchen.

„Was meinen Sie, Fräulein Petersen, ob wir die Annemarie Braun mit uns nehmen? Wir fahren sowieso über Berlin, dann ist das Kind wenigstens bei den Eltern daheim.“

Mit Gerda zusammen reisen – himmlisch – aber „nee, nee, das geht ja gar nicht! Meine Mutti kommt ja im August aus England mich holen – na,

Mutti würde schöne Augen machen, wenn ich heidi bin!“ noch unter Tränen mußte Annemarie lachen.

„Ich danke Ihnen vielmals, gnädige Frau, für Ihren freundlichen Vorschlag. Aber Ihr Gatte meinte, der Krieg wäre noch gar nicht sicher, es könnte noch alles mit Rußland sich gütlich ordnen. Ich möchte Annemaries Eltern in ihren Entschließungen ungern vorgreifen. Vielleicht kommt ein Telegramm, oder der Vater am Ende persönlich, sein Töchterchen zu holen. Dann wäre es für uns sehr peinlich, wenn Annemarie schon fort wäre. Sollte die Abreise von hier unbedingt notwendig werden – was Gott verhüten möge – so würden meine Schwester und ich selbst die Kinder heimbringen,“ antwortete Tante Lenchen.

Annemarie fiel ein Stein vom Herzen. Nein, sie wollte noch in Wittdün bleiben, überhaupt – wo morgen Kinderfest war!

Bis zur Landungsbrücke gab sie ihrer Freundin Gerda noch das Geleit. Das Schiff war überfüllt. Nicht nur die Offiziere reisten ab, sondern auch ein großer Teil Zivilpersonen. Unter all den vielen Menschen entdeckte Annemarie auch Elschen und Gretchen aus Berlin, die ihren Struwwelpeter schweren Herzens in Stich lassen mußten. Kaum konnte sie Gerda einen Abschiedskuß geben, so drängten die Leute, um noch einen Platz auf dem Schiff zu erlangen. Die Tücher wehten, und das Schiff rauschte in den aufschäumenden Wogen dahin. Es trug manchen davon, der erst vor wenigen Tagen angekommen war.

Annemarie schlief heute allein in ihrem rosa Zimmer, das sie seit Ellens Fortgang nur noch mit der Freundin geteilt. Aber da die lebendige Gerda nun fort war, holte sich Doktors Nesthäkchen Puppe Gerda zur Gesellschaft herauf. Es war ihr sonst gar zu einsam.

„Nun habe ich nur noch dich,“ sagte sie leise zu ihrer Puppe. Die machte ein Gesicht, als ob sie jedes Wort verstände.

Einen blaueren Himmel, und eine goldenere Sonne konnten sich die Kinder und die Wittdüner Badedirektion nicht wünschen, wie sie am Donnerstag über der Nordseeinsel Amrum erstrahlte. Und dennoch – es war leer geworden in Wittdün. Weder Burgenwettbewerb noch Fackelzug vermochten die Heimflüchtenden zurückzuhalten.

So waren es statt der mehreren hundert, wie man gedacht, nur noch einige sechzig Kinder, die sich am Donnerstag Nachmittag um drei am Friesenhäuschen oben auf der „Trampelbahn“ versammelten. Es war ein wunderhübsches Bild, all die sonnengebräunten Kleinen mit den leuchtenden Augen und den nackten Beinchen! Das Herz im Leibe konnte einem lachen, wenn man die niedlichen, festlich gekleideten Blond- und Schwarzköpfchen zu Paaren antreten sah. Aber dazu mußte einem das Herz auch leicht und froh sein. Und das war es ganz und gar nicht. Je Heller die Sonne in Wittdün vom Himmel strahlte, umso dunkler und schwerer wurden die Wolken, die an Deutschlands Friedenshimmel aufzogen.

Die Kleinen, welche durch die Angst und Aufregung der Erwachsenen auch schon etwas beklommen geworden, vergaßen das alles bei den ersten Klängen der Musik. Die Badekapelle von Wittdün voran, Knaben mit wehenden Fahnen oder Trommeln. und blumengeschmückte kleine Mädchen hinterdrein, so setzte sich der feierliche Umzug die Wandel- oder Trampelbahn entlang in Bewegung. An den schön geschmückten Burgen vorüber ging es, da klopfte manch Kinderherz schneller vor Erwartung – wer würde der Glückliche sein, der den Hauptpreis davontrug?

Annemarie hatte sich, da Gerda abgefahren, keine andere Partnerin gesucht. Neben Kurts Rollstuhl schritt sie getreulich als letztes Paar. Der arme Junge sollte sich heute nicht ausgestoßen von den anderen fröhlichen Kindern fühlen. Manch mitleidiger Blick streifte den Knaben und blieb dann auf dem allerliebsten blonden Ding an seiner Seite haften. Auch Tante Lenchen, die mit Frau Kapitän zusah, klopfte Doktors Nesthäkchen anerkennend die heißen Wangen: „Brav, Annemarie, daß du so treu zu dem Kurt hältst!“

Auf dem Platz vor dem Kurhause waren lange Tafeln gedeckt. Dort wurden die kleinen Gäste mit Schokolade, Schlagsahne und Kuchen bewirtet. Annemarie saß strahlenden Gesichts neben Kurt und ließ es sich schmecken.

Kaum waren die Tassen geleert und die Kuchenberge vertilgt, so ging's ans Spielen. Drei große Kreise wurden gebildet unter Leitung der Damen aus den verschiedenen Kinderheimen. Da spielte man Katze und Maus, Blindekuh und Dritten abschlagen – war es möglich, daß die Eltern bei dem Jauchzen und Jubelgekreisch ihrer Kinder noch düstere Kriegsgedanken hegen konnten?

O ja – dieses und jenes Kind wurde plötzlich aus dem frohen spielenden Kreis entfernt. Der weiße Feststaat wurde in Windeseile mit Reisekleidern vertauscht, und noch ehe das Kinderfest zu Ende war, saßen schon wieder so und so viele von den kleinen Gästen, die noch vor kurzem nichtsahnend ihre Schokolade getrunken, auf dem heimwärts dampfenden Schiff. Aber ohne Weinen ging das freilich nicht ab, und daran waren nur die Eiltelegramme schuld, welche die Eltern erhalten.

Das Kinderfest nahm inzwischen seinen Verlauf, wenn auch nicht ganz ungestört von diesen unvorhergesehenen Abfahrten.

Wettspiele fanden statt mit Preisverteilung. Annemarie Braun wurde Siegerin im Wettlauf und erhielt ein allerliebstes Bild von Wittdün. Dann wurden die am schönsten geschmückten Burgen prämiiert. Der Hauptpreis, in einem Tennisschläger bestehend, fiel einem Bremer Geschwisterpaar zu. Die hatten die Bremer Stadtmusikanten ganz reizend auf ihrer Burg aus Muscheln fabriziert.

„Au, werden die sich um den Tennisschläger aber zanken," meinte Annemarie zu Kurt, der den Spielen nur zuschauen durfte. Doch er tat es frohen Auges, er war ja so glücklich, überhaupt dabei sein zu können.

„Zweiter Preis – ein Gänsemädel," erschallte es da von dem Geschenktisch mitten in die Unterhaltung der zwei hinein.

„Wir – wir" – in höchster Aufregung wollte Doktors Nesthäkchen nach vorn stürmen. Da aber fiel ihr ein, daß sie ja eigentlich das Wenigste an dem Gänsemädelbild gemacht hatte. Gerda war fort, und Kurt, den

Hauptkünstler, wollte sie zurücklassen? Nein, so gemein war sie nicht. Mit einigen kräftigen Stößen schob sie den Rollwagen durch die sich um den Preisrichter drängende Menge.

„Hier – Kurt hat den Gänsemädelpreis gewonnen!" rief sie mit schallender Stimme statt des schüchternen Knaben.

Man überreichte Kurt mit einigen anerkennenden Worten Andersens Märchen. Der Junge stammelte einen verlegenen Dank. Glückstrahlend blickte er auf das schöne Buch, das er besonders liebte. Dann aber wandte er sich in plötzlichem Entschluß an die hinter ihm stehende Annemarie.

„Da, Annemie, du hast ebenso viel Teil an dem Preis wie ich," sagte er selbstlos.

„Nee – ih wo, keine einzige Gans stammt von mir, und dann habe ich ja auch schon das schöne Bild," ereiferte sich Doktors Nesthäkchen. Da mußte sich Kurt wohl zufrieden geben.

Als es dämmerte, erhielt jedes Kind eine bunte Stocklaterne. Und nun fand der Fackelzug mit Musik statt. Wie eine Kette von Leuchtkäferchen, so schlängelte es sich durch die Straßen Wittdüns den Strand entlang. Allerlei Volkslieder spielte die Kapelle auf, und hell fielen die jungen Stimmen ein. Zuletzt erschallte es „Deutschland, Deutschland über alles" – die Klänge verschmolzen mit dem ewigen Lied des brausenden Meeres.

„Von der Maas bis an die Memel, von der Etsch bis an den Belt" – würde es nötig sein, daß sich ganz Deutschland zu Schutz und Trutze brüderlich gegen den drohenden Feind zusammenschloß? So fragte sich manch banges Herz an diesem friedlichen, in purpurner Schönheit ersterbenden Juliabend am Nordseestrand.

20. Kapitel. Auf der Flucht

Es war merkwürdig still am nächsten Tage in Villa Daheim, die sonst von lauten, fröhlichen Kinderstimmen widerzuhallen pflegte. Bis auf Annemarie, Kurt und Klein-Annekathrein war das Haus kinderleer geworden. Aus allen Zimmern, aus allen Ecken, ja selbst draußen im Garten gähnte einem eine bedrückende Stille entgegen.

Doktors Nesthäkchen, das sonst für ein halbes Dutzend Radau machen konnte, wagte in dieser ungewohnten Ruhe heute gar nicht zu lachen, zu singen und zu springen. Sonderbar beklommen war es Annemarie zumute. Nicht einmal die Erinnerung an das gestrige schöne Kinderfest vermochte diese ungewohnte Stimmung zu zerstreuen.

Was war bloß schuld daran? Daß Miß John heute morgen ganz plötzlich nach England abgedampft war, konnte wohl nicht der Grund sein. Auch daß Fräulein Mahldorf, die ihre Heimat in Ostpreußen hatte, zwei Stunden später ebenfalls zu ihrer Mutter nach Hause reiste, ging Annemarie doch nicht so schrecklich nahe.

Nein, die sorgenvollen Mienen und das leise Flüstern und Beraten von Frau Kapitän und Tante Lenchen wirkten wohl so beklemmend. Und auch, daß die Dörthe immerzu nach der Post geschickt wurde, ob denn inzwischen noch kein Telegramm gekommen sei von den Eltern der noch anwesenden Kinder, war aufregend. Zu jedem Dampfer ging Tante Lenchen mit Annemarie zum Strand hinunter, sie glaubte bestimmt, Herr oder Frau Doktor Braun würde selbst ihr Töchterchen abholen.

Ach – Annemaries Mutter ahnte in ihrem englischen Landaufenthalt gar nicht, daß die Kriegsgefahr für Deutschland so nahe war. Und Doktor Braun machte gerade eine mehrtägige Hochtour mit seinen Jungen. Bis in die Gletscherwelt hinauf flatterten die aufregenden Kriegsnachrichten nicht.

Auch der Strand, an dem vor zwei Tagen regstes Badeleben geherrscht, lag heute wie ausgestorben da. Nur vereinzelte Familien sonnten sich noch in dem weißen Sande: nur wenige Kinder panschten und spielten noch am Wasser. Die rotweißen Strandkörbe standen verlassen und langweilten sich.

Nein, war das heute mopsig! Kurt hatte grade seine Liegekur und las in seinem neuen Märchenbuch. Annekathrein, die sich gestern beim Kinderfest einen Schnupfen geholt hatte, sollte im windgeschützten

Garten in der Sonne bleiben. So war Doktors Nesthäkchen ganz allein am Strande. Und das sollte nun alle Tage so sein, bis Mutti kam und sie mit nach Haus nahm? Nee, dafür dankte die Annemarie. Sie fand es jetzt gar nicht mehr lustig an der Nordsee.

Vielleicht war es im Garten hübscher. Da arbeitete Mutter Antje, mit der sie sich unterhalten konnte, und auch mit Annekathrein konnte sie dort spielen. Denn Tante Lenchen, die sie zum Strande begleitet hatte, war heute gar nicht zu einer Unterhaltung aufgelegt, die antwortete immer bloß „hm“, wenn Annemarie sie etwas fragte. Und dann las sie immerzu ihre ollen Zeitungen und machte dazu ernste Augen. Oder aber sie sprach mit irgendeinem Bekannten, dann wurde ihr Gesicht noch sorgenvoller.

Tante Lenchen war es durchaus recht, daß Annemarie bat, zu Hause im Garten spielen zu können. Sie wollte noch mal mit ihrer Schwester sprechen, ob es nicht doch ratsam sei, keine Depesche mehr abzuwarten und den nächsten Dampfer am Nachmittag mit den drei Kindern zu benutzen.

Während die Damen hin und her überlegten, und doch zu keinem Entschluß kommen konnten, halfen Annemarie und Klein-Annekathrein Mutter Antje beim Bohnenpflücken.

„Glauben Sie, daß Krieg wird, Mutter Antje?“ fragte Doktors Nesthäkchen, das nun allmählich auch vom Kriegsfieber ergriffen ward, die Alte.

„Ih, man jo nicht, dat wär' jo slimm, nee, dat glöw' ick (glaube ich) ganz un gor nich, un wat oll Vadder Hinrich is, der glöwt dat ok nich,“ meinte die Alte.

Na also! Warum reisten denn bloß alle Leute ab? Modder Antje und Vadder Hinrich waren doch schon so alt, die mußten das doch wissen!

Am Nachmittag ging Tante Lenchen mit Annemarie baden. Die Badezeiten wechselten täglich mit der Flut. Eine seltsame, schwefelgelbe Beleuchtung lag über dem Meer, gelbbraun rollten die Wogen daher.

Sie waren die einzigen im Wasser – kein Mensch weit und breit zu erblicken.

„Sieh mal, Kind, dort hinten am Horizont, taucht wieder das schwarze Torpedoboot auf, das ich euch schon öfters gezeigt – siehst du – dort, das ist ein Kriegsschiff," Tante Lenchen wies über das schäumende Meer.

Die in den Wellen herumplätschernde Annemarie, der es in dem vereinsamten Damenbad etwas ungemütlich war, blickte in die angegebene Richtung.

„Tante Lenchen – Tante Lenchen – das Torpedoboot ist eben untergegangen – es ist spurlos in den Wellen versunken," rief die Kleine aufgeregt.

Tatsächlich – das eben noch deutlich sichtbare schmale Schiff war plötzlich wie von den Wassern verschlungen.

„Dann ist es sicher ein Unterseeboot gewesen, Annemarie, das untertauchen und stundenlang unter dem Wasser, ohne daß man es sieht, dahinfahren kann. Als Waffe im Seekriege hat man die Unterseeboote erfunden, Gott gebe, daß wir sie nicht gebrauchen!"

„Tante Lenchen, ich graule mich – ich will raus aus dem Wasser," Doktors Nesthäkchen wurde es mit einem Male ganz unheimlich zumute. Alles was Fräulein Julchen vom Quallenkönig auf dem Meeresgrunde erzählt, ward plötzlich wieder in Annemarie lebendig.

Tante Lenchen war einverstanden. Sie hatte heute auch keine rechte Freude am Bade.

Als die beiden wieder die Wandelbahn betraten, kam ihnen oben am Friesenhäuschen eine bekannte Kapitänsfamilie entgegen.

„Wissen Sie es schon, Fräulein Petersen," rief man ihnen schon von weitem entgegen, „über Deutschland ist der Kriegszustand verhängt!"

„Barmherziger Himmel – Gott schütze unser Vaterland und uns alle!" Tante Lenchen murmelte es mit erbleichenden Lippen.

Angstvoll klammerte sich Annemarie an ihre Hand.

Da aber kam wieder Leben in die vor Schreck versagenden Glieder der jungen Dame.

„Ich muß sofort zur Landungsbrücke und hören, wann das nächste Schiff abgeht. Jetzt dürfen wir nicht länger zögern. Ich werde den Eltern telegraphieren, daß wir euch heimbringen, Annemarie."

„Aber Vater und Mutti sind doch gar nicht in Berlin, und Mutter Antje sagt doch, es gibt bestimmt keinen Krieg," vergeblich rief es Annemarie hinter der die hohen Steinkreppen zum Strande herabhastenden Tante Lenchen her.

„Morgen früh um halb neun geht das nächste Schiff erst", wurde ihnen an der Dampferstation als Bescheid.

Bis dahin konnte man mit allem fertig werden. Wieder ging es im Trab die Treppen hinauf zur Post. Dieselbe war von Menschen umdrängt: das ahnte man ja gar nicht, daß überhaupt noch so viele in Wittdün geblieben waren. Ein jeder gab dringende Telegramme in die Heimat auf. Auch Tante Lenchen setzte die Eltern der drei Kinder davon in Kenntnis, daß dieselben morgen zu Hause eintreffen würden.

Etwas beruhigter ging sie nun mit ihrer kleinen Schutzbefohlenen nach Villa Daheim zurück, wo Frau Kapitän Clarsen noch gar keine Ahnung von dem geplanten schnellen Aufbruch hatte. Aber auch sie sah die Notwendigkeit jetzt ein.

In fliegender Eile wurden die Koffer alle gepackt. Annemarie half, so gut sie konnte, durch Zureichen der Sachen. Heimlich aber wunderte sie sich über Tante Lenchen, die sonst ärgerlich war, wenn ihre Zöglinge nicht Ordnung hielten. Heute warf sie selbst alles, wie es gerade kam, in den süßen kleinen Reisekoffer von Annemarie. Nur schnell – man mußte das Gepäck noch am Abend aufgeben.

Endlich konnte oll Vadder Hinrich sämtliche Koffer auf Schubkarren zur Dampferstation hinunterbefördern. Tante Lenchen ging mit, um Fahrkarten zu lösen. Doktors Nesthäkchen, ihr getreuer Schatten heute, hinterdrein.

Während Tante Lenchen Fahrkarten nahm, hörte Annemarie, die ihre Augen und Ohren überall hatte, das Telephon anläuten.

„Also letzter Dampfer heute nacht um halb zwei, morgen werden keine Schiffe mehr abgelassen," deutlich vernahm sie, wie der Beamte die Meldung wiederholte.

„Tante Lenchen," Annemarie zupfte sie erregt am Blusenärmel, „wir können morgen früh nicht fahren, es geht kein Schiff mehr. Heute nacht geht das letzte, hat der Mann eben gesagt – aber da schlafen wir doch!"

„Hast du dich auch nicht verhört, Annemarie, hat er auch nicht morgen mittag um halb zwei gemeint?" forschte die Dame in größter Aufregung.

„Nee – nee – ich hab's deutlich gehört, aber Sie können ihn ja lieber selbst noch mal fragen.

Das tat Tante Lenchen denn auch. Es stimmte – nachts um halb zwei ging der letzte Dampfer nach dem Festlande. Von morgen an hatte die Regierung alle Schiffe beschlagnahmt.

„Was machen wir denn nun bloß, Tante Lenchen – müssen wir nun für immer in Wittdün bleiben?" Doktors Nesthäkchen war das Weinen nahe.

„Wir müssen unbedingt heute nacht fort – wenn wir nach Hause kommen, essen wir sofort Abendbrot, und ihr legt euch schlafen. Um halb zwölf müßt ihr schon wieder aufstehen", setzte Tante Lenchen der mit ihr um die Wette der Villa zujagenden Annemarie auseinander.

„Ach, du heiliger Bimbam, wenn ich nun nicht aufwache? Dann muß ich ja allein hier bleiben – – –"

„Ich wecke dich schon zurzeit, Herzchen", beruhigte Tante Lenchen das aufgeregte Kind. Aber sie selbst war nicht viel ruhiger.

Keins der Kinder konnte heute Abendbrot essen vor lauter Unruhe. Dabei gab es die beliebte rote Grütze. Frau Kapitän schickte die drei sofort ins Bett, aber es dauerte lange, bis die kindlichen Gemüter sich soweit beruhigt hatten, um Schlummer zu finden.

„Also heute schlafe ich das letztemal auf Wittdün – lieber Gott, laß mich bloß nicht verschlafen – ach du Himmel, ich hab' ja ganz vergessen, Mutter Antje und Vadder Hinrich Lebewohl zu sagen – also drei Stück Handgepäck habe ich: Mein Täschchen, mein Regenschirmchen und meine Gerda" – und da schlief Doktors Nesthäkchen endlich.

Inzwischen trafen die beiden Damen die letzten Vorbereitungen zur Reise. Sie füllten die Frühstückstaschen der Kinder mit belegten Broten und die Strandeimer mit Bananen. Da keins Abendbrot gegessen hatte, würden sie sicher unterwegs Hunger bekommen. Auch in ihre eigenen Handtaschen packten die Damen harte Eier, kalten Braten, Obst und eine Flasche Milch. Wer konnte denn wissen, ob sie auf der Reise etwas zu essen bekamen. Dann mußte das Haus versorgt werden. Die beiden Mädchen, Dörthe und Line, gingen nach dem Dorfe Nebel zu ihren Eltern zurück. Modder Antje und Vadder Hinrich blieben im Friesenhäuschen und hatten ein Auge auf Villa und Garten. Denn Frau Kapitän und Tante Lenchen beabsichtigten während der Kriegsdauer bei ihrem Bruder, der ein Gut in Pommern hatte, Aufenthalt zu nehmen. Keiner konnte wissen, wie lange sie ihrem lieben Hause am Nordseestrand fernbleiben mußten – vielleicht monatelang.

Die beiden Damen begaben sich gar nicht mehr zur Ruhe. Um halb zwölf weckten sie die Kinder. Das war ein schweres Stück Arbeit. Kurt allerdings war gleich wach, aber Annemarie konnte sich gar nicht ermuntern. Sie bat flehentlich, sie doch bloß noch ein bißchen schlafen zu lassen. Aber das ging heute nicht. Klein-Annekathrein weinte sogar vor Müdigkeit.

„Ihr könnt euch Zeit lassen, und noch ganz in Ruhe Kakao trinken", sagte Frau Kapitän zu Annemarie, die, nachdem sie die erste Müdigkeit überwunden, nach kurzer Zeit in Hut und Mantel mit ihren drei Handgepäckstücken unten erschien.

Da wurde an die Tür gepocht. Es war oll Vadder Hinrich.

„Fru Kaptän," selbst der Alte hatte seine gleichmütige Ruhe heute nicht ganz, „ick wollt man seggen (sagen), dat de Landungsbrück' unten all swart (schon schwarz) von Menschens is. Un wenn de Fru Kaptän allüwerall (überhaupt) noch mitkummt, denn möten Se 'n büschen fixing tau maken (müssen Sie ein bißchen fix zumachen)!"

„Fort – wie wir gehen und stehen – habt ihr euer Handgepäck, Kinder – Gott befohlen, Line und Dörthe. – Annemarie, du hast ja deinen Bananeneimer stehen lassen. – Vadder Hinrich, Sie fahren wohl den Kurt im Rollstuhl zur Landungsbrücke hinunter – nur schnell, schnell –" da schlug auch schon die Tür von Villa Daheim hinter den Davoneilenden zu.

An der Gartenpforte erwartete sie Mutter Antje, trotz der mitternächtigen Stunde. Die treue Alte ließ es sich nicht nehmen, die beiden Damen und ihre kleinen Freunde zur Abfahrtsstelle zu begleiten. Sie belud sich mit sämtlichem Handgepäck.

Es war eine wunderbare Mondnacht. In lichtgrünem Schimmer glänzte das Meer, flüssiges Silber goß der Mond über die leichtbewegte See. Annemarie war noch nie zu so später Stunde draußen gewesen. Wie gespenstisch die weißen Dünen im Mondenschein aussahen, ordentlich geisterhaft. Wieder mußte Annemarie an die Wittdüner Sage von Silberhärchen denken.

Aber sie hatte nicht viel Zeit, solchen Gedanken nachzuhängen. In rasender Eile ging es hinunter zur Landungsbrücke. Die wimmelte bereits von Menschen, Kindern und Gepäckstücken. Wo kamen bloß all die Leute noch her, es waren doch schon so viele abgereist?!

Kurt wurde aus dem Rollstuhl gehoben. Vor Aufregung konnte er keinen Schritt gehen.

„Laten Se man, ick trag' ihn 'n büschen nach vorn, bes (bis) an de Spitz von de Landungsbrück', Fru Kaptän", Vadder Hinrich bahnte sich einen Weg durch die Menschenflut. Die ließ den gelähmten Knaben auf dem Arm des Lotsen und die weißhaarige Frau Kapitän auch gutwillig durch, sie kamen ganz nach vorn.

Vor Tante Lenchen aber und den beiden kleinen Mädchen an ihrer Seite schloß sich die Menschenmauer wieder, sie wurden von der Frau Kapitän getrennt.

Wenn sie bloß alle mitkamen!

In wunderbarer Schöne stieg die Morgensonne aus den östlichen Meeresfluten, wie ein rosenroter Ball hing sie über dem weißen Wellengischt. Aber keiner hatte heute Augen für dieses herrliche Schauspiel. Alles spähte nur nach dem Schiff aus, das bereits in Sicht war.

Annemarie hakte ihren Bananeneimer und ihre Puppe auf dem Arm, Tasche und Schirm wollte ihr Mutter Antje später auf das Schiff reichen.

„Tante Lenchen, sehen Sie bloß, da kommt die Inselbahn noch mit tausend Menschen an, lieber Gott, wie sollen die bloß alle auf das Schiff hinaufgehen!“ rief Annemarie ängstlich. „Aber wenn wir mit der Königin Luise fahren, dann holt mich bestimmt mein Freund, der Matrose Willem.“

Das Schiff legte an, es war nicht die Königin Luise. Die Menschenmassen drängten nach vorn. Jeder sah, daß das Schiff kaum die Hälfte fassen konnte, und keiner wollte zurückbleiben. Klein-Annekathrein fing an zu weinen, sie wurde beinahe zerquetscht. Tante Lenchen nahm das Kind auf den Arm.

„Bleibe dicht an meiner Seite, Annemarie“, rief sie.

Ja, das war leichter gesagt, als getan.

In wahnsinniger Aufregung stürmte die Menschenmenge zum Schiff. Annemarie wurde von Tante Lenchens Seite gerissen und rückwärts aus der Landungsbrücke herausgedrängt.

„Ich fall' ins Wasser – ich falle ja ins Wasser“, Doktors Nesthäkchen schrie wie am Spieß.

„Aber seien Sie doch vernünftig, meine Herrschaften, Sie können doch das brüllende Kind mit dem Bananeneimer nicht ins Meer stoßen“, rief ein Herr empört.

Nein, Annemarie fiel nicht ins Wasser, aber jemand anders lag plötzlich in den Meeresfluten – Puppe Gerda. Die war Annemarie bei dem furchtbaren Gedränge aus dem Arm gerissen worden.

„Meine Puppe – meine Gerda –“ Doktors Nesthäkchen brüllte noch viel lauter.

Doch wer kümmerte sich in diesen Augenblicken, wo jeder nur an sich selbst dachte, um eine ins Meer gefallene Puppe?

„Das brüllende Kind mit dem Bananeneimer“ aber faßten plötzlich starke Arme. Vadder Hinrich, „der Helfer in des Sturmes Not“, hob die schreiende Annemarie in die Höhe und bahnte sich mit ihr durch all die Drängenden hindurch einen Weg zum Schiff.

Gott sei Dank – sie waren oben. Neben Frau Kapitän und Tante Lenchen stand sie unter einer Unmenge von schreienden und rufenden Menschen, unter Tausenden von Gepäckstücken.

Vadder Hinrich und Modder Antje reichten das Handgepäck der Frau Kapitän hinauf und winkten dem in See stechenden Schiff die letzten Grüße nach. Die Landungsbrücke war noch immer schwarz von Zurückgebliebenen. Wie mochten die heimbefördert werden?

Mit feuchten Augen sah die weißhaarige Frau den Strand, an dem sie eine segensreiche Tätigkeit gefunden, mehr und mehr entschwinden. Bitterlicher aber weinte Doktors Nesthäkchen um ihre ertrunkene Gerda, mit der noch ihre Kinder und Kindeskinder einst spielen sollten. Würde der Quallenkönig die arme Gerda holen?

Das war das erste Opfer, das der Krieg von Doktors Nesthäkchen forderte.

21. Kapitel. Nesthäkchens Heimkehr

Es war eine wunderbare Seefahrt in der rosigen Morgenbeleuchtung. Aber trotzdem atmete jeder auf, als dieselbe vorüber, als endlich das Festland erreicht war. Die Mole herab zur Kleinbahn, die von Dagebüll nach Niebüll führte, ging es wieder in rasender Hetze. Diesmal hatte Tante Lenchen Kurt auf dem Arm. Nur zwei elektrische Wagen standen für die große Menschenmenge zur Weiterbeförderung zur Verfügung. Aber unsere Reisenden hatten Glück – sie kamen alle mit.

„So – nun sind wir geborgen“, sagte Tante Lenchen mit erhitztem Gesicht, tief aufatmend. „Von Niebüll an haben wir Eisenbahn, da wird das Mitkommen leichter sein.“

„Dort werden wir erst mal Kaffee trinken, es geht auf neun, und wir sind noch alle nüchtern“, ließ Frau Kapitän sich hören. „Wir haben genügend Zeit dazu.“ Auch die Kinder hatten vor Angst und Aufregung, bis sie auf dem Lande waren, nichts essen mögen. Bei Annemarie kam noch die Trauer um die ertrunkene Gerda dazu.

Auf der Station in Niebüll bestellten die Damen Kaffee und Kakao. Die Kinder zogen ihre Brote aus den Taschen, und man wollte es sich eben schmecken lassen, da – fuhr ein Zug ein.

„Wir müssen unser Frühstück im Stich lassen und den Zug benutzen, es ist unbestimmt, ob der Nachzug noch geht“, damit scheuchte Tante Lenchen, die sich bei einem Beamten erkundigt hatte, ihre Gesellschaft wieder in die Höhe.

Derselbe Andrang wie am Schiff, die Abteile überfüllt. Doktors Nesthäkchen verlor Tante Lenchen und Frau Kapitän in dem Gedränge. Gleich sollte der Zug abgehen.

„Tante Lenchen – Tante Lenchen“ – das kleine Mädchen irrte unter den vielen nach Platz Suchenden laut heulend hin und her.

Da griffen wieder ein Paar rettende Arme nach Doktors Nesthäkchen, diesmal gehörten sie einem freundlichen alten Herrn an.

„So ein Kleines kann hier schon noch mit rein – weine nicht, Kindchen, in Hamburg findest du deine Tante wieder.“

„Tante Lenchen wird sich um mich sorgen“, jammerte Annemarie noch immer.

Der nette alte Herr spähte heraus. Ein blonder Damenkopf neigte sich aus einem Fenster: „Annemarie, Annemarie, wo bist du?“ rief es in höchster Angst.

„Annemarie ist hier bei uns, Tante Lenchen!“ mit dröhnender Stimme rief es der alte Herr zurück.

Trotz des Prustens der sich in Bewegung setzenden Lokomotive hatte Tante Lenchen die Worte noch vernommen und war beruhigt.

In rührender Weise sorgten die Mitreisenden für das fremde kleine Mädchen. Sie gaben dem hungrigen Kinde von ihren eigenen Vorräten. Das ganze Abteil war wie eine einzige Familie. Man sprach von nichts anderem, als von der voraussichtlichen Kriegserklärung.

Am Nordostkanal tauchten die ersten Feldgrauen auf.

„Schau, Kind, das sind unsere braven Truppen, welche unsere Grenzen vor dem einbrechenden Feind schützen sollen“, machte der alte Herr Annemarie aufmerksam.

An seinen Rockärmel gelehnt, schlief sie dann sanft bis Hamburg. Denn der kurzen Nachtruhe und der furchtbaren Aufregung folgte jetzt eine starke Abspannung.

In Hamburg, wo sich Doktors Nesthäkchen dankbar von ihrem Beschützer trennte, fand es Frau Kapitän und Tante Lenchen freudestrahlend wieder. Erstere fuhr von hier aus mit Annekathrein nach Stettin, wo das Kind zu Hause war. Das gab einen zärtlichen Abschied von Frau Kapitän und Klein-Annekathrein. Immer wieder küßte Annemarie der weißhaarigen Frau, die so treulich für sie das Jahr über gesorgt, die Hand.

Dann bestieg Tante Lenchen mit ihren beiden Schutzbefohlenen den bis auf das letzte Plätzchen von den aus allen Seebädern Flüchtenden besetzten D-Zug nach Berlin. Draußen im Gang auf einer Hutschachtel thronte Doktors Nesthäkchen die ganze Zeit über, eingepfercht zwischen lauter Gepäckstücken.

Unbeschreiblich war das Gewimmel auf dem Lehrter Bahnhof, als Berlin nun endlich glücklich erreicht war.

„Wir lassen unser Gepäck ruhig auf der Bahn, es ist unmöglich, es heute herauszubekommen. So schnell wie möglich wollen wir zu euren Eltern nach Hause“, sagte Tante Lenchen und winkte einem Auto.

Vom Königlichen Schloß und von den Linden her wälzten sich ungeheure Menschenmassen, hurrarufend und Vaterlandslieder singend, die Straßen entlang.

Die Kriegserklärung gegen Rußland war soeben bekannt gegeben, der Kaiser hatte sein Volk zu den Waffen gerufen. In jubelnder Begeisterung erhob sich jung und alt, das Vaterland vor einer Welt von Feinden zu beschützen.

Unter brausenden Hurrarufen hielt Doktors Nesthäkchen nach einem Jahr wieder seinen Einzug in seiner Heimatstadt.

Mit großen Augen sah es die glühende Begeisterung rings. So jung Annemarie auch war, die Größe dieser gewaltigen Stunde offenbarte sich auch ihr, blieb ihr unvergeßlich für ihr ganzes Leben.

Kurts Eltern, welche das Telegramm rechtzeitig erhalten, schauten schon vom Balkon nach ihrem Jungen aus.

Annemarie versprach, den Freund sehr bald zu besuchen, dann ratterte das Auto weiter.

„Wenn nur Vater und die Jungen schon da sind!“ jetzt erst, wo sie wirklich in Berlin war, wagte sich die Wiedersehensfreude bei Annemarie hervor. Hatte sie doch ihre Lieben ein ganzes Jahr lang nicht gesehen. Mutti war sicherlich noch in England.

Vor dem hohen Hause mit dem kleinen Vorgarten hielt das Auto. Nanu – keiner auf dem Balkon? Klaus kam nicht die Treppe herabgesaust, wie Annemarie es sich vorgestellt? Ganz bestürzt blickte sie, während Tante Lenchen den Autoführer ablohnte, zu den Fenstern empor.

Da trat der Hausmeister aus der Tür.

„Herrejeh – Doktors Nesthäkchen – na, wieder da, Fräuleinchen? Du bist die allererste, von die Herrschaften is noch keiner nich zurück, auch die Hanne is noch in ihrer Heimat.“

Nesthäkchens Gesicht wurde noch viel bestürzter.

Gar keiner von ihren Lieben in Berlin – doch – einer kam aus der Portierloge herausgestürzt mit lautem Gebell und seligen Freudensprüngen – Puck, den Doktor Brauns während der Reise bei dem Pförtner in Pension gegeben. Der leckte seiner kleinen Freundin vor Wiedersehensglück die Hand, und es hätte nicht viel gefehlt, so hätte ihn Annemarie mitten auf sein kaltes, schwarzes Schnäuzchen einen Kuß gegeben. Doch wenigstens einer von der Familie!

„Ja, was mache ich nun mit dir, Annemarie, wo liefere ich dich nun bloß ab?“ überlegte Tante Lenchen.

„Entweder bei der Großmama, falls die schon aus Harzburg zurück ist, oder bei Thielens hier im Hause. Margot Thielen ist nämlich meine beste Freundin von früher“, erklärte das kleine Mädchen.

„Also zur Großmama. Die hat das erste Anrecht darauf, zu wissen, daß du in Berlin bist. Vielleicht macht sie sich schon um dich Sorgen“, entschied Tante Lenchen.

Ja, das tat die Großmama freilich recht sehr. Ihre Gedanken beschäftigten sich unausgesetzt damit, ob das Kind auf seiner Nordseeinsel auch nicht von der Heimat abgeschnitten werden könnte.

Da klingelte es und – Nesthäkchen stand rotgebrannt, frisch und vergnügt, leibhaftig vor der sorgenden Großmama.

„Tag, Großmuttchen, da bin ich wieder. Aber beinahe wäre ich ins Meer gefallen wie meine arme Puppe Gerda. Und das ist Tante Lenchen“, Nesthäkchen fiel Großmama nach der langen Trennung jubelnd um den Hals.

Das gab eine noch größere Wiedersehensfreude als mit Puck. Gar nicht glauben wollte es die Großmama, daß dieser rosige Pausback das vor einem Jahr so bleiche Nesthäkchen sein sollte! Wirklich, ihr Schwiegersohn hatte mit seiner Nordseeluftkur recht behalten.

„Gut, daß ich dich nur wenigstens wieder da habe, mein Kleines. Der Vater und die beiden Jungen kommen morgen zurück. Aber von der Mutti fehlt jede Nachricht." Großmama ließ sogleich ein Bett für das reisemüde Kind herrichten. Auch Tante Lenchen, welcher die Großmama von ganzem Herzen für ihre Fürsorge dankte, mußte bei ihr übernachten. Anders tat Großmama es nicht.

Nun schlief Doktors Nesthäkchen zum erstenmal wieder in der Heimat neben der Großmama. Und in seine Träume klangen heute statt des Brausens des Meeres, das sie ein ganzes Jahr lang in den Schlaf gesungen, die brausenden Vaterlandslieder des sich erhebenden deutschen Volkes.

* * *

Nesthäkchen, zeige auch du dich jetzt würdig der gewaltigen Zeit. Keiner ist zu klein dazu, um an dem großen Werke mitzuhelfen. Opfer verlangt der Krieg von jedem – wie unser Nesthäkchen dieselben ertragen, das erzähle ich euch im nächsten Band.